채운국이야기

KB026437

채운국이야기

차례

채운국이야기

| 푸른 미궁의 무녀 |

지난 줄거리

◆ 채운국 최초의 여성관리로서 관리의 부정을 적발하는 어사대에서 활약 중인 수려는 경제봉쇄를 단행한 홍가 당주를 설득하라는 칙명을 받아 홍주로 향하던 중 모습을 감춘다. 실은 귀양을 벗어나자 몸 상태가 악화되어 리앵의 도움으로 이능의 일족인 표가의 궁에 있었던 것.

◆ 왕의 측근인 남추영이 표가의 궁으로 수려를 찾아와, 외부와 격리된 궁에서 나갈 방법을 찾기로 한다. 그와 동시에 일동은 왕도를 덮친 사상최대의 재해인 '황해(蝗害)' 가 발생했다는 것을 알게 되는데…?!

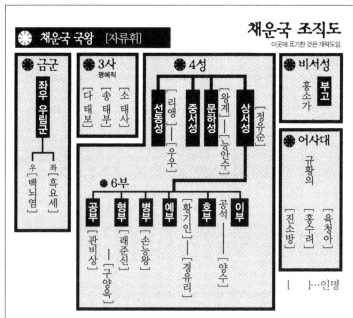

채운국 조직도
이곳에 표기한 것은 개략도임.

❋ 채운국 국왕 [자류휘]

❋ 금군
좌우 우림군
우 [백뇌염] — 좌 [흑요세]

❋ 3사
명예직
[다태보] [송태부] [소태사]

❋ 4성
선동성 — [리앵] — [우우]
중서성 — [왕계]
문하성 — [능안수]
상서성 — [정유순]

❋ 비서성
홍소가 [부고]

❋ 어사대
규황의
[진소방] [홍수려] [육청아]

❋ 6부
공부 [관비상] — [구양옥]
형부 [래준신]
병부 [손능왕]
예부 [황기인] — [경유리]
호부 [공석] — [양수]
이부

[ ]…인명

紫劉輝 자류휘

채운국 국왕. 수려를 짝사랑함.
현군이 되기 위해 노력 중이나
아직도 고민이 많음.

紅秀麗 홍수려

명문 홍가의 여식(가난함). 여
성 최초의 감찰어사로서 어사
대에서 수행 중. 야무진 성격.

藍楸瑛 남추영

전 우림군 장군. 명문 출신. 류
휘에게 진정한 충성을 다하기
위해 모든 것을 버림.

李絳攸 이강유

이부시랑. 여심의 양자. 수재지
만 못 말리는 방향치. 동기인
추영과는 오랜 악연.

리앵

선동령군(장관). 표가 출신이지
만 이능을 지니지 못했다. 수려
를 걱정하고 있음.

茈静蘭 자정란

홍가를 섬기는 가인. 수려의 경
호원이기도 함. 사실은 류휘의
형, 청원공자.

司馬迅 사마신

전 사형수. 추영과 죽마고우로 십삼
희의 전 약혼자.

榛蘇芳 진소방

지방을 순회하는 감찰어사. 폭
주하기 쉬운 수려를 말릴 수 있
는 존재.

楊修 양수

강유를 대신해 이부시랑으로 승격됨. 현재 공석인 상서 대행도 겸하고 있는 능력자.

欧陽玉 구양옥

공부시랑. 벽주의 명사이자 벽가 문중인 구양가 출신. 장신구와 몸치장에 집착함.

羽羽 우우

선동령윤(차관). 몽실몽실한 수염과 작은 몸집이 특징. 고령이지만 우수한 술사.

紅邵可 홍소가

수려의 아버지. 일찍이 암살집단 '바람의 늑대'의 우두머리 '흑랑'이었음. 현재의 홍가당주.

縹瑠花 표류화

강력한 이능의 힘을 지닌 표가의 대무녀. 동생인 리앵에게밖에 관심이 없다.

珠翠 주취

전 후궁 최고궁녀. 표가의 피를 이어 이능을 드러냈음. 소가를 남몰래 사모함.

縹璃桜 표리앵

표가의 당주이자 선동령군인 리앵의 아버지. 불로체질. 수려의 모친인 장미공주를 편애함.

景柚梨 경유리

호부시랑. 괴짜들이 많은 조정에서는 비교적 상식인.

旺季 왕계

문하성 장관. 귀족파의 중진.
류휘에 대해 뭔가 생각이 있는
듯한데….

孫陵王 손능왕

병부상서이며 왕계의 맹우. 표
표한 성격 같지만 역전의 용사
이자 실력자임.

凌晏樹 능안수

문하성 차관. 황의와 어릴 적
친구. 수려에게 관심이 있음.

葵皇毅 규황의

어사대 장관. 수려의 상사. 명
문귀족 규가의 유일한 생존자
이며 냉철한 수완가.

紅黎深 홍여심

전 이부상서. 소가의 동생. 형
과 조카인 수려를 몹시 사랑하
며, 타고난 천재임.

鄭悠舜 정유순

재상으로서 왕을 보필함. 홍가
의 천재군사(軍師) '봉린'의 당
대.

黃奇人 황기인

호부상서. 너무 아름다워서 가면으
로 얼굴을 가리고 있음.

劉志美 류지미

여심들과 동기로 국시에 급제
했으나 소식불명….

채운국 이야기

彩雲國物語

이야기

푸른 미궁의 무녀 | *20* |

글 · SAI YUKINO 일러스트 · KAIRI YURA 번역 · 이나경

어둠 속에서 흰색 침전물처럼 보이는 것이 홀연히 떠올랐다. 그림자는 점차 형태를 갖춰가더니 이윽고 한 명의 아름다운 여인의 모습으로 바뀌었다. 꾸벅꾸벅 졸고 있던 *리앵*은 그 기척에 귀찮다는 듯이 은색 속눈썹을 들어올렸다.

어지간한 일에는 뭐든 무관심한 *리앵*이었지만 여인의 모습에 어처구니가 없었다. 도대체 이게 몇 번째인지, 정말이지 질리지도 않는 모양이다. 홀로 표가에 돌아온 뒤로 몇 번이나 탈옥을 감행하다가 결국에는 '시간의 감옥'에 갇혀버린 여인. 그런데도 아직도 이혼술을 쓸 힘이 남아 있으리라고는 생각지 못했다.

무시해버려도 상관없었지만, 그 근성에 경의를 표하기로 했다.

"또 탈옥한 건가, 주취. 알고 있지 않느냐. 도망칠 수 없다는 것은."

주취는 *리앵*을 발견하자 위태로운 발걸음으로 곁에까지 다가

와서는 비틀거리며 주저앉았다. 마치 주취의 몸이 그곳에 있는 것 같았다. 약초냄새가 코를 찔렀다. 이런 것까지 현실과 똑같다. 재 세뇌를 위해 약물에 중독시켜 놓았을 터였다. 그런데도.

"…리앵 님…『어머님』을… 만나게 해주십시오… 어디에 계십니까."

이전에 *리앵*과 만났을 때, 소가의 뒤에 숨어 떨고 있었다고는 생각할 수 없을 정도로 강한 눈빛이었다. *리앵*이 주취를 기억하고 있는 것은 그녀가 장미공주의 마지막 시녀였기 때문이다.

그저, 사로잡힌 몸이었던 장미공주의 시중을 들며 지키는 것이 주취의 역할이었다. 사실 명령받은 일밖에는 할 수 없는, 그저 움직이는 아름다운 '암살인형'에 불과했다.

그랬던 주취가 끈을 끊고, 인형사의 손에서 도망쳐 인간이 되었다.

도망치고 도망치고 도망치다가 다시 돌아온 그녀는 인형으로 돌아가기를 계속 거부하고 있다. 몇 번이나 '세뇌'를 당하면서도 '주취'를 버리지 않는다. 틈만 있으면 도망친다.

설령 탈옥에 성공하더라도 잠재적인 암시는 남는다. 아무리 발버둥쳐도 헛일이건만 그녀는 포기하지 않는다.

"어째서 돌아온 것이냐, 주취. 그렇게 싫었다면 죽었으면 좋았을 것을. 이리 되리라는 건 알고 있지 않았느냐. 약물에 찌들고, 세뇌당해 다시 귀여운 인형으로 되돌아가게 될 것이란 걸. 네가 필사적으로 지켜온 작은 '주취'가 종잇조각처럼 짓밟혀 사라지리라는 것을 말이다. 귀양에서 소가와 소요선 뒤에 숨어 겁에 질린 작은 새처럼 떨고 있었으면 좋았을 것을."

주취는 턱을 떨면서도 힘겹게 *리앵*을 올려다보았다. 강한 눈빛으로 바라보며 떠듬떠듬 되풀이한다.

"…『어머님』…을 만나게….''

예전의 주취는 아름다운 소녀인형이었다. 아무리 바라보아도 질리지 않는 아름다운 용모. 명령에 순종하며 무엇 하나 반항하는 일도 없었다. 누군가가 정성스럽게 빚어놓은 듯한 최고의 '장식품'이었다.

그 주취의 모습이 지금은 형편없었다. 코를 찌르는 약초와 땀이 뒤섞인 냄새. 온몸을 뒤덮은 상처에서는 피가 배어나오고, 긴 머리카락은 땀투성이인 얼굴에 들러붙어 있고 온몸으로 거친 숨을 내쉬고 있다. 언제나 평온하기만 했던 표정이 지금은 분하다는 듯이 일그러져 있다. 조금도 아름답지 않았다.

그런데도 인상적이었다. '나'는 여기에 있다고 주장하는 것처럼, 눈길을 끌었다. 살아있는 눈동자. 문득, *리앵*은 기억을 떠올렸다. 언제였던가, 같은 눈동자를 가진 소녀가 있었다.

그러나 이도 이젠 끝이다.

*리앵*은 흰 손가락을 뻗어 주취의 턱을 살짝 들어올렸다. 드물게 이혼(離魂) 상태이면서도 실체를 가지는 경우가 있는데, 지금이 바로 그랬다. 주취의 살갗은 상기되어 있었고 따뜻했다.

살아있는 자의 온도. 살아있는 자의 눈. 지난날의 주취에게는 없던 의지.

"…너는 정말로 인간이 되었군, 귀여운 주취. 참혹한 몰골이지만 이제까지 본 중에 가장 아름답다. 지금까지 용케 버텼다. 자, 이제 잠들려무나."

주취는 이를 악물고 고개를 저었다.

"…싫습니다…."

"죽는 것은 아니다. 그저 원래상태로 돌아갈 뿐이지. '주취'가 사라진다 해도 아쉬워할 사람은 아무도 없어."

아쉬워할 사람은 아무도 없다―….

자장가처럼 은밀하고 부드러운 음색으로 *리앵*은 주취의 가장 뼈아픈 부분을 찔렀다.

어느 누구도 아쉬워하지 않는다. 그랬다. 주취를 사랑하고 필요로 하는 사람은 있다. 하지만 유일무이한 존재였던 것은 아니다. 뭐든 것을 내버리고 쫓아와줄 사람은 없는 것이다.

아무도 없다.

생각지도 못했던 눈물이 주취의 눈 끝에서 흘러내렸다. 이상해. 왜 이렇게 가슴이 아프지. 이미 알고 있는 일이었는데. 누군가를 좋아할 수 있는 것만으로도 행복했다. 여기 있어도 된다는 말만으로도 충분했다. 좋아하는 사람들을 위해 뭔가를 할 수 있는 것만으로 기뻤다. 정말이었다.

그런데 어째서 *리앵* 님의 말에 가슴이 아픈 걸까.

'흔들… 흔들리면 안 돼… 나… 나는―.'

더 이상 도망치지 않겠다고 결심했었다. 싸우기로 결심했었다. 혼자서라도.

자신의 운명과. 이 표가와. ──『어머님』과.

그러기 위해서 돌아왔다. 그런데.

턱 끝까지 흘러내린 한 줄기 눈물을 *리앵*은 손끝으로 닦아냈다.

"불쌍한 주취. 이곳에서 도망친 후, 도망치고 또 도망치면서, 두려워하면서도 지켜온 작은 '주취'도 결국, 너 이외에는 어느 누구도 필요로 하지 않았던 것이다. 인형으로 돌아오면 된다. 그렇게 되면 울 일도 없으니 말이다. 인간은 누군가에게 마음을 허락하게 되면 더 이상 혼자서는 살아갈 수 없는 법. 그런데 너는 혼자로구나."

*리앵*의 말은 어떤 약보다도, 고문보다도, 주술보다도 주취의 마음을 약하게 만들었다.

주취의 결의도 의지도, 모든 것을 산산조각 내어 날려버리려 하고 있다.

──그것이 진실이기에.

"잠들려무나, 귀여운 나의 인형. 꿈을 꾸고 있었던 거야. 행복한 꿈을. 하지만 꿈은 꿈일 뿐이지. 너는 눈을 뜨고 현실로 돌아왔다. 표가로. 같은 꿈을 다시 꾸려 해도 이젠 이루어지지 않는 것. 인형으로 돌아가 모든 것을 잊는 것이 좋을 게야. 그러면 편해질 거다. 아무것도 느끼지 않아도 돼. 무력함도 절망감도 슬

품도 고독도── 형언할 수 없는 조용한 외로움도.”

누군가에게 먼 옛날, 이런 말을 했던 것 같다. 누군가를 좋아할 수 있는 행복이 내게도 허락될까, 하고.

『만약 꿈이라면 깨어났을 때 난 절대로 살아갈 수 없을 거예요.』

줄줄 흘러내리는 눈물에 눈앞이 뿌옇다. 너무 외로워서 가슴이 아팠다. 십삼희에게 후궁에 들어가 달라고 부탁해놓고서, 막상 그녀가 최고궁녀가 되었다는 소식을 들었을 때 외로움이 밀려왔다. 그럴 리 없다는 건 알고 있었는데도, 날 대신할 사람이 있구나, 하고 마음 속 어디에선가 목소리가 들렸다.

인간이 된 주취는 따뜻한 마음을 알아버렸다. 이제 그 마음 없이는 살아갈 수 없다. 외롭다는 감정이 이토록 인간을 약하게 만들리라고는 주취는 알지 못했다. 반복된 세뇌에 버티고, 탈주했던 강인한 정신력조차도 모래알처럼 스러지게 만들고 있다.

‘누군가.’

누군가의 첫 번째는 아니어도 상관없다. 하지만 누군가가 이름을 불러주길 바랐다. 주취가 안간힘을 다해 지켜온 ‘나’의 이름을. 그러면 혼자서라도 싸울 수 있다. 제대로 싸울 수 있다.

…하지만 아무도 없었다.

순식간에 영혼이 육체로 되돌아간다.

…마지막으로 아득한 기억의 깊은 바닥에서 누군가의 목소리

가 들려온 듯했다.

『당신을 위해서 내가 항상 여기에 있는데.』

  ●   ●   ✳   ✳   ●   ●

홍주부(紅州府)——.

주부의 부지 한 구석에서 한 남자가 하늘을 바라보고 있었다. 나이는 짐작하기 어려웠다. 불현듯 누군가가 달려오는 발소리가 나자 남자는 신음하며 하늘을 올려다보았다.

"——류 주목님!! 주목실에 안 계신다 싶었더니 빠져나와서 이런 곳에 계셨던 겁니까?!"

"휴식이야, 휴식. 계속 틀어박혀 있으려니까 숨이 막혀서 말이지. 잠깐은 괜찮지 않나?"

홍주 주목——류지미는 태도는 공손한 듯 무례한 잔소리꾼 부관을 보고 빙긋 웃었다.

"그러지 마아— 순욱. 그렇게 무서운 얼굴을 하면 싫어. 웃지 않고서는 버티기 힘든 이 빌어먹게 바쁜 때에."

류지미와 같은 연배인 주윤(州尹)——순욱은 찌릿, 하고 주목을 노려보았다. 소리를 지르거나 말투가 험해지지 않는 점이, 말단 병사 출신으로 여기까지 올라온 지미와는 달리 곱게 자란 티가 난다.

"그 말투, 제발 그만두십시오. 속이 메슥거립니다. 아랫사람들에게 권위가 서질 않는다고요. 이제 쉰이 넘었다는 걸 제발 자각하시기 바랍니다."

"…자넨 말하는 게 하여간 거침이 없어. 부관으로 데리고 있은 지 벌써 몇 년이 지났는데도 익숙해지질 않아."

투덜거리며 지미는 '아저씨 주목'으로 돌아오면서 뚫어지게 순욱을 바라보았다. 지미는 미용에 신경을 쓰고 있기 때문에 나이보다 젊어 보일 자신은 있었지만, 이 부관은 똑같이 아저씨인 주제에 폐기처리 될 고물이 아니라 꽤 쓸 만해 보인다는 것이 마음에 들지 않았다. 노력하는 지미는 열이 받았다.

"──그래서? 자네가 그런 얼굴로 달려온 이유는? …짐작은 가지만 말이지."

"벽주 전역에서 농작물이 황해(蝗害)로 인해 거의 전멸이라 합니다. 동시에 벽주에서는 지진이 이어지면서 각지의 수송로가 무너져 완전히 고립되고 말았다고 합니다. 지진에 의한 사망자 수는 1,000명 이상. 부상자는 그 이상이라 합니다. 홍주의 식량지원이 없다면 겨울철 사망자도 수천 명에 달할 것이라는 추산이 나왔습니다."

앞머리를 쓸어 넘기던 지미의 손이 멈췄다.

"비황(飛蝗) 떼는 천산강(天山江)을 따라 북상, 홍주 전역으로 확대되고 있으며, 현 시점에서 홍주의 농작물 중 3할이 괴멸 상태입니다. 예상 이상의 속도로 피해가 확대되고 있습니다. 지금 속도라면 한 달도 못 되어 모든 농경지가 황폐화될 것입니다. 홍주에도 벽주에 지원할 곡식이 없다는 보고가 올라왔습니다."

지미는 눈을 감았다. 대체적으로는 예상했던 범위 내이지만 비황의 이동속도가 너무 빠르다. 진소방이라는 감찰어사의 보고를 받자마자 바로 대처를 지시했지만 최근 수십 년 동안 발생한 적이 없는 황해에 주관(州官)들도 당황하여 제대로 일처리가 이루어지지 않고 있다. 주관은 대부분이 책만 많이 읽은 국시파라 유연성이 부족한 탓에 현지 군부(郡府)는 아예 대놓고 바보취급을 하고 있다.

젠장, 홍가의 경제봉쇄 때문에 시간을 허비하지 않았더라면── 지미는 눈앞이 깜깜해질 정도로 치밀어 오르는 분노를 삼키려는 듯이 목을 울렸다. …이제와 말한들 무슨 소용이겠는가.

그런데 벽주에 나눠줄 식량이 없다?

"…홍가 상인들이 매입해 놓은 비축분이 있을 텐데. 홍가의 경제봉쇄 때문에 잉여분이 산더미처럼 남아있지 않나. 당주도 바뀌었으니 있는 건 모두 풀도록 하라. 그리고 남주는 전혀 타격이 없을 텐데. 바람 방향이 반대라 풀무치가 산맥을 넘지 못하니 말이다. 남가 상인 녀석들이 숫자를 숨기곤 있지만 그쪽의 수확량은 홍주에 필적한다. 산더미처럼 밀과 농작물을 비축해 놓았을 거다. 강문중이라면 그 빌어먹을 남가와 협상을 해서 뜯어낼 수 있겠지. 그러라고 선왕과 소 재상이 남주 주목에 앉힌

거니까."

"…네. 물론 풀무치는 산맥을 넘지 않았습니다. 그런데 어찌된 일인지 긴 비가 계속되고 있는 모양이더군요."

"…장마라고? 이봐, 설마."

지미의 눈이 서서히 커지다가 이내 찌푸려졌다. 물과 소금의 도시라 일컬어지는 남주. 그 아름다운 풍광의 뒷면에는 재해라는 위험이 도사리고 있었다. 긍정하듯이 순욱은 눈을 내리깔았다.

"…하천이 불어나 각지에서 범람하고 있다고 합니다. 바다 연안의 농작물은 염해로 괴멸적인 피해를 입었습니다. 내륙 최대의 함수호인 용아염호(龍牙鹽湖)를 비롯한 크고 작은 함수호들의 범람으로 인한 염해와 침수피해로 수확량은 예년의 반도 안 된다고 합니다. 강 주목께서 혼란을 최소화하며 대처하고 계시지만 강문중 님이 주목이 아니셨다면 벌써 중앙에 도움을 청했을 것입니다. …남주도, 다른 주를 지원할 만한 식량은 남아있지 않다고 생각합니다."

양대 곡창지대 중 한쪽도 도움을 기대할 수 없다는 말이다.

"…홍주의 잉여 비축분을 다른 주에 풀지 말고 남겨 두어야 한다며 홍가 상인들이 꺼리고 있습니다. 내친 김에 말씀드리면 주관들도 같은 의견입니다. ──이유는 내년, 내후년까지 대기근이 들 가능성이 높기 때문입니다."

황해는 한 번 발생하면 몇 년 동안 반복적으로 발생한다며 부관은 담담하게 보고했다.

"…현 단계에서 각 주에 비축분을 푼다면 내년 이후, 홍주의 백성들에게 나누어 줄 식량이 남질 않으니 만일의 사태에 대비하여 온존시켜야 한다며 홍가 상인들과 주관들이 보고를 올리고 있습니다. 풀무치는 무리를 유지할 수 없게 되면 자연소멸하니 그때까지 몇 년 동안 버티면 된다는 것이지요."

"…버티면 된다라?"

담배를 피우고 싶다고 지미는 생각했다. 유자차라도 좋았다. 젊은 날에는 젊은 혈기로 좀 위험한 약에 손을 댄 적도 있었지만 이제는 담배와 유자차로 바뀌었다. 하지만 지금은 없으니 어쩔 수 없다고 생각한 찰나, 부관이 담뱃대를 내밀었다. 언짢지만 참으로 쓸 만한 부관이다. 지미는 담뱃잎을 넣었다.

피어오른 담배연기를 눈으로 쫓다보니 아름다운 가을 하늘이 보였다.

풀무치가 자연소멸할 때까지 **몇 년 동안 버티라**고?

"…버티는 동안 발생할 사망자 수는? 내가 아는 자네라면 이미 추산을 내놓았을 텐데?"

부관은 짧은 침묵 후에 띄엄띄엄 숫자를 내뱉었다.

"최악의 경우, 전국적으로 사망자 십 만. 삼 년 후에는 인구가 반으로 줄 수도 있습니다. 나라 전체에서 둘 중 하나는 죽는다는 계산이 나왔습니다. 하지만 현 단계에서 홍주의 비축식량을 은닉해두면 홍주 내의 인구 생존율은 8할입니다."

온존이 아니라 은닉이라고 했다. 그래, 은닉이 맞는 말이지. 온존이라는 둥 헛소리를 했다면 두들겨 패줬을 것이다. 부관은 언제나 현실적이고 꾸밈이 없다. 그렇기에 지금도 지미는 그를 파면하지 않았다.

"반으로 준다. 그럼 현 시점에서 벽주를 비롯한 다른 주에 홍주의 비축분을 방출했을 경우에는?"

"올해는 어떻게 넘길 수 있습니다. 하지만 이미 내년의 수확량이 바닥일 것으로 예상되고 있습니다. 모종이나 작물을 심어봤자 또 풀무치가 발생하여 모조리 초토화시킬 가능성이 높은데다, 식량을 찾아 각 주에서 몰려든 백성들 사이의 다툼과 빈곤으로 많은 사망자가 발생할 것으로 예상됩니다. 그럴 경우, 인구가 반으로 준다는 결과는 같더라도 홍주의 생존율마저도 3할로 급감합니다. 그렇기 때문에 홍가 상인과 주관들이 '식량을 숨기라'고 보고를 올리고 있는 것입니다."

다른 주의 백성들이 죽어가는 것을 못 본 척하라는 것이다. 지미는 하늘을 올려다보며 숨을 들이마셨다. 부관에게 고함을 지르지는 않았다. 이 괴로운 보고를 부하에게 떠넘기지 않고 자신이 직접 하러 왔다. 언제나 냉정하고 침착한 부관이 땀범벅이되어 달려왔다. 인간미 넘치는, 몇 안 되는 기골 있는 '아저씨' 주윤이다. 그렇기에 발탁해서 곁에 두었다. 딱히 얼굴을 보고 결정한 건 아니다. 그렇고 말고.

아무리 괴롭더라도 표정만은 냉정함을 유지하며 현실을 정확하게 전하기 위해 왔다. **사실을.**

　이 보고가 사실이라면 남은 결단은 주목인 지미의 몫이다. 그 무게가 너무 무거워 울고 싶을 지경이다.

　살아있는 생물인양 하늘하늘 흔들리는 담배연기를 눈으로 쫓다보면 언제나 소년병 시절에 보았던 광경이 떠오른다.

　시체들이 즐비하게 쌓여있는 전쟁터에서 지미는 반쯤 넋이 나간 채 나무 그루터기에 기대어 주저앉아 있었다. 타닥타닥하며 불꽃이 튀는 소리가 들리나 싶었더니 누군가가 시체를 태우는 불길로 담뱃대에 불을 붙이고 있었다.

　『…시체의 불로 피우는 담배는 끔찍하게 맛이 없어서 눈물이 날 정도란다. 하지만 이러면 내가 죽인 녀석들도, 내가 죽게 만든 부하들도 담배를 피울 때마다 떠올릴 수 있어. 향을 피우는 거나 마찬가지이기도 하고 말이지.』

　시체가 즐비한 전쟁터에서 희한한 불평을 늘어놓으며 담뱃대를 깨무는 그 모습이 바보처럼 근사해 보였다. 이윽고 하늘거리며 담배연기가 피어올랐고, 지미는 그 연기를 눈으로 쫓다가 문득 하늘을 올려다보았다.

　며칠 만이던가 오랜만에 올려다본 하늘은 눈이 시릴 정도로 푸르렀고, 흰 새가 한 마리 원을 그리며 날고 있었다.

　지미의 눈가가 조금씩 젖어왔다. 아아, 하고 가슴이 먹먹해졌다. ──전쟁은 이제 끝났다.

　『그래, 전쟁은 끝났단다. ─최악보다는 조금 나은 세상에 오신 걸 환영합니다.』

남자는 담뱃대를 깨물면서 여유롭게 웃었다.

그 얼마나 마음 편한 시절이었던가. 세상일이 되었든 선악이
되었든, 모든 것은 단순하고 평탄했다. 그저 사느냐 죽느냐의
양자선택밖에 없었다. 살기 위해서 생각하고 고민하는 일 따윈
없었다.

너무나도 편한 세상이었다. 아무 생각 하지 않아도 된다. 고민
하지 않아도 된다. 동물과 마찬가지다. 인간이 아닌 편안함. 지
금 이 결단의 무게는 인간이기에 느끼는 무게인 듯했다. 버려버
리면 끝. 전쟁이 사라진 세상이 백배는 더 살기 어렵다. 당연한
일이다. 그곳에서 누구나 있는 힘껏 버티고 있기에 최악보다 조
금 나은 세상에서 살아갈 수 있는 것이다.

지미는 담배연기를 뱉었다. 그 후로 밖에서 담배를 피울 때면
저절로 하늘을 올려다보는 버릇이 생겼다. 그리고 푸른 하늘과
흰 새를 찾곤 한다. 변함없이 최악보다는 조금 나을 뿐인 이 세
상. 그러나 얼마 안 가 이 홍주의 수도, 오동(梧桐)도 검은 구름
같은 비황 군단에 뒤덮이게 될 것이다.

하나하나, 지미는 머릿속에서 정보를 맞춰간다. 손에 들고 있
는 패와 다른 누군가가 가지고 있을 보이지 않는 패.

"…저 말이지, 순욱. 구덩이, 파도록 시켰나? 그리고 말라버린
우물이 몇 개인지 조사했고?"

부관인 순욱의 낯빛이 순식간에 달라졌다. 몇 번인가 숨을 들

이마시더니, 애써 냉정하게 끄덕였다.

"…지시, 했습니다. 저는… 홍주를 지키는 주윤이니, 파면하시려면 마음대로 하십시오."

지미는 눈을 가늘게 떴다. 후우, 하고 담배연기를 내뱉는다. 손목을 꺾어 담뱃대에서 담뱃재를 털었다.

"자네가 국시 출신이고, 하급 병사 출신인 나를 바보 취급하는 건 알고 있어. 급제도 나이를 한참 먹은 후이고, 성적도 별 볼일 없었으니 말이지. 그러니 결단을 못 내릴 거라고 생각했나? 하지만 자네에게 책임은 묻지 않겠네. 자네 명령은 내 명령이나 마찬가지니까. 모든 책임은 내가 지도록 하지. ──풀무치가 오기 전에 비축식량을 남김없이 구덩이에 묻도록. 말라버린 우물이란 우물에 모두 식량을 던져 넣은 후, 철 뚜껑을 덮어서── 숨기도록."

새하얀 새가 허공을 날아간다. 소년 시절에 손에 쥐고 있던 소중한 무언가가 날아가버렸듯이.

지미는 흰 새에게서 등을 돌렸다. 그리고 두 번 다시 돌아보지 않았다.

"──이제 중앙이 하기에 달렸다."

| 제1장 | 내릴 리 없는 눈

『실은, 십악(十惡)이란 지금의 왕에 대한 모반을 말한다. 그대 가 나를 지킨 후에, 십악이 되어 있을지는 알 수 없느니.』

번쩍, 하고 수려는 눈을 떴다.

어슴푸레한 달빛이 가득 한 고풍스러운 천장이 보였다. 수려 는 한동안 자신이 반듯이 누워있다는 것도, 어디에 있는지도, 지금까지 무엇을 하고 있었는지도 제대로 기억해낼 수가 없었 다.

훌쩍, 시야에 애꾸눈 사내가 나타났다.

"여어, 일어났어, 아가씨?"

"…………──! 꺄아아아악!!"

사마신의 모습을 한 홍수의 술책에 넘어가 죽을 뻔했던 일을 문득 떠올린 수려는 반사적으로 비명을 지르며 도망치려 했다. 그러다가 욧잇에 발이 걸려 냅다 침대에서 굴러 떨어지다 못해

바닥에 이마를 있는 힘껏 찧었다. 코도 제대로 부딪쳐 눈물이 핑 돌았다.

"아야―! 크으… 바로 한 건 하셨네요, 신 씨!!"

"…아니, 아무것도 안 했는데. 뭐야, 누명까지 씌우고."

수려는 코를 문지르며 재빨리 방안을 둘러보았다. …리앵이 자신을 위해 마련해준 방이다. 아직 기억이 조금 혼란스럽긴 했지만 류화와 하얀 관들 사이에 서 있었던 것은 기억해냈다.

경계를 늦추지 않으면서 신을 보았다. 아니, 우선 진짜 신이 맞나. 이것도 이상한 주술이면 어쩌지.

'에, 그러니까, 에, 그러니까, 뭔가 판별할 방법이 있을 텐데―― 그래, '막야(莫邪)'!!'

돌팔이 주술사는 환영으로 재현하지 못한다는 얘기를 했었지. 수려는 찌릿, 신을 노려보았다. 그 눈초리는 당당했지만, 엉거주춤하게 침대 뒤에 몸을 숨긴 채 노려보았기 때문에 조금 위엄이 부족한 모습이었을지도 모르겠다. 그래도 살해당하는 것보다는 낫다. 한심하다는 소리 따위 들을쏘냐!

"신 씨!! '막야'를 꺼내보세요, '막야'! 어, 없다! 안 가지고 있는 거죠?!"

"…아니, 있는데. 여기."

좀 맞이 간 사람의 말은 거스르지 않는다는 기본적인 인간관계의 원칙에 따라, 신은 순순히 등에 매고 있던 '막야'를 칼집에서 꺼내어 내보였다. 그리고 보니 남 장군은 허리에 차고 있는데 비해 신은 등에 매고 있었지. 두 가지 방식 모두 가능한 '어중간한 크기'인 듯했다. 등 뒤에 매고 있어서 보이지 않았던 것뿐이었나 보다. 신이 보여준 '막야'는 진짜처럼 보였다.

'그렇다면 본인이라는 건가?'

그래도 수려는 침대 뒤에서 나가지 않았다. 서서히 돌아오는 류화와의 기억.

──조정에서 누군가가 보낸 흉수가 있다. 우선은 정면승부.

"신 씨… 표가에 온 이유를 말하지 않았죠. 나를 죽이는 것도 그 이유에 들어가나요?"

어슴푸레한 달빛 속에서 신이 한쪽 눈으로 웃는 것이 보였다.

"…이번에는 대답하는 쪽이 좋을 것 같군. ──아니, 그렇지 않다."

물론 거짓이 아니라는 보장은 어디에도 없다. 아니, 오히려 순순히 자백한다면 더 수상하다. 하지만 신은 지금까지 수려를 죽이지 않았고, 죽이려면 지금도 손쉽게 해치울 수 있을 터였다. 적어도 수려를 유인하여 다짜고짜 죽이려 했던 '암살인형'과는 다르다는 것만은 확실한 것 같았다.

이 표가에서 신은 때때로 훌쩍 모습을 감추곤 했지만 매번 돌아왔고, 수려 곁에서 시중을 들어주는 시간이 훨씬 더 많았다. 수려를 노리고 있다기보다는, 어느 쪽이냐 하면──좀 이상한 표현이지만──수려를 '거점'으로 삼고 있는 듯 느껴지는 구석이 있었다.

"내가 눈앞에서 사라져주길 원하는 거라면 당장 나가줄 수 있는데?"

그렇게 해달라고 한다면 신은 말 그대로 바로 나갈 것이다. 하지만 수려가 붙잡았다.

"──잠깐, 기다려 주시와요!!"

"말투가 괴상한걸, 아가씨… 그래서 무슨 일인데?"

"에, 그러니까 약속── 약속을 해주세요. 지금 여기에서."

신은 재미있다는 듯이 빙긋 웃더니 팔짱을 꼈다. 그 한 마디로 수려의 생각 따원 훤히 꿰뚫어 본 모양이다. 역시 신은 엄청나게 머리 회전이 빠르다. 어렴풋이 짐작하고는 있었지만 아마 남장군보다도 더 빠를 것이다. 비슷하게 머리가 좋더라도 얼마만큼 많이 쓰는지에 따라 차이가 생기는 것 같다. 십삼희도 마찬가지이지만 이 남매는 완력에 자신이 있기 때문인지, 굳이 나누자면 장렬히 산화할 준비 만반인 특공대형이라는 생각이 든다.

"약속이라. 일리가 있군. 좋지, 말해보라고. 어디까지 내 약속이 필요한 것이지?"

"──제가 류화 아가씨를 한 번 더 만날 때까지 저를 죽이지 않겠다는 약속을. 그리고 내친 김에 그때까지 저를 지켜주세요. 류화 아가씨를 만나기 전까지 제 목숨을 보장해주세요."

신이 웃었다. 아주 살짝 쓴웃음도 섞여있는 듯 보인 것은 착각만은 아닐 것이다.

"…아가씨는 정말이지 머리가 좋군. 내가 그 제안을 반드시 받아들이리라는 걸 알고서 말해본 거지?"

"…제대로 대답해주세요."

"그래, 알았어. 약속하지. 아가씨가 류화와 만날 때까지 내가 지켜주겠어. 그때까지는 절대로 죽이지도 않고, **다른 누군가에게 죽임을 당하는 일**도 없도록 하지. 약속할게. 그러니까 이제 나오라고."

몇 초 있다가 정말로 순순히 침대에서 머리를 불쑥 내민 수려를 보며 신이 씨익 웃었다.

"흐음, 내 말을 믿는 건가? 의심했으면서도?"

"믿어요. 남 장군님이 입 밖으로 낸 말은 반드시 지킨다고도 하셨고…… 그리고 신 씨는 아마 류화 아가씨를 만나려고 이곳에 왔을 거예요. 하지만 어디 있는지 찾아내질 못했죠. 제가 있는 편이 만나는 데 도움이 될 거라고 판단했을 거예요. 그래서 처음부터 여러 가지로 시중도 들어주고, 훌쩍 나갔다가도 꼭 돌아왔어요. 내가 가장 류화 아가씨와 접촉할 가능성이 많으니까. 그러니까 류화 아가씨와 만날 때까지는 약속한 대로 곁에 있으면서 지켜주실 거라고 생각해요."

신은 웃음을 띤 채로 부정하지 않았다. 신중하게 긍정도 하지 않았지만.

"흐음? 묻지 않는 건가? 어째서 내가 류화를 만나러 여기까지 왔는지는?"

"…지금은 묻지 않을 테니까, 신 씨도 묻지 말아주세요."

"지금까지 그렇게 어쩔 줄 모르고 망설였으면서, 어째서 갑자기 류화를 만나러 갈 생각이 들었지? 지금『류화를 한 번 더 만난다』고 했지. 역시 류화는 널 만나러 왔던 거군."

이번에는 수려가 조개처럼 입을 꽉 다물었다. 류화가 은밀히 암시했던『류화의 입을 막기 위해 조정이 파견한 흉수』가 만약 정말로 신이라면, 수려는 결국에는── 그에게서 류화를 지켜야만 한다. 그러나 수려와 류화가 이야기를 나눈 내용이 들통난다면 신이 모습을 감춰버릴지도 모른다. 자칫했다가는 갑자기 '헷헷헷, 아가씨… 알아차린 거야?' 하고 푹 찔러버릴지도 모른다.

"…아가씨… 뭔가 이상한 상상을 하고 있지?"

"아니에요! 아무것도 모르니까, 아무것도 묻지 말아주세요!"

"……."

"……지금 한 말은… 안 들은 걸로 해주세요."

스스로도 자각하고 있는 부분이긴 한데, 수려는 입은 무겁지만 뭔가를 숨기는 일에는 전혀 소질이 없었다. 반면, 신은 상당히 눈치가 빠르다. 그렇기에 더욱 잠자코 있는 것이 최선─이라 할까, 잠자코 있을 수밖에 없다. '뭔가 알고 있는' 정도라면 아직 줄다리기는 할 수 있다. 눈치를 챘는지 신은 어깨를 으쓱하더니 순순히 물러나 주었다.

"…흐음, 류화에게 무슨 말을 들은 거겠지? 그 부분을 캐묻지 말아달란 거군. 뭐, 좋아. 서로 답하고 싶지 않은 문제는 굳이 들추어내지 않고 협정을 맺도록 할까?"

수려는 침대 위로 기어 올라가, 어질어질한 머리를 감싸 안았다. 긴 한숨을 내쉬었다.

"살았다… 호위병 한 명 확보… 이걸로 조금 나아진 건가…"

"나아져?! 저기 말이지, 아가씨. 그건 아니지. 지금 발언은 모른 척하기 어려운걸. 내 입으로 말하긴 뭐하지만, '사마신'의 호위라면 꽤 자랑거리가 된다고. 돈으로 살 수 있는 싸구려 솜씨와는 차원이 다르지. 남가당주도 봐주지 않고 날려버렸다고. 좀 더 감격했으면 좋겠는걸."

"…남문필두 '사마신'이 아니라고 하지 않았던가요?"

"핫핫, 지금 한 말도 듣지 않은 걸로 해줘. 뭐, 그렇다 치고. 그래, 이제 가까이 가도 되나?"

수려가 당황하여 고개를 끄덕이자 그때까지 성실하게 한 발자국도 움직이지 않았던 신이 성큼성큼 침대까지 다가왔다.

"자, 그럼 서로 정보교환을 해볼까? 내가 없는 동안 무슨 일이 있었지? 방금 전의 비명으로 짐작컨대 아무래도 내 얼굴을 한 '누군가'가 목숨을 노렸던 것 같은데."

"…네, '암살인형'이라는 집단의 함정에 보기 좋게 속아 넘어갔어요."

수려는 간단하게 신의 모습을 한 '암살인형'에게 유인되었던 상황부터 류화를 만난 일까지 설명했다. 설명을 하면서 수려의 혼란스럽던 기억도 차츰 정리가 되었다.

"… '암살인형' 이 아가씨를? 생각했던 것보다 훨씬 더 깊숙이 휘젓고 있는걸."

수려는 신의 단정한 옆얼굴을 올려다보았다. …전부터 생각했었다.

"…신 씨, 전부터 제게 툭툭 정보를 던져주시네요. 아마도 의도한 것 같은데."

"응? 눈치 챈 거야? 하하, 뭐, 그렇지."

"…왜 그러시는 거예요?"

신은 소리 없이 미소 지었다. 웃고 있어도 어딘가 그늘이 있어서, 연청처럼 구김살 없는 파안대소(破顔大笑)를 본 적이 없다. 하지만 이때는 여느 때보다도 더 쓸쓸해 보였다.

"…왜일까. 이유는 몇 가지 있지. 하지만 아가씨라면, 하고 생각했는지도 모르겠는걸."

"네?"

"어쩌면 아가씨라면 '만사가 잘 해결될 방법' 을 찾아낼지도 모른다는 생각."

수려는 처음으로 귀양에서 신을 만났던 때를 떠올렸다.

"…그 말, 전에도 한 적이 있죠?"

"그래. 그렇게 된다면 좋겠지?"

이는 수려 자신도 전혀 의식하지 못했던 말이었다. 문득, 저도 모르게 말이 흘러나오고 있었다.

"제가 막아주길 원하는 사람이, 있는 거예요?"

신은 숨을 삼키고는 이어 쓴웃음을 지었다. 이전에 '흑랑'이 망설이면서도 왜 이런 일을 하고 있냐고 물었던 때를 떠올렸다. 역시 부녀지간이다. 아픈 곳을 찌르는 게 참으로 닮았다.

"…글쎄. 실은 나도 잘 모르겠어."

신은 긴 앞머리를 거칠게 쓸어 올리면서 애꾸눈을 내리깐 채 조용히 한숨을 쉬었다.

"…막는 게 좋을지 아닐지, 계속 생각하면서 여기까지 오고 말았어. 아직도 잘 모르겠다. 뭐가 좋은지, 아직 모르겠어. 그렇기 때문에 아가씨에게도 조금씩 말을 흘렸는지도… 만약 내가 안 된다면, 아가씨가 막아줄지도 모른다고 생각한 거겠지."

누구를, 이라고는 묻지 않았다. 물어도 지금은 대답해주지 않을 게 뻔했으니까.

"그건 그렇고, 추영은 정말 구제불능 멍청이라니까. 리앵은 그렇다 쳐도, 이 상황에서 아가씨를 혼자 남겨두고 뛰쳐나가는 멍청이가 어디 있어. 내가 엇갈려 돌아오지 않았으면 어쩔 뻔했냐고. 그 녀석은 신경도 안 쓸 거라는 게 좀 슬프지만 말이지."

"…응? 엇갈리다니, 설마 나가는 걸 보고 돌아온 거예요?"

"그래. 두 사람이 예사롭지 않은 표정으로 뛰쳐나가기에, 아가씨가 유괴된 줄 알았어. 그 직후에 이 방에서 엄청난 기척이 느껴져서 좀 기다렸다가 들어와보니 아가씨가 기절해 있어서 침대로 옮겨준 것뿐이야. 뭐, 아무튼 준비가 되었으면 가자고."

물론 수려도 류화를 찾으러 가야 한다는 생각은 했지만 황해

문제로 뛰쳐나간 리앵과 추영이 걱정된다. 조속한 대처가 필요한 것은 황해 쪽이다. 황해대책은 어사의 업무이기도 하다.

알아차렸는지 신의 커다란 손바닥이 턱, 하고 수려의 머리 위에 얹혔다.

"류화에게 가자는 게 아니야. 우선은 리앵과 추영을 찾아야지. 나도 용건이 있어. 어쩔 수 없군. 패를 보이고 싶진 않았지만 내패도 한 장 보여주기로 하지. ──황해 문제에 대해서는 나도 명령을 받았다."

"──네?! 알고 있었다는 거예요?! 하지만, 그렇지만."

그래, 남 장군은 소방에게서 보고를 받았다고 했다. 지금 생각하면 소방의 목을 졸라버리고 싶지만, 수려와 함께 홍주로 향하던 동안 소방은 황해의 징조를 알고 있었던 것이다. 아마도 여행길 내내 규 장관에게 보고를 올리고 있었던 게 틀림없다.

'잠깐, 신 씨가 알고 있었다는 건 탕탕의 보고가── 어사대의 기밀정보가 다른 '대관' 중 누군가에게도 새고 있었다는 얘기야? 꺅, 어떻게 전혀 눈치 채지 못했지? 그리고 보면 십삼희 암살도, 청아와 함께 습격을 받았을 때에도 어사대의 정보가 유출되었기 때문에 상대가 선수를 쳤던 거잖아!'

지금까지 유출되었을 리 없다고 믿고 있었다. 아니, 믿고 싶었던 것인지도 모른다. 그 정도의 기밀을 빼돌릴 수 있는 것은── 규황의, 아니면 육청아밖에 없다. 그런가.

완전히 다른 가능성이 불쑥 떠올랐지만, 너무나도 황당한 가능성이었기에 바로 머릿속에서 지워버렸다. 설마 그럴 리는 없지… 아닐 거야.

"저기… 명령을 받았다니."

"글쎄? 그런 건 아무래도 좋으니까 가자고. 류화의 처소를 그 녀석들도 모르는 이상, 찾아간 곳은 아빠 *리앵*이겠지. 위험할 걸 알면서도 널 혼자 두고 나간 걸 보면."

"아… 네, 그렇게 말했어요. 만나게 하고 싶지 않으니 남아있으라고."

"뭐… 리앵의 노력은 가상하지만 헛수고일 거야. 상대가 *리앵*이면 류화보다도 더 얘기가 안 되니까."

이런 걸 신에게 묻는 것도 참으로 한심했지만, 모르는 채로 있느니 창피를 당하는 쪽이 더 낫다는 생각에 과감하게 물어보았다. 맥락을 쫓아가질 못하는 게 더 한심하다.

"죄송한데요, 리앵은 아무것도 제대로 설명해주지 않고 험악한 표정으로 달려나가 버렸거든요. 어째서 황해라는 얘기에 리앵이 그렇게 얼굴빛까지 달라져서 뛰쳐나간 건가요? 표가는 신사(神事)에 종사하는 가문이잖아요?"

신은 바보취급은 하지 않았다. 만약 청아였다면 엄청난 비웃음을 퍼부었을 것이다.

"아아, 뭐, 모르는 게 당연해. 신사에만 관여하게 된 지 꽤 오래되었으니 말이야. …내가 전에 했던 얘기 기억하고 있어? 표가의 일은 아가씨에게 맞을 거라고 했던 말."

"아, 에, 그러니까 전쟁이나 재해 발생 시에는 일제히 구조 및 지원 활동에 나선다…라고… 재해. 아―앗?!"

"그래. 표가는 원래 약자 구제를 위해 초대 창요 공주가 일으킨 가문이지. 지난 대업연간(大業年間)의 표가신앙도 원래는 전쟁의 피해를 입은 백성들을 오직 표가만이 무상으로 도와준 것이 그 발단이었어. 선대 '기적의 아이'가 나타나 뛰어난 치유의 힘으로 발휘하면서 단번에 신앙이 귀족계급까지 확산되자 점점 돈과 권력을 요구하게 된 모양이지만 말이야. 뭐, 아무튼 의료에서 재해대책까지 연구와 지식의 축적은 표가가 제일이라고 봐도 돼. '싸우지 않고 백성을 지킨다'가 이념이니까."

수려의 얼굴색이 순식간에 달라지더니 꾸욱 주먹을 쥐었다.

"그렇다면 혹시 황해에 대해서도…?"

"그래. 조정이나 '밖'에는 없는 지식과 방법이 있을 가능성이 있어. 그리고 이 표가 본가는 '밖'과 단절되어 있어서 전란(戰亂)과는 한참 동안 무관하게 살아왔지. 즉, '밖'과는 달리, 전쟁이니 내전이니 하는 일들로 귀중한 서책이나 연구 자료가 사라지질 일이 없어. 지금까지 천 년 이상 축적된 것들이 그대로 남아있는 것이지. 만약 이 표가 본가를 움직일 수 있다면… 차원이 다른 재해방지도 가능할지 몰라."

"――그런 협상이야말로 어사가 해야 할 일이잖아!! 빨리 뒤따라가야 해! 아니, 어째서 리앵은 나를 놓고 간 거야?! 말도 안 돼! 구두, 구두!"

수려는 바로 침대에서 뛰어내렸다. 뛰어내렸다가 바닥의 냉기에 놀라 뛰어올랐다.

　"꺅! 차가워! …어, 어머? 이, 이, 이렇게나 이 방이 추웠나?!"

　바닥에 너부러져 있던 구두에 한쪽 발을 집어넣으면서 수려는 부르르, 양팔을 문질렀다. 바닥 가까운 곳에 맨발로 있자니 냉기가 뱀처럼 서늘하게 발을 타고 올라온다. 어제까지는 전혀 느끼지 못했는데. 가을이 갑자기 한겨울이 된 것 같았다.

　"…그리고 보니… 정말 그렇군. 기온이 전보다 한참 내려간 것 같은데."

　수려의 말을 듣고 나서야 비로소 신도 알아차린 듯한 얼굴을 했다. 숨을 내뱉자 희게 얼어붙는다.

　"겨울이 성큼 다가온 건가… 아우, 몇 겹 더 껴입고 가야겠다…."

　"아니… 이상해. 전에 말했지. 이곳은 인간이 발을 들여놓은 적이 없는 만리(萬里)대산맥의 한가운데에 있는 숨겨진 궁이야. 원래는 인간이 살 수 있는 곳이 아니지. 주위는 이미 한겨울이고, 내 키만큼 눈이 쌓여 있는 대설산 지대라고. 지금 와서 이렇게 갑자기 추워질 리가 없어."

　머리카락을 묶고 있던 수려의 손이 멈췄다.

　"…하? 만리대산맥이라면… 만리대산맥 안에 있는 거예요? 여기?! 그 창현왕 이후로 지금까지 아무도 답파하지 못해서 표고조차도 알지 못한다는 대 영산(靈山)지대?!"

"…말하지 않았던가? 그래, 최북단 동토(凍土)지대인 백주(白州)와 흑주(黑州)보다도 더 북쪽이다. 그렇기에 이곳은 조정도 침공해오지 않는 거야. 침공해봤자 아──무것도 없으니까. 살 수도 없고."

"왜 굳이 굳이 이런 곳에 집을 지은 거죠?! 너무 불편하잖아요! 아, 땅값이 싸서?"

"…아니── 땅값이나 편의성은 관계없는 것 같은데. 초대 당주인 창요 공주가 오빠인 창현왕과 맺은 계약 때문인 듯해. 나도 자세한 건 몰라. 아무튼 기온은 확실히 좀 이상한데. 대무녀의 힘으로 인간이 살 수 있도록 유지해 왔다고 리앵이 말했잖아? 아가씨의 몸을 탐내는 것도 그렇고, 어쩌면─ 류화의 힘이 약해지고 있는지도 모르지. …팔십이 넘어서까지 대무녀로 군림했다는 것 자체가 유례없는 일이니. 그 전에 대가 바뀌니까…."

겉옷의 매듭을 가슴께에서 여미던 수려가 문득 신을 올려다보았다. 하얗게 숨결이 엉긴다.

"…다음 번, 무녀는?"

"없어. 표영희가 마지막이었는데 '밖'으로 도망친 후로는 쭉 공석이었을 거야."

다가(茶家)에서 신세를 졌던 영희의 이름에 수려는 기절할 듯 놀랐다. 그리고 보니 그 분도 성이 표가였지.

"에, 영희 할머님이 후계자였던 거예요?! 아, 춘희 씨도 이능

(異能)이 있다고 하긴 했는데….”

“…어차피 무리일 거다. 영희의 힘으로 숨길 수 있는 정도라면, 영희만큼의 힘이 아니라는 이야기이니. 그 정도의 힘으로는 아무 의미도 없다고 알고 있어. 힘만 있다고 되는 것도 아닌 모양이고.”

기다렸다는 듯이 쏟아지는 지식의 양에 수려는 감탄했다.

“……신 씨, 정말 잘 알고 계시네요….”

“아니, 어사인 네가 이 정도도 모른다는 것이 공부 부족인 거지. 특히 기밀정보라면 원 없이 볼 수 있는 어사대에 있으면서 말이지. 흥미를 가지고 조사하면 이 정도 정보는 그냥 줄줄 나온다고.”

아픈 곳을 찔린 수려는 아무 말도 하지 못했다. 받아칠 말도 없었다. 앞으로 더 정진할 수밖에.

──어떤 수를 써서라도 살아야 한다고 했던 류화.

그저 살고 싶다, 강력한 힘을 계속 유지하고 싶다는 이유만으로 무녀의 몸을 쓰고 버려온 것이 아니라는 것을, 스치듯 그녀의 과거를 본 수려는 알고 있다.

“…류화 아가씨가 사라지면… 이 표가는?”

“……글쎄. 그걸 정하는 건 표가다. 우리들이 아니야.”

동이 트고 있는데도 온도가 급격히 내려가면서 눈이 펑펑 쏟아지기 시작했다.

아름답게 손질된 정원이 순식간에 흰색으로 뒤덮인다.

*리앵*은 눈을 가늘게 뜨고 갑자기 쏟아지는 함박눈을 바라보고 있었다.

"──아버님!!"

'문'을 차 부술 기세로 아들인 리앵이 달려들어 왔다. 이어서 또 한 명, 알지 못하는 청년도 굴러들어 왔다. '문'을 통과하는 것은 처음인지 눈을 희번덕거리며 주위를 둘러보고 있다.

"우아?! 어, 어떻게 갑자기 이리로 나온 거야, 리앵?! 그 문, 나도 지금까지 주취 님을 찾느라고 몇 번이나 열려고 했지만 절대로 안 열렸다고!! 부숴서 열려고 했는데도 부숴지질 않았는데. 게다가 열었다고 해도 이렇게 넓은 저택으로 연결될 리가 없잖아?!"

"당신, 남의 집 문을 멋대로 부수려 하다니! 그건 문의 모양을 한 '통로' 같은 거야── 아버님은 은거 중이시라 이상한 놈들이 들어오지 못하도록 해놓은 거지."

"이상한 놈?! 아니, 우아, 저게 리앵 아버지야?! 뭐야, 저 젊어 보이는 얼굴은?! 할아버지 아니었어?! 미리 말해줬으면 나도 머리하고 옷 좀 제대로 갖추고 왔을 텐데!!"

"왜 쓸데없이 경쟁의식 불태우는 건데, 당신! 그런 건 됐으니까 입 좀 다물어!!"

분하잖아! 하고 중얼중얼거리는 추영을 버리고 리앵은 아버지 곁으로 달려갔다. 아버지는 물끄러미 리앵과 추영을 번갈아 보고 있다. 리앵은 얼굴에서 불이 날 정도로 창피했다. 지금껏 아버지 앞에서 이런 만담 같은 말싸움을 벌인 적은 없었다.

"소, 소란스럽게 해드려 죄송합니다."

"…'밖'의 친구가 생긴 거냐, 리앵. 좀처럼 표가에는 없는 부류의 사내구나."

친구?! 아니라고 말하기도 뭣하고, 그렇다고 친구라 하기에도 어정쩡하다.

*리앵*은 다가온 추영의 얼굴을 뚫어져라 바라보았다.

"…남가의 피가 짙군… 남가의 직계인가. 좀처럼 없는 일인데. 채일족 직계의 사내가 이 표가 본가에 오는 일은. 미혼인 처자는 자주 보내지곤 했지만 말이다."

얼굴만 보고 바로 출신을 맞추는 *리앵*의 말에 추영은 기가 죽었다. 하지만 정말로 은발을 제외하면 자신과 거의 비슷한 나이 또래로밖에 보이지 않는다.

"남추영…입니다. 처음 뵙겠습니다. *리앵*님."

대답을 했을 때에는 *리앵*은 추영에 대한 흥미를 잃은 듯 바로 아들에게 시선을 돌렸다.

"…그래서? 아침 식사라도 가져온 거냐? 리앵. 벌써 시간이 그리 되었느냐?"

추영은 휘청, 힘이 빠졌다. 역시 노인인 모양이다. 추영은 내심 괴상한 우월감을 되찾았다.

"아닙니다!! 아버님께 드릴 말씀이 있어 왔습니다."

"무리다."

"아직 아무 말씀도 드리지 않았습니다!"

"말하지 않아도 짐작은 간다."

*리앵*은 귀찮다는 듯이 한숨을 한 번 내쉬었다. 사라락, 은발을 흔들면서 부채를 펼친다.

"…우우에게 무슨 말을 들은 게 아니냐?"

"그렇습니다. 부탁이니 들어주십시오."

리앵은 주먹을 쥐고 아무런 감정도 없는 아버지의 허무와도 닮은 검은 눈동자를 들여다보았다.

"황해가 발생했습니다. 우우가 표가의 모든 문을 개방해달라고 요청했습니다. 하나도 남김없이 열어달라는 요청입니다."

"…그런데?"

"지금 바로, 표가계 모든 사원, 모든 문을 개방하고 구족 모두에게 구제 지시를 내려주십시오! 조정에 협력하여 황해대책에 대한 모든 지식을 개방해주십시오. 황해는 표가의 위기수준으로도 제1급 지정재해입니다. 지금이라면― 발생 직후인 지금이라면 아직 가망이 있습니다. 최소한으로 피해를 막을 수 있습니다. 제게는 표가와 관련된 어떤 권리도 없지만 아버님께서는 표가의 당주이지 않으십니까. 아버님의 명령이라면 모든 사원들이 따를 겁니다. 그러니 아버님!!"

"…말하지 않았느냐, 리앵. 무리다."

긴 의자에 팔을 걸치고 앉아 *리앵*은 너무나도 귀찮다는 것이 어깨를 으쓱했다.

"이 표가는 여계(女系) 일족이다. 힘이 있는 대무녀의 명령밖에는 듣지 않는다. 표가 일족의 주술사, 무녀, '암살인형', 그 외에 모든 사원, 표가 일족을 장악하고 통괄해온 것은 누님이다. 내게는 어느 정도의 자유가 있지만, 그렇다 해도 누님의 명령을 뒤집을 수 있는 정도는 아니다. '밖'의 세상에 어지간히 감화된 모양이구나. 그러나 이곳은 표가다, 리앵. 남자에게는 어떤 결정권도 없는 장소지."

"…으."

아버지의 말은 사실이었다. 아버지는 당주이지만 지금까지 대부분의 표가의 일에는 무관심했고, 어떤 일에도 관여하지 않았다. 중요사항은 모두 고모인 류화가 결정했다는 것도 알고 있다. 특히 선대가 '남자'였고, 조정과의 정쟁에 패배하여 표가의 평판을 실추시킨 끝에 류화에게 숙청당했다는 과거가 있었다. 남자가 위에 서면 표가가 몰락한다고 일족이 생각하는 것도 어렴풋이 눈치는 채고 있었다. 사람들이 아버지를 당주로 인정하고 있는 것은, 오로지 아버지가 '아무것도 하지 않기' 때문이었다. 그저 있기만 할 뿐, 실권은 고모님이 쥐고 있다는 것을 누구나 알고 있기 때문이었다. 그렇기에 안심할 수 있다. 하지만 지금은.

"하지만—— 그렇다 하더라도 당주는 아버님이지 않습니까?! 우선순위는 고모님과 같지 않습니까?"

"문제는 말이다. 리앵. 일족이 그렇지 생각하지 않는다는 점이다. 그리고 나 자신도 말이다."

천 년 동안 변한 것은 아무것도 없다. 변하려 하지 않았다. 일족의 무녀에게 모든 것을 맡겨버린 것은 바로 표가 일족이라는 것에 생각이 미쳤다. 그래, 리앵 자신도.

"그럼, 고모님께서 계신 곳을 알려주십시오! 제가 가서——."

"네가?"

리앵은 물끄러미 아들을 바라보았다. 정말이지 이전과는 다르다. 인형처럼 얌전하게 리앵의 말에 따르는, 그야말로 표가의 사내 중에 많은 얌전하고 말수 적은 아들이었는데.

"고모님의 명령 없이는 무리라면 제가 고모님께 가겠습니다. 황해 일을 들으신다면—."

"아니, 알고 있을 게다."

리앵은 부채를 든 채, 펑펑 쏟아지는 눈 쪽으로 눈을 돌렸다.

"…알고, 계신다고요?!"

"알고 있을 거다. 누님에게는 늘 모든 사원에서 기온과 기후, 지반의 변화, 돌림병, 풍작인지 흉작인지… 이변이 있으면 연락이 오게 되어 있지. 별자리를 읽고 예측했을 수도 있다. 황해는 특히 풀무치 색의 변화로 쉽게 알 수 있기 때문에 진즉에 알고 있었으리라 생각되는데."

"아, 알고 계시면서도 고모님께서는 움직이지 않으셨다는 겁니까?!"

"움직이지 못하는 거겠지. 우우도 움직이지 못하고 있는 게 이상하지 않으냐? 지금 누님도, 우우도 그럴 정신이 아닌 게다. 모든 사원에 명령을 내릴 만한 여유가 없는 거라고 본다."

"무슨, 말씀이십니까…."

리앵의 표정이 굳어졌다. 표가 내부에서 무언가 일어나고 있다는 생각은 했지만——.

"…설명하기도 귀찮다. 최근 점성판과 팔괘(八卦) 등에 나오고 있는 징후를 간단하게 말해줄 테니 들어라. 그걸로 어지간한 상황은 파악이 될 거다. 우선은 남주, 한참 전에 물의 괘(卦)가 나왔다. 통로 폐쇄 전에 들어온 정보로 볼 때, 여름부터 긴 비가 계속되고 있을 게다."

추영의 얼굴색이 바뀌었다. 물의 도시인 남주에서 긴 비는 바로 수해로 이어진다.

"황해는 벽주겠지. 흙의 괘가 나왔으니 말이다. 풀무치는 아마 흙의 괘에 이끌려 조금 빨리 나왔을 뿐이고, 벽주에 흙의 괘라면 지진이다. 지금쯤 지진이 연속적으로 발생하여 큰 피해가 나오고 있을 텐데."

"…아버님——."

"다주에서는 표가의 별이 흘렀다. 영희에게 불행이 생긴 듯하군. 다주는 대대로 사람 운이 좋지 않았지. 그랬던 걸 영희가 시집을 가서 억누름으로써 어느 정도 안정이 유지되었던 거다. 그것이 다원순의 시대였던 거지. 하지만 별이 흐르면서 안정이 무너졌다. 다가는 당분간 친족 간의 분쟁으로 옴짝달싹 못할 게다."

추영은 어안이 벙벙했다. 추영도 천문을 학문으로 접해보기는 했지만 진지하게 생각해본 적은 한 번도 없었다. 그러나 이렇게 논리 정연한 설명을 듣고 있자니 믿을 만하다는 생각이 들었다.

"홍주의 바람과 흙의 괘는 지금 시기에는 늘 나오는 괘다. 가을에 바람과 흙의 괘가 강해지면 수확이 많아지지. 하지만 올해는 최악일 게다. 풀무치가 바람에 밀려 벽주에서 홍주로 향할 테니까. 벽주의 흉운이 바람의 괘를 타고 풀무치와 함께 홍주로 흘러들어가는 거지. 전멸은 면할 수 있을지도 모르지만, 그것도 감지덕지일 거다. 나머지는 사람의 운에 달렸다. 누가 홍주로 가느냐에 따라 결과가 결정되겠지."

리앵은 나른한 목소리로 말을 이었다.

"황주는 금의 괘에 이변이 나타났다. 남주의 수해, 벽주의 지진, 홍주의 흉작… 이 모든 재해의 여파로 가격이 폭등하여 경제가 폭락할 징후가 나타나고 있다. 이를 회피하기 위해서 금의 괘가 더 세질 기색이 나오고 있고. 상업의 도시인 황주에서 금의 기운이 너무 세지면 좋은 일이 없어. 무기의 쇳기로 돌변하여 북방의 두 주를 치지. 황가 당주의 별자리에는 금의 기운이 보통 사람보다 훨씬 많아서 말이지…"

추영은 *리앵*이 하려는 말의 의미를 알아채고는 하얗게 질렸다. 무가(武家)인 북방 두 주의 흑가와 백가에 무기의 쇳기가 흘러들어간다니, 그 결말은 보지 않아도 뻔하지 않은가. 무엇보다도 황가의 별칭(別稱)은──.

"아버님… 그렇다는 것은 누군가가 인위적으로 얽혀있다는 말씀이십니까?"

추영이 리앵의 굳은 목소리에 돌아보았다. 리앵이 추영을 보았다.

"나도 초여름에 왕에게 천문을 읽어준 적이 있지만 그런 기운은 나타나 있지 않았어. 여름의 별자리에 든 때였지만 남주의 천문 위치에 수해나 장마의 징후는 없었어. 그렇기 때문에 당신들 중 누군가가 구채강에서 보경(寶鏡)을 깨뜨렸다는 이야기를 들었을 때, 화를 내면서도 이상하다고 생각했지."

"그러니까… 보경이 깨졌기 때문에 비정상적으로 긴 비가 계속되고 있다는 건가?"

룡연을 동생으로 둔 추영은 웃어넘기지 않았다. 구채강에서의 기묘한 폭우도 기억에 생생했다.

"…그래. 하지만 보다 본질적인 문제를 혼동했던 것 같아. 당신 말에 따르면 고모님은 이혼술을 써서 구채강에 나타났어. 그때 거울이 깨진 건 맞을 거야. 하지만 그 거울이 보경산(寶鏡山)의 신체(神體)가 아니었다면? 생각해보면 굳이 이혼술에 보경산의 요체를 사용할 필요는 없거든."

당시의 정보를 종합하면 고모님을 상대하고 있었던 것은 아마도 '흑랑'이었을 것이다. 고모님도 '흑랑'도 밀고 당기기의 명수들이다. 양쪽 다 평범한 거울이라는 걸 알고서 깼다고 보는 편이 훨씬 말이 된다.

"하지만 그 후에 폭우가 쏟아졌는데… 그건 절대로 그냥 비가 아니었다고!"

"아니, 그것도 다른 이유로 설명할 수 있어. 당신에게는 생략하겠지만."

우우는 '우선(雨仙)'이 수려 안에 깃들어 있다고 했다. 봉인이 깨져가고 있다고도. 귀양(貴陽)에서도 그랬지만 아마도 그 폭우는 우선이 수려를 지키려고 내린 비였던 것이리라. 거울이 깨졌기 때문이 아니다.

"그때의 폭우는 일시적이었고, 남룡연이 피리를 불자 '그쳤'잖아? 그렇다는 건 지금 비가 그치지 않는 상황과는 다른 거지. 진짜 신체는 무사했던 거야… 그때까지는 말이지."

"…그렇다는 건."

"그래, 거울은 **두 번 깨졌어**. 당신들이 하산한 후, 진짜가 깨진 거지. 누군가가 의도적으로 깨뜨린 거야. 그래서 신경(神鏡)을 만들어달라는 의뢰가 선동성에 왔던 거지. 비정상적으로 긴 장마가 계속되고 있고. 앞뒤가 맞잖아. 당신들이 깨뜨린 줄 알고 고함질러서 미안했어."

"누군가라니, 그게 누구지?"

리앵은 고개를 숙인 채 머리를 굴려봤다. 그래, 누가 그런 짓을 했는지가 문제다.

"…아버님, 천문이나 점성술에 이 정도의 이변이 나타났다면 우우나 고모님도 진즉에 징후를 읽고 대처하셨을 겁니다. 지금 두 분이 나타나지 않는다는 것은── 그런 별의 움직임이 '예상외'였기 때문인 거죠? 하늘의 때를 움직일 수 있는 인간은 몇 명 되지 않지요. 변수인자(變數因子)나 요성(妖星)과 같은 인간은요. 누군가가 의도적으로 배후에서 조종하고 있는… 걸까요?"

"그래. 표가를 상당히 휘저어놓고 있는 녀석들이 있는 모양이다. 우우와 누님이 지금 필사적으로 막고 있어. 각지의 신체가 망가지면 요체인 귀양과 이 표가 본가를 지키는 두 사람에게 전부 집중되니까. 말해두지만 남주의 수해도, 벽주의 지진도 두 사람이 모든 생명력을 쏟아부어 막고 있는 덕분에 그나마 최소한의 피해로 그칠 수 있는 거다. 넌 황해가 제1급 재해라고 했지만, 표가에게는 지금이 그보다 더 심각한 특급사태인 거다. 무녀와 주술사들 대부분이 본가에 없는 것은 남은 신기가 파괴되지 않도록 각지에 흩어져 있기 때문이다. 유일하게 누님을 대신할 수 있었던 영희마저도 선수를 쳐서 죽여버렸다. 참으로 기민한 처리야. 풀무치에게 할애할 시간은 지금 누님에게는 없다."

"잠깐… 잠깐 기다려주십시오, 아버님── 그렇다고 해서 황해를 이대로 내버려둘 수는──"

*리앵*은 아무런 감정도 담지 않은 두 눈으로, 필사적으로 매달리는 아들을 보았다.

"…이상한 일이구나, 리앵. 작년에 다주의 석영촌에서 발생한 돌림병만 해도 넌 조정보다도 다주부보다도 훨씬 먼저 알고 있었으면서도, 딱히 알리거나 막으려 하거나 하지 않았지 않느냐. 그때는 아무것도 하지 않아 놓고서 어째서 이번에는 그렇게 신경을 쓰는 거지?"

리앵은 말문이 막혔다. 추영의 놀란 듯한 시선이 찌르는 듯 느껴졌다.

그랬다. 표가계 사원의 보고로 알고 있었다. 그렇기에 리앵도 홍수려보다도 먼저 석영촌에 잠복해 있었던 것이다. 련(漣)도 병의 징후를 알고 있었기에 한 발 먼저 돌림병을 이용하여 사람들을 선동했었다. 그때 리앵은 아무것도 하지 않았다… 아무런 감정도 느끼지 않았다.

"황해는 내버려 두면 자연적으로 소멸한다. 그래, 십 년 정도 지나면 말이지. 십 년 정도는 눈 깜짝할 사이야. 그리 걱정할 일도 아니다. 인구가 반으로 줄 뿐이지. 그렇다고 해도 딱히 네 탓도 아니다."

"——아버님, 아니, 아닙니다. 그건 절대 아닙니다!"

리앵은 얼굴을 찡그리며 외쳤다.

수려가 석영촌까지 의사와 의학서를 끌고서 달려왔던 때가 생각났다. 주란이 '우릴 못 본 채 하지 않아줘서 고마워요'라며 울던 그때부터, 아마 리앵은 알고 있었을 것이다.

고모님과 아버지의 뜻을 거스르며 리앵이 석영촌에서 수려를 도왔던 이유.

리앵은 이 표가에서 남자이며 '무능' 하며 아무런 가치도 없는 인간이라고 생각했기에 아무것도 하지 않았다. 하지만 이능이 없더라도 도움이 될 수 있다. 사람은 사람에게 무언가를 해줄 수 있는 것이라고 그때부터 깨닫기 시작했던 것이다.

"우우가── 우우가 이런 말을 했습니다. 이능을 가지고 있는 것이 표가의 증거는 아니라고요. 표가가 사람들 사이에서 뿌리를 내리고 신뢰를 받은 것은 그런 이유 때문이 아니라고요. 저도 아버님도 이능은 없지만, 그렇다고 해서 아무것도 할 수 없는 건 아니에요. 저는── 선동령군(仙洞令君)으로 임명된 후, '밖' 의 세계에서, 우우의 곁에서, 고작 반년이긴 했지만 많은 것을 보았습니다. 감화되었다 하셔도 상관없습니다. 우우가 제게 모든 문을 열라고 한 지시는, 제가 할 수 있다고 생각했기 때문에 내린 겁니다. 주술사에게는 주술사가 해야 할 일이 있습니다. 하지만 우리들 '무능' 한 자들에게도 맡겨진 표가의 임무가 있습니다. 우우는 이를 몇 번이고 몇 번이고 말해주었습니다. 저는 선동령군입니다, 아버님. 표가의 인간으로서 '밖' 에서 해야 할 책무가 있습니다. 우우나 고모님은 움직일 수 없고, 아버님께서는 아무것도 하실 마음이 없으시다면 제가 하겠습니다. 황해대책에 이능 따위 필요 없어요. 그저 명령 한 마디면 됩니다. 도움을 바라는 누군가에게 도움의 손길을 뻗어주는 것, 이 것이야말로 표가가 표가인 증거입니다. 존재 의의입니다. 아버 님── 제게 당주 자리를 물려주십시오. 그리고 저는 고모님을 만나러 가겠습니다."

다음 순간, 추영의 검이 *리앵*의 목덜미에 차갑게 닿았다.

"──주취 님의 거처도 알아야겠는걸. 완력으로라도."

*리앵*은 목덜미의 칼날에 눈길을 주면서 문뜩, '문'을 보았다.

짝짝짝, 하며 누군가 손뼉을 치는 소리가 들렸다. 리앵이 놀 라 뒤를 돌아보자, 그곳에는 손뼉을 치고 있는 사마신의 모습이 보였다. 무슨 일인지 등에 수려를 업고 있다.

"아, 신!!! 너 지금까지 어디 있었어! 수려 님에게 무슨 짓을 한 거냐?!"

"아무 짓도 안 했어. 뛰는 속도가 느려서 업은 것뿐이야. 이봐, 아가씨, 설 수 있겠어?"

"늦다니, 신 씨가 너무 빠른 거잖아요!"

평소와 다름없는 수려의 모습에 리앵은 내심 가슴을 쓸어내렸 다. 홀로 남겨두고 왔기 때문에── 그 흰 쥐가 고모님이라고 눈치를 챈 뒤로는 수려가 고모님을 상대하려 한다는 생각을 하 고 있었다. 아버지를 만나러 가는 것이 우선이긴 했지만 마음 한구석에서 계속 신경을 쓰고 있었는데 무사했던 모양이다.

"…그런데 당신들, 우리가 여기 있는 줄 어떻게 알았지? 게다 가 '문'까지. 표가의 인간이 아니면 이 문은 열리지 않을 텐데."

신이 들고 있던 '막야(莫邪)'를 흔들면서 수려와 얼굴을 마주 보았다.

"아니, 이 검이 울리는 쪽으로 온 것뿐이야. '간장'과 서로 부른다고 하길래."

"검이 우니까 문도 그냥 열리던걸."

일찍이, **표가의 인간**이 만들어 봉납했다고 하는 쌍검. 문이 열린 것은 표가의 인간이 만들었기 때문일까, 서로를 부르고 있었기 때문일까. 생각했던 것보다도 더 많은 불가사의한 힘이 깃들어있는 쌍검이다.

"이봐, 아가씨. 관리잖아. 일을 하라고, 일."

관리, 일이라는 말은 효과가 당장 나타났다. 수려는 에헴, 하고 헛기침을 했다.

"이야기는 들었습니다. 중간부터이긴 하지만요. 아, 신세를 지고 있으면서도 지금까지 인사도 못 드렸습니다. 죄송합니다. 처음 뵙겠습니다. 표가의 당주이시지요."

수려는 추영이 흰 칼날을 목덜미에 대고 있는 은발의 남성을 똑바로 바라보았다.

"홍수려라고 합니다── 어?"

*리앵*의 얼굴을 처음으로 제대로 본 수려는 놀라 말을 잇지 못했다.

딱히 엄청나게 젊기 때문도 아니고, 미남이여서도 아니었다.

'이 사람… 작년 겨울에 조정에서 만났던 사람…이잖아?!'

그렇다, 다주 주목 자격으로 조하(朝賀)에 왔을 때 조정에서 우연히 만났던 사람이다.

그때 아버지가 중간에 끼어들었기에 그걸로 끝이긴 했지만——.

'이 사람이 표가 당주였던 거야?!'

그 영원한 허무와도 닮은 두 눈을 들여다보았을 때, 수려의 발이 얼어붙었다. 심장이 떨렸다.

뭘까, 그때도 느꼈다. 이 사람은—— 무섭다. 무서웠다. 나를 보고 있는 것 같으면서도 전혀 보지 않는다. 눈앞에 내가 서 있는데도 이 세상에 '홍수려' 따윈 존재하지 않는 것 같은 기분이 든다. 아니—— 이 사람에게는 '나' 따윈 '존재하지 않는 것'이다.

없어도 상관없는 존재라고 생각하고 있는 것이다.

마음속의 무언가가 작게 움츠러드는 것 같다. 오래 전에도 느껴본 느낌이다.

자기 대신 어머니가 죽었다고 생각했을 때. 어머니의 목숨과 맞바꾼 대가로 살고 있다는 죄책감, 송구스러움. 떨리는 듯한 그 기분. 어째서 이 사람 앞에서 서면 다시 고개를 쳐드는 것일까.

"아가씨? 무슨 일이야, 정신 차려."

신이 양 어깨를 받쳐주듯이 흔들었다. 수려는 정신을 차렸다. 필사적으로 얼굴을 들었다.

"…홍수려, 라고 합니다. 조정에서… 감찰어사를 맡고 있습니다."

*리앵*은 귀찮다는 듯이 눈을 깜빡였을 뿐이다. 대답조차 하지 않았다.

"황해를… 최소한으로 막을 방도가 있다면 협력을 부탁드리겠습니다. 이곳에 귀환해 있을 주취의 처소와 류화 아가씨의 처소도 함께 알려주셨으면 합니다."

세 박자 정도의 공백 후에 *리앵*이 중얼거렸다.

"…네가 지금 여기서 죽어준다면 알려줘도 괜찮겠지."

리앵이 수려를 지키려는 듯 앞을 막아섰다.

"아버님!!"

"네가 살았기 때문에 나의 소중한 사람이 사라지고 말았다. 끝까지… 찾고, 기다리고, 기다렸는데… 기다리고 있었는데… 내가 계속 기다려 온 것은 네가 아니다."

그렇게 속삭이는 듯한 목소리를 들었을 때였다. 수려의 눈에서 어째서인지 눈물이 흘러내렸다.

마음속 어딘가에서 누군가가 울고 있었다. 어머니가 이젠 어디에도 없다는 걸 깨달았던 때의, 어렸던 자신의 울음소리다. 이 사람과 똑같은 생각을— 자신의 목숨과 맞바꾸는 대가로 어머니가 죽었다며 숨어서 매일 울었다. 마치 어제 일처럼 기억이 되살아나 가슴이 메어왔다. 아니, 이 사람에게는 여전히 어제 일일지도 모른다. 아무리 시간이 흘러도 아물지 않는 상처를 본 것 같아 마음이 불편했다.

*리앵*은 그 눈물을 보면서 매정하게, 슬픈 듯 불쑥 중얼거렸다.

"그렇더라도 그녀가 너를 살려둔 것이라면… 됐다. 나는 조금만 더 기다리기로 하지. 너를 위해서가 아니라 내가 사랑했던 사람을 위해서. 그러라고 이렇게 긴 목숨을 받았을 테니 말이다…"

…이 사람이 보고 있는 것이 '누구'인지, 수려는 알 것 같았다.

그리고 그의 말은 지금까지 살아있는 것에 대해 죄책감을 느끼고 있던 수려의 마음에 신기하게도 스며들었다. '조금만 더' 정도면 괜찮다고.

"죄송합니다…"

아버지나 정란이었다면 절대로 말하지 못했을 말.

'조금만 더'라면 괜찮다. 살아있어도 괜찮다고.

"조금만 더 허락해주세요."

살아있는 것을.

이는 아마도 그에게가 아니라, 목숨을 준 어머니에게 하고 싶었던 말인지도 모른다.

그리고 그때 비로소 수려는 자신이 살고 싶어한다는 것을 알았다.

마지못해서가 아니라. 살 수 있는 만큼 살고 싶다고.

*리앵*은 처음으로 수려를 본 듯한 얼굴을 했다. 그, 보고 있는 것 같지만 보지 않는 눈동자로.

처음으로 수려가 그 칠흑의 눈동자에 비쳤다는 생각이 들었다.

*리앵*은 수려에게서 눈을 돌렸다.

"…리앵."

"예."

"네가 당주가 된다 해도 달라지는 것은 아무것도 없다… 적어도 지금은, 아직은 말이다. 일족은 누님의——대무녀의 명령밖에 듣지 않는다. 황해를 어떻게 해보려고 한다면… 주취를 찾는 게 좋을 게다."

리앵은 당황했다.

"주취를?"

"…누님의 거처는 나도 모른다. 흥미도 없다. 주취의 '천리안'이라면 누님의 거처가 '보일' 지도 모른다. 지금 이 숨겨진 궁에는 이능을 가진 주술사나 무녀는 거의 남아있질 않다. 그러나… 그녀라면 길을 열어줄지도 모른다. 너무 늦지 않았다면 말이다."

추영은 그때가 되어서야 검을 거두었다.

"주취 님은 어디에? 너무 늦다니——."

"'시간의 감옥'… 그곳에 갇힌 자들은 거의 틀림없이 미치거나 폐인이 되지. 누님의 육체는 더 이상 견디지 못한다. 다음 몸으로 쓰기 위해 강제적으로 '주취'를 없애려 하는지도 모르지."

평펑, 때 아닌 함박눈이 정원을 솜이불처럼 새하얗게 뒤덮기 시작했다.

『조금만 더, 허락해주세요….』

  사랑하는 사람이 사랑했던 딸.

『그렇더라도 그녀가 너를 살려둔 것이라면… 됐다. 나는 조금 만 더 기다리기로 하지.』

  어째서 그 아이에게 그런 말을 했는지 *리앵*은 알 수 없었다.

  오로지 '장미공주'를 만나기만을 바라며 이십 년이라는 세월 을 살아왔는데.

  태어났을 때부터 말을 하지도 먹지도 않는, 살아있기를 포기 한 인형과도 같던 *리앵*이 '살기 시작한' 것은 잡혀온 '장미공 주'를 우연히 스치듯 보았을 때였다.

  그때부터 *리앵*은 리앵이 되었다.

  필사적으로 말을 배우고, 손발을 움직이는 방법을 배우고, 그 녀를 위로하기 위해 이호(二胡)를 배웠다.

  인간치고는 너무나도 긴… 너무나도 긴 목숨이었지만, 그녀를 위해서라면 살아도 괜찮다는 생각이 들었다. 이 생명이 다할 때 이 세계와 맞바꾸더라도 그녀의 사슬을 풀어주려 했다. 세상 어 느 누구도 하지 못하는 일이더라도, *리앵*에게는 가능했다. 분명 그 일을 하기 위해 태어났다고 생각했다.

리앙의 모든 것은 그녀를 위해 존재했다.

용모가 아무리 바뀌어도, 그 섬광과도 같은 변하지 않는 눈동자를 보면서 몇 번이고 사랑에 빠졌다.

리앙은 문득 자신의 창백한 뺨을 만졌다. 투명하고 차가운 물방울이 손끝을 적시고 있었다.

눈물이 한 줄기, 또 한 줄기 넘쳐흐르고 있었다. 이는 리앙이 태어나서 처음 흘리는 눈물이었다.

리앙은 얼굴을 팍 찡그렸다. 울면서 웃음을 지었다.

"…나의 공주님… 당신만이 언제나 나를 사람으로 만들어 주는군요…."

'장미공주'를 잃고 이십 년 동안 한 번도 운 적이 없었는데.

…드디어 자신은 그녀를 잃었다는 것을 자각한 것인지도 모른다.

사랑하는 것, 그 사랑을 잃는 슬픔, 끝내 손에 넣을 수 없었던 소중한 사람. 그래도 포기할 수 없는 애정. 견딜 수 없는 마음. 언제나 그녀만이 리앙에게 감정을 주고, 다시 사람으로 만들어 준다.

"그래도 나는… 당신을 사랑하고 있어."

오십 년 동안 곁에 있었다. 이십 년 동안, 그녀가 외동딸의 인생과 맞바꾸어 이제 이 세상에서 사라져버렸다는 것을 알지 못했다. 그녀와 비교하면 리앙조차도 보통 인간보다 조금 더 오랫동안 그녀 곁에 있었던 정도에 불과하다. 영원과도 같은 그녀와 이런 식으로 스쳐지나가는 날이 오리라고는 생각지도 못했다. 기다릴 수도, 끝까지 영원히 찾아 헤맬 수도 있다. 하지만 아무리 찾아 헤맨다 해도 이젠 어디에도 없다. …이젠 어디에도 없는 것이다.

그녀가 이 세상에 존재하지 않는다는 것을 알게 된 후의 지난 일 년. 쭉 생각했었다.

그녀는 하늘로 돌아가지 않았다. 지상에 머무르며 평범한 인간의 남자와 함께, 평범한 인간처럼 살아가는 길을 선택한 것이다. 그것도 십 년도 채 안 되는, 인간의 시간 치고도 너무나도 짧은 찰나.

단명이라는 것을 알면서도 딸을 낳았고, 그 딸에게 조금이나마 긴 인생을 주는 대신 잠들었다.

다음번에 그녀가 눈을 뜰 때, 소가도 딸도 이 세상에는 없다. 그 딸의 목숨과 맞바꾸는 대가로 잠이 들었을 때 그녀도 사랑하는 딸과 소가에게 영원한 작별을 고한 것이다. 사랑도, 슬픔도, 죽음도, 이별도, 인간과 함께 지낸다면 부딪칠 수밖에 없는 수많은 마음들을 모두 받아들인 채.

그 선택을 리앵은 이해할 수 없었다. 이해할 수 없었기에 그녀의 사랑을 얻지 못했는지 모른다.

이는 리앵과 함께 보냈던 어제도 오늘도 변함없던 오십 년과, 둥근 고리처럼 갇힌 사랑과는 정반대인 것이다. 변함없는 것을 사랑하는 것은 마치 거울 속의 자신을 사랑하는 것과 마찬가지임을 그녀는 진즉에 간파하고 있었는지도 모른다. 자신에 대한 누님의 집착과, 자신의 '장미공주'에 대한 사랑은 사실은 전혀 다를 바 없다는 것을. 그리고 붙잡혀 있는 것도 '잠깐 동안'이라며 자신의 바람을 우선했던 *리앵*의 오만을.

그래도 오십 년 동안 그녀는 *리앵*의 곁에 있어주었다. 주변 사람들이 눈 깜짝할 사이에 늙어 죽어가는 시간 속에서 그녀만은 무심한 얼굴로 변함없이 곁에 있어주었다. 이호를 켜면 들어주었다.

그 오십 년이 있었기에 그녀가 사라진 후의 이십 년을 살아갈 수 있었다.

『죄송합니다…』

'장미공주'이지만 '장미공주'가 아닌 아이. 그 아이를 한 번 더 보게 된다면 그 자리에서 죽여서라도 되찾겠다고 생각하고 있었다. 홍소가도 *리앵* 자신조차도 그렇게 믿어 의심치 않았다. 그렇기에 리앵이 데리고 왔다는 소식을 들었어도 만나러 가지 않았다. 만나지만 않으면 죽일 일도 없다고 생각했기 때문이다. 그래, 죽이고 싶지 않았기에 만나지 않았다.

사랑했던 사람이 사랑했던 아이. 그녀가 소망했던 남겨진 시간.

언젠가 다시 그녀를 만났을 때 씨익 웃으며 이호를 들려주지 못한다면 의미가 없다.

『호오, *리앵*, 조금은 그대도 성장한 게 아니냐?』

그 아이가 지금 이곳에 있다는 사실이야말로 사랑했던 이의 바람이라는 것을 몰랐으면 좋았을 것을.

아무런 변화도 없었던 오십 년과는 달리, 그녀가 사라진 후의 이십 년은 *리앵*마저도 조금씩 바꾸어 놓았는지 모른다. 그리고 리앵도 '밖'으로 나간 후 완전히 달라졌다.

『──아버님!! 아닙니다, 아닙니다. 그건, 절대 아닙니다!』

자신처럼 불로장생도 아니고, 누이처럼 이능을 가지고 있는 것도 아니다.

그런데도 길고 긴 세월 속에서 시간이 멈춰버린 듯한 일족 중, 리앵만이 변하려 하고 있다. 불과 일 년 전과는 완전히 다른 살아있는 눈빛을 하고서. 불현듯 그 여자를 떠올렸다.

『저는 바꾸기 위해서 표가에, 당신에게 시집을 왔습니다. ── 제가 변하시게 할 겁니다.』

눈이 소리도 없이 쌓이고 있다. 숨을 뱉으면 하얗게 물든다.

급속한 기온 저하. 단풍잎 위로 쌓이는 때 아닌 흰 눈.

이 표가를 지켜왔던 거대한 힘이 급속도로 고갈되고 있다.

"…누님… 당신의 수명도 이제 다하는 겁니까…."

팔십 년이란 시간 동안 홀로 표가를 지켜온 대무녀.

모든 이들이 표가를 버리고 '밖'으로 뛰쳐나가는 가운데, 차마 외면하지 못하고 그 몸과 마음을 표가를 위해 소진시켰다. 돌아오지 않는 우우를 뒤쫓으려고도 하지 않은 채, 당연하다는 듯이 표가를 선택했다.

*리앵*은 류화에 대해 아무런 관심도 애정도 없었다. 하지만 알고 있는 것도 있었다. *리앵*이 '장미공주' 의 사슬을 풀지 않았듯이, 류화는 *리앵*을 '표가당주' 라는 사슬로 얽매어 곁에서 떠나지 못하도록 했다. 모든 사람이 차례차례 류화를 떠나가는 가운데, 핏줄이라는 이유만으로 *리앵*에게 비정상적일 정도로 집착함으로써, 류화는 간신히 정신의 균형을 유지할 수 있었다. 적어도 우우가 곁에 있던 때에는 그런 식으로 *리앵*에게 집착하는 일은 없었다. 아마 그때부터 류화의 마음은 망가지고 있었던 것이리라.

*리앵*은 매우 감정이 메말랐고, 극소수를 제외하고는 남에 대한 관심도 집착도 없다. 이는 자신을 지키기 위한 수단이기도 했다. 일일이 감정이입을 하다가는 이 긴 생명을 끝까지 살아낼 수 없는 것이다.

그러나 류화는 '하얀 아이' 한 명조차도 외면하질 못했다. 일족을 위해, 표가를 위해, 대무녀로서의 삶을 선택하여 팔십 년을 살았다. 오로지 그 긍지만이 류화를 지탱해주었다. 그러나 강력한 이능과 고독은 조금씩 류화의 정신과 긍지마저도 좀먹어갔고, 서서히 어리석었던 아버지와 같은 길을 걷게 되었다.

피가 이어져 있는 동생에게만은 독선적으로 밀어붙이며 제멋대로인 사랑을 쏟아 부을 수 있었다. 어떤 짓을 하더라도 피가 이어져 있다는 사실만은 사라지지 않는다는 것에 매달렸다. 그 모습은 *리앵*에 대한 사랑처럼 보였지만, 실은 인형을 귀여워하는 것이나 다를 바 없었다. *리앵*이 그런 누이를 사랑할 의무는 어디에도 없었고, 제대로 상대를 해줄 정도의 관심도 없었기 때문에 없는 것처럼 무시했다. 피차일반이다.

…하지만 *리앵*이 류화를 위해 해준 일이 딱 두 가지 있다.

류화라는 누이로서가 아니라, 대무녀로서 한 번도 도망치지 않았던 점만큼은 경의를 표하면서.

그것도 이제 곧 하나의 종말을 맞는다.

"…이젠 몸을 바꾸더라도 그리 오래 버티진 못 하겠어…"

최근 몇 년 동안 누이의 '육체' 사용기간이 짧아지고 있었다.

류화는 *리앵*처럼 불로장생 체질이 아니다. 본래의 몸은 이미 80살을 넘어 그 나이에 맞는 노파의 모습일 터였다. 그러나 최근 십 년간, *리앵*조차도 누이의 본래의 몸을 본 적이 없었다. 이혼(離魂)을 한, 아름다운 소녀의 모습만을 보아왔다. 오랜 고독과 인간으로서는 견디기 힘들 정도로 지나치게 강력한 신력. 여기에 팔십은 족히 넘은 늙음이 누이의 마지막 남아있는 정상적인 정신마저도 무자비하게 좀먹고 있다면.

본래의 몸으로 돌아가지 않는 것이 아니라, 이제는 **돌아갈 수 없는** 것인지도 몰랐다.

그리고 우우도.

…때때로 *리앵*은 우우가 **누구를 위해서** 그 나이까지 살아냈을까, 생각할 때가 있다.

『나의 아가씨.』

우우는 누이를 오래 전부터 그렇게 불렀다. 황혼빛 목소리로 상냥한 미소와 함께.

*리앵*은 언제부터인가 흉내를 내서 '장미공주'를 그렇게 부르게 되었다. **사랑하는 사람을.**

마지막으로 리앵의 말이 또 한 번 되살아났다.

『도움을 바라는 누군가에게 손을 내밀어주는 것, 그것이야말로 표가인 증거. 존재 의의입니다.』

…오래 전 강하고 아름다웠던 누이가 했던 것과 똑같은 말을.

자신의 아들이 입에 담는 날이 오리라고는 생각지도 못했다.

*리앵*은 잠시 후 눈을 감고, 눈이 내리는 정원 쪽으로 등을 돌렸다.

'『황해를 어떻게든 해보려 한다면 주취를 찾아라』….'

수려는 *리앵*의 방인지, 별채인지에서 나온 뒤, 생각에 잠겼다.

물론 주취는 무슨 일이 있더라도 구해내야 한다. 하지만 묘하게 *리앵*의 말이 마음에 걸렸다. 하지만 아직은 정보가 부족한 듯 했기에 나중에 꺼낼 수 있는 장소에 놓아두기로 했다.

수려의 표정을 잘못 읽었는지 리앵이 입술을 깨물었다.

"…저 말이지, 아버지가, 미안해. 네게… 심한 말을 했어."

"아… 아니야, 괜찮아. 누군가에게 듣고 싶었던 말인걸."

신기하게도 마음이 차분해져 있었다. *표리앵*의 말은 아마도 자신의 말이기도 했던 것이리라.

한편 추영은 또 추영대로 갑자기 사라졌다 나타났다 하는 수상쩍은 옛 친구를 빤히 노려보았다.

"…어이, 신. 너 저어엉말 뭐하는 놈이야?"

"말했잖아. 일단 리앵의 적은 아니라고. 아가씨의 신변 안전도 약속하지. 당분간은."

"그 당분간이란 게 뭐냐고!"

대충 각자 상대방이 없던 동안에 일어난 일들을 정보교환한 후, 수려는 리앵에게 확인을 했다.

"리앵, 황해에 대한 지식이 표가에 있다는 거 정말이야? 게다가 이능이 없어도 된다고 했지… 내가 알고 있는 한 황해에 대해 인간이 할 수 있는 대책은 없을 텐데…."

"…그럴 거야. '밖'은 거듭된 전쟁 때문에 서책이나 지식, 또 귀중한 연구 실적이 소실되었으니까. 지난 대업연간(大業年間)은 특히나 더 심했고. 하지만 표가는 달라. 본가만이 아니야. 창요 공주 시대부터 치외법권이 인정되고 있는 '밖'의 표가계 모든 사원도 마찬가지야. 표가가 전쟁으로부터 지켜온 모든 것이 그대로 축적되어 있어. 이 부분은 사마신이 말한 대로야."

표가에 대해 너무 자세하게 알고 있다는 점이 마음에 걸리기는 하지만.

"나도 황해에 대해서 몇 가지 훑어본 기억이 있어. 재해에 대해서도 배웠지. 하지만 본격적으로 그 지식을 개방하려면… 역시 고모님의 힘이 필요한 것 같아."

수려는 소녀 같은 용모의 류화를 떠올렸다. 수려도 그녀를 만나러 가야만 한다. 황해 때문에도, 『왕을 죽여라』라고 명령한 건 때문에도.

"류화 아가씨를 만나기 위해서 우선은 주취를 찾아야 하는 거잖아. 『시간의 감옥』이라는 건⋯."

"⋯그곳은 보통 인간이 들어갈 수 있는 장소가 아니야. 아버지가 말한 대로, 정신착란을 일으키게 하려고 만들어진 것 같은 장소라고 알고 있어. 그곳에 실제로 투옥된 사람이 있다는 소리는 들은 적이 없어. 오래 전에 한 번 그런 일이 있었던 것 같긴 하지만 말이야. ⋯그곳에 집어넣을 수밖에 없을 정도로 주취는 몇 번이나 세뇌를 깨고 탈옥을 한 것 같아. ⋯얌전히 있었다면 구해줬을 텐데."

"──장소는!"

추영의 날카로운 어조에 리앵은 망설이는 듯 시선을 피했다.

"⋯정확한 장소는 몰라. 이 궁은 고모님의 처소도 그렇지만, 무녀나 주술사가 아니면 알 수 없는 장소가 많아서, 비밀의 궁이나 탑에 있는 거라면 나로서는 어찌 해볼 수가 없어. 물론 아버지도. 하지만 오래 전부터 쭉 폐쇄되어 있는 장소가 한 구역 있긴 해⋯."

어린 마음에도 불길한 느낌이 들어서 발을 들여놓으려는 생각조차 들지 않았다.

'시간의 감옥'도 쭉 폐쇄되어 있는 곳이라는 건 분명했다.

"어쩌면 그곳일지도 몰라."

그때까지 침묵하고 있던 신이 불쑥 입을 열었다.

"──리앵, 두 패로 나눌 수 있을까?"

"응?"

"주취 구출을 추영 한 사람에게 맡겨도 될까? 아니면 인원이 더 있는 게 낫겠어?"

리앵을 흘낏 수려를 보았다.

"…아니, 『시간의 감옥』에 네 명이 같이 들어가는 건… 상당히 위험하다고 생각해. '미혹(迷惑)에 빠진다'고 알고 있어. 감옥의 성질을 볼 때 틀림없이 뭔가 강력한 주술이 걸려 있을 거야. 그것도 고대의."

"고대?"

"원래 '시간의 감옥' 자체가 언제, 어떤 목적으로 만들어졌는지 알려진 바가 없어. 그게 쓰여 있는 책도 수백 년 전의 서책이야. 언제부터인지 '감옥'으로 사용되게 되었다고 하던데… 그러니까 '시간의 감옥'이 어떤 곳인지는 아는 사람은 아무도 없을 거야. 다만, 정신착란을 일으키게 한다는 것, 어지간히 강인한 정신력과 의지가 없으면 두 번 다시 나올 수 없다는 것, 고모님조차도 오랫동안 닫아놓았던 감옥이라는 걸 생각하면 네 명이 같이 들어가지 않는 편이 좋다고… 생각해."

"좋아, 알았어."

신은 툭, 하고 추영의 어깨를 쳤다.

"──결정되었군. 추영, 너 혼자 가서 멋지게 주취를 구해오라고."

'네엣?!' 라고 외친 것은 물론 추영이 아니라 수려였다.

"자, 잠깐, 잠깐만요, 신 씨!! 아무리 그래도 그건 좀 너무하지 않아요?!"

"너무하지 않아. 상식적으로 생각해봐도 그 길밖에 없잖아. 안 그래? 전원이 함께 어슬렁어슬렁 기어들어갔다가 미쳐 죽으면, 그거야말로 본전도 못 찾는 거잖아. 주취와 함께 죽는다면 추영도 더 바랄 게 없을 테고. 인생에 후회도 안 남고. 넷째 도련님이니 한 사람 줄어든다 해도 남가는 아쉬울 것 없어. 장군직에서도 해임되었으니 군에 지장이 생길 일도 없고. 딱이네."

추영은 딱딱하게 굳은 얼굴로 옛 친구를 노려보았다.

"… … …이봐, 신. 말 좀 가려가면서 하지. 틀린 말이 없다는 게 더 열 받아."

"갈 거지? 설마 아가씨와 어린 리앵에게 같이 가줘, 뭐 이런 소리 할 리는 없겠지. 주취를 구하러 가지 않는다는 건 있을 수 없는 일이잖아? 네 장점이라곤 그 얼굴과 사랑밖에 없으니까 그걸로 밀고 나가라고."

"너, 쓸데없는 소리가 너무 많아, 신! 가긴 가겠지만 말이지!! 나도 함께 가줄게, 위험해지면 널 지키고 대신 죽어줄게, 뭐 이런 말은 못 하는 거냐?!"

"네 놈하고 같이 죽는 건 사양하고 싶거든. 그리고 내가 경호

해 주겠다고 거래를 한 건 아가씨이지 네 놈이 아니니까. 너도 좋아하는 사람에게 차이기만 하는 건 이제 지긋지긋하잖아. 이건 하늘이 주신 처음이자 마지막 기회라고 생각하고 갔다 오라고."

"우아, 이거 정말이지 친구한 보람도 없는 놈 아니야!! 십삼회에게 차였다고 오빠인 나에게 분풀이하지 말라고! 그리고 주취 주취, 하고 친한 척 부르지 마! 맘에 안 들어!"

"네 놈이야말로 쓸데없는 소리나 슬쩍 끼워 넣고 말이야!"

두 사람이 말만 했다 하면 추영조차도 말투가 순식간에 험해지고 만다.

수려나 리앵은 끼어들 틈도 없다.

"잘 들어, 바보 추영. 운이 좋아 주취를 구해낸다면 '천리안'으로 우리들이 있는 곳을 알려달라고 해. 그럴 수 없는 상황이면 네 책임 하에서 주취를 돌보고 있어. 우리들이 찾으러 갈 테니까. '간장'과 '막야'가 서로 부른다고 하니 어떻게든 되겠지."

"네 놈이야말로 여기서 약속을 하라고, 멍청이 신. 네가 무슨 목적으로 표가까지 왔는지는 모르겠지만── 내가 돌아올 때까지 절대로 수려 님과 리앵에게는 손대지 마. 이 두 사람을 죽이고 싶으면 우선 나를 상대해. 그것만은 약속을 해줘야겠어. 그러면 난 그 말을 믿을 테니까."

신은 눈을 껌뻑거린 후 쓴웃음을 지었다.

"…넌 저엉말이지 뼛속까지 도련님이구나. 너 그거 살아 돌아 온다는 게 전제인 거지?"

"당연하지! 내가 없어도 남가나 군은 전혀 아쉽지 않겠지만 말이지── 왕은 난처해지지. 주취 님과 같이 죽는다 해도 원망 같은 건 없지만 지금은 곤란해. 돌아오는 게 당연하잖아."

수려는 헛, 하고 놀란 얼굴로 추영을 올려다보았다.

"주취는 원망할 것 같은데. 알고 있어, 약속하지. 나도 지금 아가씨와 리앵이 죽어버리면 곤란하다고. 네가 돌아올 때까지는 확실하게 지켜주겠어. 내 명예를 걸고. 주취가 없어지면 류화를 만날 수 없게 되잖아. ──다녀 와. 반은 그 때문에 온 거잖아."

"…넌 저엉말이지… 뭐든지 꿰뚫어보는군. 그래서 짜증나."

추영은 한숨을 쉬고는 수려에게 돌아섰다. 진지한 표정이다.

"수려 님… 신의 말대로 수려 님과 리앵을 데리고 갈 수는 없습니다. 그리고 저 혼자서 데리고 나올 수 없다면, 어차피 수려 님과 리앵이 함께 간다고 해도 아무런 도움도 되지 않겠지요. 죄송합니다. 또 수려 님을 혼자 내버려두고 가게 된 점을 용서해주십시오. …왕에게 얻어맞을 것 같군요."

"아니에요. 주취에게 무슨 일이 생겼을 때야말로 류휘와 저에게 얻어터지실 거라는 것만 기억해주세요."

수려는 추영의 손을 잡았다. 자신이 가봤자 짐만 될 뿐이다. 지금의 추영은 이를 확실하게 말해준다. 그 편이 훨씬 더 고마웠다.

"──부탁드려요, 남 장군님. 주취와 함께… 돌아와주세요."

"알고 있습니다. 리앵, 그 장소를 알려주겠어?"

리앵은 조금 망설였지만 수려와 마찬가지로 그도 알고 있었다. 추영은 자신과는 비교도 할 수 없을 만큼 강하다는 것을. 지금은 추영의 말이 처음부터 끝까지 다 옳다는 것도. '시간의 감옥'에 대해서 리앵이 추영보다 더 잘 알고 있는 것도 아니다. 문제를 타개할 수 있는 이능을 가지고 있는 것도 아니다. '시간의 감옥'에서 전원이 뿔뿔이 흩어지는 일도 충분히 있을 수 있다. 그렇게 된다면 최악이라는 말밖에 할 수 없다.

조건이 반반이라면, 추영 한 사람인 쪽이 효율로나 승산으로나 더 나을 것이다. 추영이 차고 있는 '간장'을 보았다.

파마(破魔)의 검, 남가의 직계. 높은 신체능력. 주취를 향한 사랑. 어쩌면 이런 것들이 좋게 작용할지도 모른다. 만일의 사태에 대한 보험으로 신도 있다. 리앵은 결국 고개를 끄덕였다.

"…알았어. 당신에게 맡기도록 할게. 장소는──."

리앵은 그 장소를 말했다.

추영의 모습이 사라진 후에도 여전히 우두커니 서 있던 수려의 머리를 톡, 하고 신이 때렸다.

"아가씨, 걱정하지 말라고 하는 건 무리겠지만 이것만큼은 확실히 말할 수 있어. 남가의 다섯 형제 중 가장 운이 강한 건 추영이야. 낙관적이고, 기본적으로 나쁜 쪽으로는 생각을 하지 않

아. 그 점이 운을 끌어당기지 않나 싶어. 어떤 상황에서라도 어떻게든 해내는 부분이 있는 녀석이야. 그래서 녀석에게 맡긴 거야. 그리고 주취가 어떤 상태이건 간에… 추영이라면 어떻게든 해결할 수 있을지도 몰라. 반대로 말하면 추영이 할 수 없다면 우리 중 어느 누구도 할 수 없다는 얘기인 거지."

수려는 미소를 지었다. 반쯤은 억지웃음이었지만, 나머지 반은 확실히 그렇다고 생각했기에.

"네…"

"자, 그럼 우리들도 가볼까."

"네? 가다니요?"

바보처럼 되묻는 수려와는 달리 리앵은 경계하듯이 신을 보았다.

"…당신, 두 패로 가를 수 있냐고 **처음부터** 물었지."

"그래. 추영이 주취를 맡아주는 동안 안내해주었으면 하는 장소가 있거든. …그렇게 경계하지 않아도 아가씨와의 약속도, 추영과의 약속도 지킬 테니까. 딱히 추영이 있으면 곤란했던 건 아니야. 그저 시간낭비를 하고 싶지 않았을 뿐이지. 여기서 멍하니 기다리는 것보다는 훨씬 낫다고 생각하는데."

"…장소는."

"초대 당주인 창요 공주 시대부터 온갖 장서, 연구가 축적되어 있다고 하는 학술연구전(殿). 은자의 탑이라고도 불리는 곳."

리앵과 수려의 눈이 동그래졌다.

"황해에 대해서는 나도 명령을 받았다고 말했잖아? 지층계(地層階)는 상위 무녀밖에 열 수 없다고 들었어. 갈 수 있는 곳까지만 안내해주면 돼. 황해에 관한 자료를 확인하고 싶거든."

"네엣?! 그, 그렇다면 멍하니 있을 때가 아니잖아요!! 물론 저도 가겠어요!"

리앵도 수상쩍다고는 생각하고 있었지만, 이로서 본격적으로 의심이 가기 시작했다.

지나칠 정도로 신은 표가에 대해 상세하게 알고 있다.

표가의 학술연구전의 존재 자체는 딱히 비밀도 뭣도 아니다. 학술연구 종사자들에게는 유명한 대도서관으로, 류화의 기본 방침 덕분에 '밖'의 인간도 체재허가를 받을 수 있었다. 그러나 이도 리앵이 태어나기 전의 이야기다.

지금은 이 표가에 '밖'의 인간이 찾아오는 일은 거의 없었다. 표가의 자세한 내막을 알기란 거의 불가능하다고 해도 좋을 정도다. 선동성에 기본적인 정보는 비치되어 있지만 이도 일정 직급 이상의 관리가 아니면 볼 수 없고, 기본적으로 열람을 하려면 장관인 리앵이나 우우의 허가가 필요하다.

"…당신, 어째서 그렇게 표가에 대해 잘 알고 있는 거지? 어머니가 표가 사람이었던 모양이지만 당신이 이 본가에 온 것은 이번이 처음일 텐데."

"응? 어머니는 전혀 관계없어. 만난 적도 없으니. 이곳에 오기 전에 어느 정도 사전 정보를 조사한 건 사실이지만 뭐, 대략적인 건… 알고 있는 사람에게 들었어."

"알고 있는 사람? 표가 본가의 내부 사정을?"

신은 난처하다는 듯이 턱을 만졌다.

"…내 입으로는 아직 말 못 해. 단, 너하고 관련이 있는 사람이
야."

"나? …내가 알고 있는 '밖'의 인간 따윈 없어. 작년에 다주에
가기 전까지 이 표가에서 나간 적도 없었으니까."

"…그런 건 지금은 어찌됐든 상관없잖아. 어떻게 할 거야. 안
내해줄 거야? 빨리 결정을 하지 않으면—— 귀찮은 손님도 오
신 것 같은데."

신이 '막야'를 뽑으면서 수려를 한 팔로 가뿐이 안더니 등 뒤
쪽으로 몸을 날렸다. 직전까지 서 있던 회랑에 작은 칼 같은 날
붙이가 푹푹 꽂혔다. 이를 본 수려는 신에게 안긴 채 위를 올려
다보았다. 눈에 익은 검정 옷차림의 사내는 신의 모습으로 위장
하여 수려를 죽이러 왔던 '암살인형'이다.

"꺅— 왔어, 왔어, 오고 말았어!! 신 씨, 저거예요, 저거! 호위
부탁해요!"

"네네, 알겠습니다. 응, 저 '지켜줘' 반응 신선한걸… 반디였
으면 '날 우습게 봤겠다! 이얍, 덤벼보시지!!'라는 둥 하면서
덮쳤겠지…."

신이 정원으로 뛰어나갔다. 뽀드득, 눈이 밟히는 소리가 들린
다. 쏟아지는 눈은 그치기는커녕 아까보다도 더 세차게 내리고

있어서, 수려는 눈을 치켜뜨고 잔뜩 찌푸린 하늘을 올려보았다. 차가운 눈송이가 순식간에 머리와 어깨에 쏟아진다. 뺨에 닿으면 녹아 눈물처럼 흘러내렸다.

주위의 높은 봉우리는 깊은 눈으로 덮여있었지만, 이 표가에는 가끔 산에서 불어오는 바람을 타고 눈발이 흩날리는 정도여서 어제까지 정원에는 단풍밖에 없었다. 그랬던 것이 순식간에 설경으로 바뀌었다.

'…류화 아가씨의 힘이 떨어지고 있다는 증거….'

이 표가를 홀로 지켜온 소녀 당주.

시간이 얼마 남지 않은 것이다. 수려는 불현듯 이를 피부로 느꼈다. 류화에게도, 이젠.

그 귀중한 힘과 시간을 써가면서까지 그 고독한 소녀 당주는 수려를 찾아왔다.

아름답고 긍지 높고 머리가 좋은 사람이었다. 수려를 그저 만나러 온 것이 아닌 것은 확실했다. 자신의 신변 안전을 위해서도 아니다. 뭔가가 더 있다. 그런 생각이 들었다.

류화가—— 지켜온 소중한 것들이 완전히 무너져버리기 전에. 뭔가를 기다리고 있는 것이다.

멍하니 얼이 빠진 수려를 두들겨 깨우고, 치유하고, 류화를 쫓아오도록 만든 이유.

"당신들 진짜 목적이 뭐야. 아버님의 명령도, 고모님의 명령도 아니고, 누굴 따르고 있는 거야."

리앵은 호신용의 가느다란 검을 뽑아야 할지 망설이다가 그만 두었다. 한꺼번에 덤벼드는 '암살인형'들이 상대라면 도망치는 데 전념하는 게 낫다. 격추는 신에게 맡기고 도망치는 쪽이 현명했다.

"젠장… 우리들이 멋대로 이리저리 돌아다니면 '누군가'가 곤란해진다는 건가. 까불지 마. 여긴 내 집이야! 어, 으아?!"

갑자기 신이 수려를 리앵 쪽으로 집어던졌다. 리앵도 그랬지만 수려도 기절할 듯 놀랐다.

"꺄아악! 추워! 그게 아니라, 잠깐만, 신 씨?! 저는 공이 아니—."

"미안, 아가씨. 저 놈들 시끄러워서 말이지, 정리 좀 하고 올게. 리앵, 부탁한다."

리앵은 수려를 황급하게 양 팔로 받아들고는 바로 신을 향해 외쳤다.

"—죽이진 말아줘!! 그 녀석들도 표가의 인간이라고."

신은 한쪽 빰을 누그러뜨리듯 살짝 미소를 지었다.

"…알고 있어. 잠시 기절시키기만 하지. 여기서 기다려."

암살이라면 또 몰라도, 모습을 보인 이상 신의 상대가 되진 못한다. 눈이 별로 쌓이지 않은 정원의 나무 그늘에 수려를 안은 채 피해있자, 수려가 이마를 짚으며 필사적으로 소매를 끌었다.

"리앵, 나도 부탁할게. 그 대도서관에 안내해줘. 신 씨가 상당히 수상하기는 하지만 지금은 어쩔 수가 없잖아. 그리고 황해

관련 정보가 신 씨에게 누설되면 곤란한 일이라도 있는 거야?"

분명, 신이 표가에 대해 묘하게 자세히 알고 있는 것이 신경이 쓰이기는 했지만 황해에 관해서는 동감이었다. 리앵 자신만 해도 아버지의 방에서 나오자마자 학술연구전으로 향할 생각이었다. 하지만 한 발 먼저 신이 그곳에 가자는 말을 꺼낸 탓에 괜한 의심을 품게 되었을 뿐이다.

"…없을 거라고 생각해. 대도서관은 딱히 비밀의 장소도 뭣도 아니고, 기밀관계는 신이 말한 대로 상위 무녀 이상이 아니면 열 수 없도록 되어 있어. 나도 들어갈 수 없어. 그리고 만에 하나, 묘한 걸 봤다고 하더라도 고모님이 모든 문을 폐쇄해놓은 지금으로서는 반출도 불가능하지."

"그럼 결정된 거네, 가기로. 나와 리앵에게도 한시라도 빨리 가봐야 할 장소야. 그리고 시작부터 이런 상황이면, 뭐가 어떻든 신 씨가 없으면 그곳까지 가지도 못하겠어."

정말 그랬다. 남추영이 신을 남겨두고 간 것도 이런 상황을 예상했기 때문이었다. 리앵도 어느 정도 실력은 있었지만 이 방면의 전문가인 홍수를 상대로 싸울 수 있을 정도는 아니다. 신도 리앵과 수려가 필요한 동안에는 지켜줄 테고, 무엇보다도 정말이지 흠잡을 곳 없을 정도로 강했다. 곁에 있어주지 않으면 곤란하다.

"…알고 있어. 갈 거야. 황해에 대해 어느 정도 대처를 할 수 있을지 알아볼 필요는 분명히 있으니까. 가는 것까지는 좋은데…

사마신은 정말 뭘 하러 온 거야? 너나, 고모님이 목적… 중 하나이긴 하겠지만, 그것만은 아니야. 무엇보다도 황해가 일어난 걸 알고서 이곳에 온 것 같잖아."

수려도 신이 표가에 대해 너무 자세하게 알고 있는 점이나 이곳에 온 이유, 때때로 혼자 모습을 감추고서 어디서 뭘 하는지 계속 생각하고 있었다. 실은 이 중 한 가지는 짚이는 구석이 없는 것도 아니었다. 하지만 정말이지, 너무 얼토당토않은 생각이었기에 수려는 아무에게도 말하지 않고 마음속에 담아두기로 했다.

"이봐, 두 사람. 끝났어."

신의 목소리에 수려가 살짝 수풀에서 고개를 내밀어보니 흉수들은 모조리 꽁꽁 묶인 채 회랑 한 구석에 뒹굴고 있었다. 눈이 들이치지 않는 곳을 골라 던져놓았다. 참으로 모범적인 사람이다.

"…그래서? 결론은 나왔나? 도서관으로 안내해주는 건가?"

수려와 리앵은 순간적으로 마주 보고는 동시에 끄덕였다.

"갈 거예요."

"갈 거야. 그곳은 표가의 인간이거나 고모님이 허가한 사람이 아니면 들어갈 수 없으니까."

별안간 신이 들고 있는 '막야'가 치링, 하고 울렸다. 방울을 흔든 듯한 소리로 작게 진동하고 있었다. 리앵은 이를 물끄러미 바라보았다.

"…'간장'과 공명하고 있어. 남추영이… '시간의 감옥'에 들어간 것 같아. 하지만 이 검이 운다는 건… 평범한 감옥이 아닌 건가… 뭔가 강력한 주술이 걸려있어… 하지만 여기서 우리들이 걱정을 하면 할수록 시간 낭비일 뿐이겠지── 가자, 안내할게."

리앵은 쌓여가는 눈을 뽀드득 뽀드득 밟으며 발걸음을 돌렸다. 단풍에서 눈이 떨어지는 소리가 들렸다.

하늘을 올려보자 차가운 눈덩이 같은 함박눈이 얼굴에 떨어진다. 이런 때 아닌 폭설은 리앵의 기억에도 없었다. 언제나 이곳은 평온하고, 정취가 있고, 때로는 스산하고 차가웠지만 아름다웠는데.

'…고모님.'

고모님이 지켜왔던 것을 처음으로 깨달은 듯한 생각이 들었다. 당연하게 누려왔던 보호.

고모님이 안 계시면 이 차갑고 아름다운 고향에서는 평범한 생활조차도 불가능하다는 것을.

어쩌면 일족 중 어느 누구보다도 이를 가장 알지 못했던 것은 리앵인지도 모른다. 고모님의 위대함과 지켜온 것들의 가치도. 어째서 일족이 무조건적으로 고모님을 따르는지. 류화의 강대한 힘만이 아니라 그녀야말로 일그러진 형태라 하더라도 표가 일족을, '밖'의 세계에는 있을 곳이 없는 사람들을 받아들여 지켜온 사람이라는 것을, 리앵은 알지 못했던 것인지 모른다.

그 강대한 신력을 구사해온 고모님의 힘이 정말로 쇠약해지고 있다. 설마 이런 날이 오리라고는 생각한 적도 없었다는 걸 이제야 깨달았다.

무언가의 종말이 온다.

'나는 그 전에, 고모님을… 그 사람을.'

──만나러 가야만 한다.

지금까지 한 번도 리앵은 고모님을 만나러 가야겠다고 생각한 적이 없었다. 오만하고 독선적이고 당연하다는 듯이 자신이 옳다고 믿어 의심치 않은 채 얼음의 여왕처럼 군림했다. 공적도 수없이 많았지만 련을 이용하고 버린 것처럼, 비정한 일도 태연히 해치웠다. 그랬기에 리앵은 련처럼 고모님에게 상냥함이나 애정을 기대하려 하지 않았다. 남자인 데다가 '무능'인 리앵에게 고모님이 일말의 기대를 건 적도 없거니와 하나의 인격체로 대해준 적조차 없었다. 동생의 아이, 그저 그뿐인 존재였다.

결코 좋아하지 않았다. 인정할 수 없는 부분도, 비뚤어졌다고 생각되는 면도 많다. 그렇더라도, 그것만이 전부가 아니라면 알아야만 한다. 리앵 자신을 위해서.

고모님이 지켜온 것이 종말을 맞이하기 전에.

"리앵?"

부르는 소리에 리앵은 춤추며 떨어지는 눈송이에서 천천히 수려에게로 시선을 돌렸다.

…만약 자신이 어딘가 변했다면, 이는 결코 '밖'을 경험했기

때문이 아니다. '밖'에서 우우와 왕과, 유순과 왕계── 그리고 이 여자를 만나 많은 생각과 마음을 알게 되고, 그리고 언제부터인가 자신의 마음으로 생각하게 되었기 때문이다.

'…주취도 분명 나와 같았을 거다.'

실을 끊고 도망쳤던 과거의 '암살인형'. 몇 번이나 몇 번이나 세뇌를 풀고 탈옥하면서도 자신의 의지로 이 표가로 돌아온 '인형'. 이는 이상할 것 없는 일이었다.

'밖'에서 보낸 20년간. 주취는 주취의 소중한 것을 찾아냈고, 그렇게 선택했다.

'이 표가로 돌아오는 것을.'

인형이 아니라, 한 명의 인간으로서.

리앵은 펄럭펄럭 눈보라에 흩날리는 웃옷을 여미고 끄덕였다.

"…가자. 표가의 자랑인 학술연구전── 은자의 탑으로."

…그리운, 익숙한 기척이 해일처럼 밀려온다.

예전에는 너무 무서워서 그저 떨면서 움츠러들 수밖에 없었던 그 힘.

너무 오랫동안 갇혀있어서, 무섭다고 느낄 신경마저도 마비되어 버렸는지도 모른다.

어둠 속에서 주취는 천천히 눈을 떴다.

성스러울 정도로 빛나는 경외감과 위압감에 넘치는 마성의 미모. 아름다운 소녀 당주.

주취는 미소 지었다. 그때 이는 어쩌면 늘 보는 꿈이나 환각일지도 모르겠다고 생각했다. 자신이 '어머님'에게 미소를 지을 수 있다니, 있을 수 없는 일일 텐데. 하지만 꿈이라도 좋았다. 현실에서 한 번도 만날 수 없다면 꿈에서라도 좋았다. 쉰 목소리로, 하지만 똑똑하게 말했다.

"…간신히 뵐 수 있게 되었습니다. '어머님'."

류화는 냉정한 눈빛으로 주취를 내려다보았다. 머리카락 끝부터 눈썹 끝까지 모두 남김없이.

마치 주취의 어떠한 작은 변화라도 놓치지 않겠다는 듯이.

"'어머님'… 죄송합니다, '어머님'. 저는 '밖'의 세상을 보고, 소중한 것이 생겼습니다… 지키고 싶은 것이 많이 생겼습니다… 누구도 저를… 필요로 하지 않더라도… 상관없습니다… 제게 무엇과도 바꿀 수 없는 사랑스러운 것이 있다는 사실에는 변함이 없으니까요."

류화의 표정 없는 얼굴에는 아무런 변화도 없었지만, 차가운 공기가 문득 흔들린 듯한 기분이 들었다. 아아, 역시 꿈이야, 라고 주취는 생각했다. '어머님'이 내 말에 조금이라도 반응을 하시다니 있을 수 없는 일이니까. 그래도 주취는 띄엄띄엄 말을 이어갔다.

"소중한 것을… 지키기 위해서… 돌아왔습니다. 이제 두 번 다시 도망치지 않겠습니다… 표가에서도… '어머님'에게서도. 절대로… 절대로 도망치지 않겠습니다."

갑자기 주취의 눈에 뜨거운 눈물이 가득 차올랐다.

쭉 후회하고 있었던 일이 있다.

행복했던 이십 년. 하지만 때때로 아름다운 천공의 궁을 떠올렸다. 고요한 적막에 싸인 신들의 숲. 일 년 중 대부분이 눈으로 뒤덮인 단절된 푸른 은색의 바깥 세계. 깊은 안개와 뻐꾸기 울음소리. 커다란 호수와 눈물이 날 것 같은 황혼빛 노을.

이곳에서 지낸 많은 시간은 아무것도 보지 않고, 아무것도 생각하지 않도록 감정을 봉인 당한 '암살인형'이었지만, 그래도 마음과 눈에 선명하게 남아있을 정도로 아름다운 숨겨진 궁이었다.

소가와 부인마님, 북두와 함께 각지를 여행했지만 이곳만큼 마음에 남는 곳은 없었다.

뛰쳐나갔다가 돌아와서 주취는 알게 되었던 것이다. 이십 년이란 길고 긴 세월을 허비하고서야. 어떤 처벌을 받더라도, 별로 좋은 추억이 없더라도.

"이곳이… 제가, 돌아올 장소, 입니다. 그때 도망쳐서 죄송했습니다… '어머님'. 이젠 도망치지 않겠습니다… 아무리 괴롭더라도."

류화는 싸늘하게 가라앉은 냉정한 눈빛으로 주취를 내려다보았다. 어떤 말을 하건 조금도 흔들리지 않는 절대적인 의지.

…당연하다. 류화는 절대적인 신력으로 팔십 년이나 표가에 군림해온 여제이고, 주취로 말할 것 같으면 처음에는 '무능'한

'암살인형'. 이십 년 동안 도망쳐 다녔기에 표가에 있었던 시간이 더 짧다. 그렇더라도.

"저는 당신과…싸우겠습니다. '어머님'. 바꾸기 위해서."

"어리석은 일이구나. 최소한 이 감옥에서 나가고 난 후에 지껄일 일이다."

훗, 하고 류화의 웃음소리가 들려온 듯했다. 착각이었는지 모른다.

"…하지만 '시간의 감옥'에서 일천 각이 지났다."

류화의 투명한 손끝이 주취의 작은 턱을 들어올렸다.

"할 수 있으면 할 수 있는 데까지 해보거라. 시간은 얼마 없다만."

류화의 붉은 입술이 소리도 없이 다가와 주취의 입술에 겹쳐졌다. 문득, 달콤한 숨결이 들어온 듯한 느낌이었다.

그 찰나, 입술을 통해 무엇인가가── 불꽃과도 같은 뜨거운 덩어리가 들어와 목을 지나, 뱃속으로 밀려들어오는 것 같았다.

다음 순간, 주취는 절규했다. 그러려고 했지만 목소리가 나오지 않았다. 극심한 통증에 몸부림쳤다. 마치 몸속에서 불덩이가 요동치며 내장을 태우는 것과 같은 고통이었다. 흘러넘치는 눈물조차도 용암인양 빰을 태우는 것처럼 느껴졌다.

그 모습을 냉정하게 힐끗 본 후 류화의 기척이 사라졌다.

"────!"

소리 없는 주취의 비명을 듣는 자는 누구도 없었다.

| 제2장 | 흔들리는 왕도

각주(各州)에서 연이어 달려드는 급사(急使)들의 보고에, 긴급조의(朝議)는 연일 밤을 새며 이어졌다. 하시만 실제로는 병마권이 왕계에게 넘어감으로써 중요사항에 대한 결정권은 대부분이 왕계와 손능왕이 쥐고 있었다.

"벽주는 풀무치와 지진으로 인한 고립으로 엉망진창인가… 각 군부(郡府)와 주부의 연계가 단절되었군. 지시체계가 무너지면서 주군(州軍)도 백성도 혼란에 빠져 있겠어── 이봐, 황의. 혜가 애는 대체 어찌 된 건가?!"

혜가 님이 얘라. 규황의는 눈썹을 찡그렸지만 아무 말도 하지 않았다. 방금 도착한 어사의 정보를 생각하면 아무리 황의라 하더라도 비아냥거릴 때가 아니었다.

"…벽주 주목인 혜가 님은 누구보다도 먼저 각 피해지역을 돌며 지시를 내리시던 중, 연이은 지진으로 위험에 빠진 모자를 구하시고는 절벽에서 낙하. 무너져내린 바위에 깔리시어… 행

88

방불명되셨다고 합니다. 이미 보름이 지나 생존은 절망적이라는 보고가 올라왔습니다."

찬물을 끼얹은 듯한 침묵이 감돌았다. 이때만은 왕계도 눈을 부릅떴다.

관비상과 황기인은 물론, 형부상서인 래준신의 얼굴도 딱딱하게 굳었다. 현직 벽주 주목인 혜가는 왕계, 손능왕과 같은 세대의 명신(名臣)이다. 선대 세대의 인물들은 층이 두터워, 소장파인 상서들이 멋대로 폭주할 수 있는 것도, 문제가 생겼을 때 혜가와 같은 중진이 버티고 있다고 믿는 구석이 있기 때문이었다.

손능왕은 하늘을 올려다보았다. 혜가는 파벌싸움을 싫어해서 왕계에게 가시 돋친 비판을 쏟아내는 주제에, 귀양에 올라오기만 하면 왕계의 저택에 들이닥쳐서는 술독에 빠졌다가 다음 날 아침에는 숨겨둔 귀한 술을 슬쩍해서 부임지로 향하는 황당한 영감탱이였다. 하지만 대관으로서의 능력은 초일류, 예전에는 어떤 격전이라 하더라도 강인하게 살아남았으면서.

"…혜가 애, 진짜냐. 이렇게 빌어먹게 바쁜 때에 왜 죽고 난리냐고. 어쩐지 정보가 늦다 했다. ──야, 거기 코찔찔이들, 혜가가 죽었다고 정신줄 놓지 말라고!"

정신을 차린 듯이 황기인과 경시랑이 움찔했다. 대관 혜가가 죽었다. 그렇다, 죽었다. 절벽 아래로 떨어져 바위에 깔린 지 벌써 보름. 살아있을 리가 없었다. 하지만, 하지만, 그 뒤는 어떻게 되나? 호부(戶部)의 경시랑은 혼란스러웠다. 풀무치, 지진.

이 비상사태에 혜가 님을 대신할 수 있는 인물 따윈——.

손능왕의 시선이 고관들의 표정을 스쳐지나가다가 마지막으로 왕에게 머물렀다. 하지만 이도 순간적이었을 뿐, 다시 유순과 왕계에게 얼굴을 돌렸다. 말이 통할 거라고 판단한 상대에게.

"혜가의 공석은 아직 어린 주윤에게는 너무 버거워. 무리다. ——나나, 황의가 벽주로 가겠다."

하지만 유순과 왕계가 동시에 반대했다.

"안 됩니다."

"안 되네."

누구나 악몽을 보고 있는 듯한 표정을 짓고 있는 가운데, 이 두 사람만은 무척이나 냉정한 얼굴이다.

눈길을 주고받지도 않고 먼저 다시 한 번 되풀이한 것은 왕계였다.

"안 되네. 어사대부와 병부상서가 그리 쉽게 중앙을 비울 수는 없는 노릇. 감찰대의 수장인 규황의가 자리를 비우면 그만큼 중앙관리들의 불필요한 불안감을 조장할 뿐이야. 병부시랑(兵部侍郎)도 공석인데 상서인 자네까지 나서면 병부가 텅 비게 돼. 군의 위에 서는 **문관**의 부재는 말도 안 되는 일이네. 흑가와 백가도 홍가의 경제봉쇄로 살기등등한 상태이지 않나. ——중앙에서 확실하게 감시를 하라고. 자네들을 대신할 사람은 없으니."

눈을 내리깐 규황의를 형부(刑部)의 래준신이 힐끗 보았다. 갈 생각이었는데 왕계가 못을 박아버렸다는 얼굴이다. 하지만 왕계의 말이 맞다. 어느 누구도 대신할 수 없는 몇 안 되는 대관 중 두 명이었다. 없어져도 불쌍할 정도로 아무런 지장이 없는 홍여심, 이강유, 남추영과는 전혀 다르다.

가지 말란 소리를 들은 능왕은 떨떠름한 얼굴로 팔짱을 꼈다. 그건 잘 알고 있지만——.

"하지만 말이지, 달리 누가 갈 수 있나? 안수나 유순도 보낼 수 없지 않은가. 청아는 능력이야 있지만 안타깝게도 관위가 너무 낮지. 팔품위에 스무 살인 애송이 말은 아무도 듣지 않는다고. 특히 벽가가 말이지."

"아니, 적임이 있네. 관위도 나이도 실력도, 빠지지 않아. 하지만 먼저 정 상서령의 의견을 들어보세."

왕계의 시선에 유순은 조용히 끄덕였다.

"네, 왕계 님의 의견은 아마도 저와 같으실 겁니다. 그리고 본인께서도 알고 계시리라 생각됩니다."

유순은 부채를 품에 넣고는 또 한 명의 고관을 똑바로 바라보았다.

"——임시 벽주 주목으로 공부(工部)시랑 구양옥 님을 천거합니다. 적임이시라 사료됩니다."

웅성웅성, 그 자리가 술렁였다. 임시 벽주 주목으로 젊은 실력파 관리인 구양옥을.

황기인과 관비상은 물론, 호부의 경시랑도 저도 모르게 '아, 그런 수가!!' 하고 감탄했다.

양수와 쌍벽을 이루는 삼십대 세대의 실력파. 상사인 관비상의 파격적인 언동에 가려 잘 드러나진 않았지만 두뇌, 결단력 모두 중앙의 모든 이가 인정하는 뛰어난 인재였다. 뛰어다니다가 허리를 삐끗할 걱정도 없다. 무엇보다도 벽가 문중인 구양가의 이름은 벽주에서 존경을 받는 명사의 집안이었다. 구양옥이라면 주부 이하, 누구라도 따를 것이다.

"원래 출신지역의 주목으로 부임하는 것은 특례가 아니면 인정되지 않지만, 화급을 다투는 상황입니다. 지역 지리에 밝으면 재해대책에도 유리합니다. 어사대와 이부에 이 자리에서 특례 조치를 요구하는 바입니다."

왕계는 차분한 몸짓으로 그 자리에 모인 대관들을 둘러보았다.

"이 면면이라면 바로 재가도 받을 수 있겠군. 모든 상서 시랑 및 각성 장관과 부관이 모여 있으니. 과반수가 승인하면 이 자리에서 임시 벽주 주목으로 임명할 수 있네. 그러면 바로 벽주 주목으로서 대응을 협의할 수 있는 데다 지금 당장이라도 출발할 수 있지. 시간낭비를 줄일 수 있네. 임명장 따윈 나중에 만들도록 하게."

경시랑은 내심 혀를 내둘렀다. 이 자리에서 왕계와 정유순만이 다른 차원에서 이야기를 하고 있었다. 조금 생각하면 똑같은 판단을 경시랑도 했을지 모른다. 하지만 이 '조금'이 얼마나 관리로서 큰 차이인지를 통감했다. 유순의 압도적일 정도로 반짝이는 명석함은, 지금까지 왕이 무시해왔던 왕계의 탁월한 자질까지도 그림자처럼 또렷이 부각시키고 있었다. 동시에 멍하니 논의에서 배제된 채 홀로 남겨진 왕의 모습까지도.

지금까지는 유순도 왕에게 배려하며 적절하게 의견을 물어왔지만, 이번에는 그것도 없었다. 모든 판단이 일각을 다투기 때문에 일일이 상소할 시간을 싹둑, 줄여버린 것이다. 실제로 경시랑도 마음에 걸리기는 했지만 솔직히 여기에서 어설프게 끼어들어도 곤란하겠다는 생각도 들었다. 그리고 상서령의 말은 왕의 결단이다. 상서령의 우수함은 뛰어난 왕의 증거다. 아무런 문제도 없다. …그래야 하는 것인데.

어째서 전혀 반대로 보이는 것일까.

정유순은 지나치게 우수하다. 오래 전 누군가가 그런 말을 한 적이 있다. 너무 뛰어나서 자신이 비참해진다고, 상사를 모조리 무능한 인물로 보이게 하는 것이 정유순이라고. 그때는 그 말뜻을 이해하지 못했지만 지금이라면 너무나도 이해가 된다. …생각해보면 그 직후, 유순은 다주로 좌천되었던 것이다.

손능왕은 신음했다. 자신이나 황의밖에 없다고 생각하고 있었는데. 반대만이 아니라, 그 이상의 대안을 탁, 하고 내놓았다. 이 인재부족인 조정에서. 손능왕은 구양옥을 슬쩍 흘겨봤다.

"이봐, 구양옥, 어쩔 건가? 공부시랑에서 벽주 주목이라니, 관위로 보면 하나 위일 뿐이지만 혜가의 대리라면 얘기가 또 달라지지. 벽주부는 혜가의 지휘에 길들여져 있네. 그 녀석은 나라에서도 손꼽히는 명관리야. 솔직히 지금의 자네로는 혜가를 대신하긴 무릴세. 일러. 하지만 너무 이르다고 볼 일만은 아니지."

그때 처음으로 구양시랑의 감정 없는 눈이 움직이더니 손능왕을 보았다. 유순이 제안했을 때에도 제안한 후에도 구양시랑의 차갑게 얼어붙은 듯한 무표정은 변하지 않았다.

이는 놀라지도, 동요하지도 않았음을 말해주고 있었다.

"자네가 사랑하는 아름다운 고향은 이젠 없다고 생각하게. 건물 파편에 사상자, 비명과 울음소리, 풀무치만 끓어 넘치고 지진에 땅은 갈라지고 무너지고, 화재 발생. 그런데도 밥도 없고, 약도 없고, 의사도 없고, 모조리 없는 것투성이지. 반지나 귀걸이를 하고 있다가는 손가락이나 귓불이 떨어져나갈걸. 얼마 없는 식량은 백성에게 나눠주고, 자넨 매일 풀무치나 구워 소금이나 뿌려 먹어야 할걸세. 자지도 쉬지도 못 하면서 뛰어다녀야 하지. 혜가의 죽음으로 혼란에 빠져있는 관과 민을, 자네가 버팀목이 되어 지켜줘야 하네. 할 수 있겠나? 못 하겠으면 가지 말게나. 시간은 없으니 지금 이곳에서 정하세. ──가겠나?"

일제히 구양시랑에게 시선이 집중되었다. 상사인 관비상도 옆에 선 구양시랑을 보았다.

구양시랑은 한 번 한숨을 쉬었다. 눈만 들어 오랜 친구인 양수를 보니 안경테에 검지를 걸치고 있었다. 웃음을 참을 때의 양수의 버릇이다. ——**너무 이르다고 볼 일만은 아니라고?**

"…슬슬, 저도 고생 좀 하고 오라는 말씀입니까, 손 상서님."

"관비상이 위에 있는 만큼 자네는 맘 편한 직책을 만끽하지 않았나. 자네나 양수의 세대는 젊고 우수한 주제에 좀처럼 본심을 드러내지 하려 않지. 그러니 딱 좋은 때다. 자네 두 사람은 차세대의 필두네. 상서세대마저도 걷어차버릴 정도의 실력이 있지. 그러니 이번에 성장을 좀 해줘야겠네. 유유자적을 강점으로 내세울 수 있는 건 나 정도로 적당히 나이를 먹은 어른 남자의 특권이라고. 꼬마들. 자네들에겐 아직 이르네."

손능왕은 특유의 남자답고 여유 넘치는 웃음을 씨익 지어보였다. 이럴 때에 웃을 수 있는 것은 손능왕 정도밖에 없다. 그리고 그 넉넉한 미소 하나로 신기하게도 그 자리를 진정시킬 수 있는 것도.

"하여간 고향 생각 엄청 하는 자네 아닌가. 매일 강시 같은 창백한 얼굴로 헤매고 돌아다니기나 하고. 자나 깨나 하염없이 벽주만 생각할 거면 업무로 삼으라고. 지금 자네가 혜가의 공석을 메우긴 무리야. 하지만 죽기 살기로 한다면 또 얘기는 달라지지. 자네보다 더 진지할 수 있는 벽주 주목이 없는 건 확실해. 그러니 혜가만큼 대변신을 해보이라고. ——그렇지 않은가? 유순, 왕계."

유순은 쓴웃음을 지었다. 요점은 모조리 손능왕이 짚고 넘어갔다. 하지만 손능왕이 말해주길 잘한 건지도 모른다. 너무 진지해져버릴 수도 있는 이야기를 손능왕은 실로 솜씨 좋게 풀어서 얘기해주었다.

"네, 그렇습니다— 이제 결정은 구양시랑에게 달려있습니다."

유순의 뒤를 이어 왕계도 구양시랑에게 조용한 시선을 보냈다.

"어떻게 하겠나? 구양시랑. 가겠나?"

구양시랑은 아무 말 없이 귀찮다는 듯 귓불에 손을 올렸다. 서늘한 소리를 내는 아름답게 세공된 귀걸이를 익숙한 손짓으로 양 귀에서 빼냈다. 이어서 팔찌와 반지도 모조리 빼어 탁자 위에 놓았다.

상사인 관비상의 눈이 휘둥그레졌다. 몸치장에는 꽥꽥 시끄럽고 어떤 때라도 반지나 귀걸이 하나는 반드시 해야 하던 구양옥이 하나도 남김없이 장신구를 빼는 모습을 본 것은 이번이 처음이었다.

몸에 걸치고 있던 장신구를 남김없이 빼낸 구양옥은 보통 때보다도 훨씬 늠름해 보였다.

"…귓불이나 손가락이 잘려나가면 곤란하니까요."

조용히 중얼거리고는 구양옥은 얼굴을 홱 들었다. 대답의 상대는 왕계가 아니라 왕이었다.

"제 상사 같은 덜렁이가 벽주로 부임하면 정말 큰일이니까요. ──저 이외에 누가 있다고 그러십니까. 원래 제가 갈 생각이었습니다. 폐하, 부디 허락해주십시오."

왕을 보는 구양옥의 눈은 더할 수 없을 만큼 차갑고 사무적이고 담담했다. 황해가 발생했을 때부터 그랬다. 그야말로 표면적으로만 공손한 척하고 있는 것이다. 무리도 아니다. 지진은 또 몰라도 황해 문제는 즉위 당시 류휘가 제대로 대처했더라면 막을 수 있었던 부분이 크다. 왕은 그저 작은 목소리로 '윤허한다'라고만 중얼거렸다.

유순은 끄덕이고는 바로 양수와 규황의를 보았다.

"그럼 이 자리에서 이부시랑과 어사대부가 특례조치를 인정한다면 바로 재결에 들어가겠습니다."

"긴급 상황이니 어사대에서는 특례를 인정하겠소."

황의는 바로 대답했고, 양수는 안경테에 손을 댔다.

"이부도 동의합니다. 혜가 님의 생사가 확인될 때까지 주목 대리 취임을 허가하겠습니다. 임시조치인 만큼 현직인 공부시랑까지 겸임하게 되십니다. 부재 시에는 병부처럼 공석으로 두던가, 다른 자를 공부시랑으로 임시 승격시킬지는 공부상서이신 관비상 님께서 결정하시면 됩니다."

"──아니, 필요 없네. 비워두세."

관비상은 지체 없이 단칼에 대답했다. 양수는 가볍게 끄덕였다.

"그러면 공석으로. 구양시랑에게는 혜가 님의 사망, 생존이라도 정무 속행은 곤란할 것으로 판단되기 때문에 특례로 벽주 주목 부임을 허가합니다. 단, 혜가 님께서 멀쩡하게 돌아오셨을 때에는 교대, 또는 혜가 님께서 쫓아내실 때까지 벽주에서 보좌를 하는 것이 좋으리라 사료됩니다."

유순의 대답을 머리 반쪽으로만 들으면서 왕계와 손능왕은 먼 곳을 바라보는 듯한 눈빛이 되었다. 대단한 양수다. 혜가의 젊은 시절의 일화들까지 머릿속에 들어있는 모양이다.

"…혜가 애가 죽었을 리가 없어… 누가 뭐라 해도 '흉운(兇運)의 혜가' 아니오…"

"전부 끝난 후에 멀쩡히 돌아와서 뭇매질을 당하는 게 혜가니 말이오… 벌써 7번 정도 죽었다고 해서 장례식까지 치렀지 않소. 그 중 한 번은 화장까지 끝나고 뼛가루를 담고 있는데 어슬렁어슬렁 나타났지…"

누구? 이 뼈는…라고 생각했더랬다. 유순이 헛기침을 하자 왕계와 손능왕은 황급히 입을 다물었다. 그렇다, 혜가의 죽음으로 침울해하고 있는 젊은 것들을 이 이상 괴롭혀서는 안 된다. 그리고 혜가가 살아있을 가능성이 없다는 것은 두 사람도 잘 알고 있었다. 그 숱한 격전에서는 끝까지 살아남았으면서 모자를 구해내고 어이없이 죽었다는 것은… 너무나도 혜가와 어울리는 죽음이라는 생각이 들었다.

죽을 날이 멀지 않았는지 모른다. 손능왕은 불현듯 그런 느낌이 들었다. 그 혜가가 죽는 날이 온다면 자신과 왕계도 죽을 것이라고 생각해왔다. 어느덧 죽어도 이상할 것 없는 나이가 된 것이다. 젊은 날에는 자신의 죽음 따위는 상상도 할 수 없었는데. 혜가의 죽음은 남은 시간이 적다는 사실을 다시 한 번 눈앞에 들이밀었다. 그렇다. 시간이 없다. 꿈을 볼 시간이.

"─그럼, 기한은 일단 봄까지로. 각성의 장관, 부장관 및 상서, 시랑의 재결을 받겠습니다."

유순의 목소리에 늘어지려던 공기가 한 순간에 빨려 올라간 듯 팽팽한 긴장감이 감돌았다. 온화한 음성이었지만 마치 목에 칼날을 들이대는 듯한 서늘함이 있었다. 이럴 때마다 경시랑은 신기하다고 생각한다. 온화하고 부드러운 사람이라는 인상이 순간적으로 달라진다. **지나치게 우수하다, 지나치게 뛰어나다.** 그렇다, 지금까지 경시랑이 알고 있던 '정유순' 보다도 훨씬 더. 그렇다면 지금까지의 그는 뭐란 말인가? 그런 기묘한 생각까지 하게 되는 것이다.

"과반수가 되면 이 자리에서 구양옥 님은 임시 벽주 주목으로 결정됩니다. ──그럼 손을 들어주시지요."

차례차례 올라가는 손의 수를 세다가 과반수가 된 시점에서 유순은 구양옥을 보았다.

"─과반수 거수에 의해 구양옥 님을 임시 벽주 주목에 임명하고 벽주의 모든 전권을 구양옥 님께 이양합니다. 그럼 구양옥 님, 지금부터 벽주 주목으로서 하시고 싶은 말이 있으시다면 기탄없이 해주십시오."

구양옥은 마치 아주 오래 전부터 생각해왔던 것처럼 지체 없이 대답했다.

"산더미처럼 많지만 우선은 중앙군의 즉시파견을 요청합니다. 거듭되는 지진으로 각지가 붕괴되고 단절되었습니다. 한 시라도 빨리 수송로를 복구하기 위해 중앙군을 움직여주시기 바랍니다."

작은 술렁임이 새어나왔다. 황해 문제로 왕계가 병마권을 요구했던 때에도 그랬지만, 애당초 지금까지 전쟁이나 도적 소탕 이외의 일로 중앙군의 파견을 요청하는 것은 있을 수 없는 일이었다. 재해나 구조를 위해 최정예군을 투입한다니── 중진인 왕계에게는 어쩔 수 없이 입을 다물었지만 아직 젊은 구양옥에게는 소소하긴 해도 비난의 소리가 흘러나왔다. 그러나 구양옥은 팔짱을 끼고 한층 오만할 정도의 무표정으로 잘라 말했다.

"다주에서 돌림병이 발생했을 때, 홍수려가 중앙의관을 호위하겠다고 우림군(羽林軍)을 빌려다가 온갖 일을 다 시킨 걸로 알고 있는데요? 이미 전례가 있습니다. 그런데 그 계집애는 괜찮고 저는 안 된다니, 무슨 이유라도 있는 겁니까? 제가 지금 당장 잡일을 할 일손이 필요하니, 미적 감각이라곤 빵점인 촌스런 군이라도 이번만은 눈감아줄 테니 빌려달라고 하는 겁니다. ──불만이 있으면 내 앞에서 말하라고."

위협적인 목소리의 마지막 한 마디에 좌중이 얼어붙었다. 상사인 관비상과 오랜 친구인 양수는 모두 눈길을 피했다. 오랜만에 보는 까칠함이다. 이런 구양옥을 막을 수 있는 자는 없다.

"불만은 없으신 것으로 알겠습니다. 당연합니다. 그러면 군을 빌리겠습니다. 당장이라도 벽주로 출발시키겠습니다. 제 지시를 완벽하게 따르고, 제가 없더라도 해야 할 일을 잘 알고 있고, 언제나 규율을 지키고, 아름답고 질서 있게 구석구석까지 기강이 잡혀 있어서, 어떤 상황에서도 방자한 행동을 하는 일이 없는 아이들로, 벽주에서도 이름을 날리는 한창 뜨는 절세미남 명장군을 끼워서 일개 군단, 짝을 잘 맞춰 보내주십시오, 손 상서님."

군을 통괄하는 손능왕은 입을 쩍 벌리고 말았다. 이 얼마나 철두철미한 남자인가.

"…잠깐만 기다려봐, 옥구슬."

"누가 구슬이라는 겁니까, 제가 무슨 고양이입니까. 이 저를 구슬이라 불러놓고는 설마 무리라고 하시진 않으시겠죠? 손 상서님."

"——아름다운 건 없어도 괜찮잖아?!"

"이왕이면 아름다운 게 좋지요. 구슬이 이름값은 비쌉니다."

"미안하네! 하지만 아름다운 군이라니 이상하다고!! 빼준다면 생각해보겠네."

움찔, 하고 구양옥의 눈썹이 움직였다. 세 박자 정도 침묵한 후 혀라도 찰 듯 못마땅한 얼굴을 했다. 모든 좌중이 그건 양보하자, 응—?! 하고 마음속으로 부르짖었다. 구슬이의 이름값은 너무 비쌌다.

구양옥은 신중하게 다시 한 번 물었다.

"아름다움 이외에는 전부입니다? 많다고 좋은 건 아니라는 것 아시지요?"

"알고 있네. 소수정예는 나도 찬성일세. 지금 벽주군은 대혼란에 빠져있을 게 분명하네. 그 녀석들을 일갈하여 모조리 지휘하에 넣을 수 있는 뛰어난 명장과 '어떤 상황에서도 규율을 지키는' 정예군이 아니면 역효과다. 자네 발목을 잡게 될 뿐이지. 필요하니 요청을 한 게 아닌가, 알고 있네."

구양옥은 순간적으로 아주 살짝, 안도로 얼굴을 누그러뜨렸다. 너무나도 거만하게 많은 걸 바란다며 내심 비웃고 있던 사람들도 마지못해 납득하는 표정이 되었다.

손능왕은 턱을 만지며 문득 유순과 왕을 살피는 듯한 눈길로 바라보았다.

"…아름다움은 없어도 좋다면 딱 맞춰 내보낼 수 있는 부대는 있네 ── 근위사단 우림군. 대장군인 백뇌염이나 흑요세가 소수의 정예부대를 이끌고 밤낮없이 행군하여 벽주로 출동. 명실상부한 채운국 최고의 명장에 천하의 근위사단이다. 폐하의 신뢰도 두텁지. 그 면면이면 가는 것만으로도 즉각적인 진정효과가 있을 것이네. …단, 폐하와 상서령의 승인과 날인이 필요하지만."

"──잠깐 기다려주십시오."

소리를 높인 것은 의외로 호부시랑인 경유리였다. 상사인 황기인이 놀랐다는 듯이 부관을 본다. 군 문제에 의견을 내는 것은 경시랑으로서는 매우 드문 일이었다.

경시랑은 천천히 숨을 들이마셨다.

"…필요성은 이해가 됩니다. 하지만 우려되는 점이 있습니다. 병마권은 현재, 왕계 님께서 가지고 계시지요. 그런 상황에서 근위대장군까지 폐하의 곁을 떠나게 되는 것은 문제가 있다고 생각합니다."

그때까지 침묵을 지키고 있던 능안수가 이때 처음으로 점잖게 입을 열었다.

"이런이런… 경시랑은 뭘 걱정하고 계시는 건가? 듣기에 따라서는 우리 상사에게 엄청 실례가 되는 생각을 하고 계시는 것 같군."

경시랑은 각오를 했다. 어쩔 수 없다, 어차피 대단한 집안 출신도 아니니 잃을 건 관위밖에 없다. 사랑하는 처자와 함께라면 상관없다. 뭐, 처자는 상관할지도 모르겠지만 그래도 할 말은 해야겠다.

경시랑은 웃음기라곤 찾아볼 수 없는 극히 진지한 얼굴로 능안수를 바라보았다.

"──이상한 말씀을 하시는군요. 능 황문시랑님. 시랑님이야말로 쓸데없는 생각을 하고 계신 것처럼 보입니다만."

순간, 등골이 오싹할 정도의 침묵이 감돌았다. 모두가 얼어붙었다.

경유리가, 저 능안수에게 정면으로 도전을 했다.

지금까지 그런 짓을 한 관리가 어떤 말로를 맞이했는지 모를 턱이 없을 텐데.

손능왕도 이때만큼은 기절초풍할 듯 놀랐다. 설마 저 평범한 노력가인 경유리가──황기인이나 관비상이 아니라, 경유리가──능안수를 정면으로 노려보리라고는 생각도 못 했다.

능안수는 씩 웃었다. 엄청나게 기쁜 듯한 웃음이었다.

"…그렇다면 경 시랑님은 벽주의 백성을 죽게 내버려두라는 말씀이신가?"

"그런 말씀을 드리고 있는 것이 아닙니다. 그것이 최선이라면 최종적으로 우림군과 대장군을 벽주로 파견하는 것에 반대할 생각도 없습니다. 다만, 본래 근위대인 우림군은 왕의 직속부대이며, 폐하의 옥체를 지키기 위한 최후의 요새입니다. 중앙금군(禁軍)이라면 십육위(十六衛) 외에도 있고, 우림군에 버금갈 정도로 우수한 장병들도 모여 있습니다. 보통은 이쪽의 파견을 검토하는 것이 순서일 텐데요. 어째서 바로 근위대를 거론하신 것인지 이해가 되질 않습니다. 무엇보다도 근위대장군을──폐하를 지킬 가장 중요한 인물이 폐하 곁을 떠나게 된다는 것에 대해 누구 하나 우려를 표명하지 않는 것이 훨씬 이상하다는 생각이 듭니다."

막힘없이 단호하게 딱 잘라 말했다.

능안수와 왕계 등, 류휘와 거리를 두는 많은 대관들은 눈을 가늘게 뜨고 경유리를 보았지만 예부(禮部)의 노 상서를 비롯한 몇 명은 크게 끄덕이며 손을 들어 동의를 나타냈다. 그러나 이는 극히 일부였을 뿐, 난처하다는 듯이 눈을 피하는 중신들이 대부분이었다.

류휘는 조금 눈을 크게 떴다가는 다시 고개를 숙였다. 유순은 부채 뒤에서 중신들의 표정을 둘러보았다. 그리고 그제야 사실상 처음으로 류휘의 의견을 물었다.

"…그러면 주군께 의견을 여쭙기로 하지요. 어떻게 생각하십니까?"

류휘는 짧은 침묵 뒤에, 그만큼 짧은 대답을 작게 유순에게 들려줬다.

"…유순이… 생각하는 최선을. 맡기겠다."

이 전권위임이나 마찬가지인 대답에 중신들의 얼굴에는 순간적이기는 했지만 저마다 갖가지 표정—— 또는 무표정이 떠올랐다. 류휘는 유순의 얼굴을 보지 않았기에 그때 유순이 어떤 얼굴이었는지 알지 못했다.

유순이 입을 열 때까지, 눈 한 번 깜빡할 동안의 반 정도, 침묵이 흘렀다고 생각했지만 너무 짧았기에 류휘의 착각처럼도 생각되었다. 하지만 유순이 부채와 함께 끄덕이는 기척만큼은 전해졌다.

"알겠습니다. 그러면 제 생각을 말씀드리겠습니다. ——경 시랑의 의문은 지당하다고 생각합니다. 그러나 이번에는 손 상서님의 의견을 채택하겠습니다. 저도 근위 우림군 및 대장군 파견이 최선이라고 생각합니다."

경 시랑의 의견을 물리고 손능왕의 의견을 채택했다.

"이런 일은 처음 도착하는 진용으로 결판이 납니다. 딱 보고 벽주부와 주민이 '이제 살았다'라고 생각한다면, 그 후 벽주 주목의 부담은 크게 달라지지요. 기선 제압은 대대적일수록 효과적입니다. 우림군의 군기(軍旗)만으로도 극적인 효과가 있을 겁니다. **왕의 지원부대**니까요. 우림군이라면 실력도 더 바랄 게 없지요. 제1진으로 근위 우림군을 보냅시다. 선발은 손 상서님께 맡기겠습니다. 십육위는 제2진 이후에 파견하기로 합시다."

왕이 『맡기겠다』라고 한 이상, 이는 이미 누구도 번복할 수 없는 명령이나 마찬가지였다. 경 시랑을 비롯하여 이의를 제기했던 대관들도 끼어들 여지가 없었다. 류휘 역시도.

구양옥은 참고 있던 숨을 후우, 하고 내쉬었다. 자신도 모르게 주먹을 쥐고 있었던 모양이다. 그래, 『이제 살았다』고 생각한 것은 구양옥도 마찬가지였다. 이런 긴급 시에 어느 정도의 지원을 그에게—— 벽주에게 해줄 것인가. 근위 우림군. 왕과 상서령이 요구를 모두 받아들여주었다는 사실은 구양옥의 기분을 고무시켰다. 하지만 표면상으로는 무뚝뚝하게 고개를 숙였다. 아직 중요한 요청이 남아있었다.

"감사합니다. 그런데 한 가지 더, 지금 이 자리에서 여쭤봐야 할 큰 걱정거리가 있습니다. ——벽주에 식량지원은 이루어지냐는 것입니다."

팽팽하던 공기에 한층 더 긴장감이 맴돌았다.

발생지인 벽주의 경우, 거의 전 지역에서 농작물이 전멸되었다는 보고는 이미 올라와 있었다. 손을 쓰지 않으면 이번 겨울, 지진에 의한 희생자보다도 아사자가 더 많으리라는 것을 불을 보듯 뻔했다.

물론 이는 홍주도 마찬가지다. 특히 검은 폭풍과도 같은 비황 떼에게 한 톨도 남김없이 수확을 빼앗겨버린 홍주의 백성들이 남은 비축식량을 다른 주에 방출하는 것에 동의할 턱이 없었다. 자주(紫州)도, 지금은 바람의 방향 때문에 풀무치가 홍주로 흘러들어가고 있지만 방향이 바뀌는 것은 시간 문제였다.

그러나 구양옥도 말하지 않을 수 없었다.

"황해발생의 진원지인 벽주에는 대응할 시간이 전혀 없었지만, 홍주와 자주는 몇 할 정도는 식량을 지켜낼 가능성이 있습니다. 특히 홍주의 생산량을 생각하면 1할이라 해도 벽주의 몇 년 분에 필적합니다. ──하지만 그렇더라도 홍주가 벽주에 식량을 지원할 생각이 있다고 생각하십니까, 자주는 어떻습니까? 만약 그럴 여력은 없다고 홍주 주목이 대답했을 경우, 중앙은 벽주를 어쩌실 생각이신지, 지금 이 자리에서 확실하게 답을 듣고 싶습니다."

구양옥은 담담하게, 하지만 한 마디, 한 마디 정확하고 명료한 목소리로 말했다.

"손 상서님께서는 방금 전, 가서 사람들의 버팀목이 되어주라고 말씀하셨습니다. 그런데 **언제까지**입니까?"

한겨울이 되면 풀무치는 겨울을 넘기기 위해 휴면에 들어간다. 그러나 벽주에는 겨울을 넘길 만큼의 식량이 더 이상 어디에도 남아있지 않다. 연공으로 바칠 곡식을 보관하는 창고의 틈새로 풀무치들이 침입하여, 문을 열자 풀무치 무리가 쏟아져 나왔을 지경으로, 내년에 심을 씨앗마저도 남김없이 먹어치웠다고 한다. 혜가가 죽은 지금, 구양옥이 어떻게든 식량을 뜯어내지 않으면 벽주의 백성들은 이 겨울, 메마른 나무가 꺾이듯이 줄이어 목숨을 잃게 될 뿐이다.

구양옥은 지금까지는 한 번도 보인 적 없는 강한 눈빛으로 그 자리를 둘러보았다. 모든 것이 자신의 어깨에 달려 있다.

──물러설 수는 없다.

"견디는 것은 문제없습니다. 버팀목이 되라 하시면 이 한 몸 바쳐서라도 그리 할 것입니다. 하지만 이는 기다리면 반드시 중앙에서 원조물자가 올 것이라는 확약이 전제가 됩니다. 그리고 그것이 공수표가 아니라는 명쾌한 증거를 받기 전까지 저는 이 자리에서 움직이지 않을 것입니다. 미리 말씀드리겠지만, 홍주의 사정이나 황해 문제 처리에 달려있다는 소극적인 한심한 대답은 듣고 싶지 않습니다. ──제가 듣고 싶은 것은, 이런 문제에 조정이 어떻게 대응할 것이냐는 것입니다. 지금 여기서 말씀해주십시오."

털끝만큼도 도망갈 자리를 남겨두지 않는, 게다가 무자비하게 핵심을 찌르는 질문이었다.

구양옥은 사람들을 한 번 힐끗 보더니 마지막으로 한 순간, 왕을 보았다. 감정을 지워버린 무기질의 눈으로.

류휘의 눈동자가 크게 흔들리고 있었다. 그가 정말로 기다리고 있는 것은 조정의 답이 아니라, 그 순간에 전부 담겨 있는 듯한 생각이 들었다. 그런데도 류휘는 어떠한 답도 찾아낼 수가 없었다. 마치 한 치 앞도 볼 수 없는 짙은 안개 속에서 길을 헤매고 있는 것처럼, 아무런 답도 보이지 않았다. 지금까지 대체 어떻게 쉽게 대답을 해왔는지조차도 더 이상 생각해낼 수 없을 정도로.

유순은 구양옥보다 순간의 반만큼 더 기다리며 시선을 왕에게 돌렸다. 그러나 그 순간의 반이라는 시간 동안, 무거운 침묵이 안개처럼 자욱하게 내려앉고 있었다. 탁, 하고 누군가의 손가락이 탁자를 두들겼다.

"——어떻게든 해보겠네. 구양옥, 그게 일이니."

심각하게도 아니고, 그렇다고 해서 생색내는 것도 아닌, 마치 평상시의 결재 중 하나를 처리하는 듯한 분위기이다. 감정을 전혀 싣지 않은 담담한 목소리는 언제나 차갑고 다가가기 어려운 느낌을 줬지만, 그 한 마디로 그 자리에 내려앉던 무거운 덩어리가 사르륵 녹아 가벼워진 듯했다.

그 속에서 홀로 근심어린 표정을 풀지 않는 구양옥에게 왕계가 다시 말을 걸었다.

"일전에 왕께서는 황해대책을 나에게 일임하셨네. 귀공의 질문에 대답하는 것은 내가 해야 할 일이지."

"…어떻게든, 해본다고 말씀하셨지요?"

구양옥은 신중하게 되풀이했다. 대답을 듣기 전까지 긴장을 풀지 않도록 필요 이상으로 굳은 목소리가 되었는지도 모르겠다. 하지만 왕계가 경솔하게 무언가를 약속하는 일은 없을 터였다.

왕계는 턱을 당기듯이 한층 더 무뚝뚝한 표정으로 끄덕였다. "벽주는 미처 손쓸 틈이 없었지만 홍주 및 자주의 황해는──시간과의 싸움이 되네만──귀공이 예상한 대로 전멸은 아니야. 적어도 올해는 말이지. 그리고 본격적으로 겨울이 시작되면 풀무치는 동면에 들어가네. 그때까지 어느 정도까지 작물을 지킬 수 있는지에 승패가 달려있어. 이를 위해서 지금 상서령 부인이신 시름 님과 공부(工部)가 불철주야로 협력해주시고 계시네."

"네?! 공부?! 잠깐만요, 거기 술고래 상서! 난 그런 얘기는 들은 적이 없다고요?!"

구양옥이 눈썹을 치켜 올리며 화를 내자, 관 상서는 어쩔 줄 모르며 눈길을 피했다.

"구양 시랑, 관비상의 입을 막아놓은 것은 나일세. 벽주 건으로 자네가 완전히 평정을 유지한다고는 할 수 없고, 알게 되면 더더욱 평정을 잃게 되니 말일세. 상사의 초조함은 부하들의 불안을 조장하지. 공부관을 필요 이상으로 재촉해도 곤란한 노릇이고. 그래서 알려주지 말라고 했네. 그러나 자네가 벽주 주목이 된 이상, 상황이 달라진 거지."

"~~~~!"

논리 정연한 설명에 괜히 더 열이 받는다. 소리소리 지르며 화를 내고 싶었지만 원래 이성파인 점도 있어서 화를 내고 싶어도 내질 못했다. 끽 소리도 할 수가 없었다. 저 단순하고 입 싼 상사의 '비밀'을 전혀 눈치 채지 못했다는 것 자체가, 자신의 머리가 상당히 맛이 갔다는 증거였다.

"홍주의 피해를 어느 정도 선에서 막을 수 있을지는 아직 확실하지 않네. 그러나 어느 정도가 되었든 벽주에 대한 식량원조는 약속하지. …그리고 이건 추측일 뿐이지만, 혜가가 어떤 사람인가, 어딘가에 비축분이 있을 거라고 생각되네."

"네?!"

괴상한 소리를 지른 구양옥을, 손능왕도 팔짱을 끼고 빙글거리며 바라보았다.

"그으래. 조금은 진정하라고, 구슬이. 벽주 주목은 혜가다. 괴상한 영감탱이지만 평범한 영감탱이는 아니라고. 그 놈은 일류 정치가다. 주윤은 아직 젊고, 연이어 상상도 못 했던 재난을 당한 데다가 믿었던 혜가까지 죽어버렸으니, 머리가 뒤죽박죽 혼란상태일 거야── 나도 남주 주목 시절에 왕계의 잔소리를 지겹도록 들었다고. 혜가도 어딘가에 만들어 두었을 게 확실해.

감찰어사에게도 순찰하면서 정기적으로 둘러보고 관리하라고
지도하고 있겠지? 황의."

"아. 네… 그게 말입니다, 왕계… 님께서 어사대부직을 인수인
계하실 때 강조하신 항목 중 하나였으니까요. 정기적으로 점검
도 하고, 교환도 하면서 조금씩 꾸준히 마련해놓도록 하고는 있
습니다만…."

황의가 드물게 말끝을 흐리면서, 희미하긴 했지만 곤란한 듯
이 왕계를 보았다. 왕계 앞에서는 황의도 평소의 불손한 냉혈한
다운 면모가 자취를 감춘다. 손능왕도 이번에는 같은 표정으로
턱을 만지고 있었다.

"…왕계, 그거 영 변변찮게 보이던데, 풀무치 상대로 도움이
되겠나?"

미심쩍다는 듯한 속삭임에 왕계는 벅벅 관자놀이를 긁었다.
조금 시선을 피한다.

"…아니, 사실은 나도 모르네."

"허어?! 몰라아?!"

"아무튼 십여 년 전부터 준비는 시켜놓았지만 그때 황해는 일
어나지 않았으니 말이네. 실제 효과가 어느 정도일지 이번에 비
로소 판명이 나는 거지… 하지만 효과는 있을 걸세. 남쪽 지방
을 돌아보고, 이 눈으로 확인했네… 이를 뒷받침하는 다른 정보
원도 있었고…."

마지막 한 마디를 내뱉으며 희미하게 표정이 흐려졌지만 이를

눈치 챈 사람은 한 손에 꼽을 정도밖에 없었다.

"이에 대해서는 나중에 어사대에게 장소와 설명을 듣도록 하게. 그렇다고는 하나, 혜가가 비축분을 마련해놓았다 해도 긴급시에 당분간 대처할 수 있을 정도의 양밖에 되지 않을 것이야. 중앙의 원조는 필요할 걸세. 경제봉쇄 때 각지에서 모아놓았던 상평창(常平倉)의 곡식과 물자를 풀어 원조하게 될 것이네."

"…벽주에만, 은 아니겠지요?"

구양옥의 우울한 목소리에 왕계는 정직하게 끄덕였다.

"그러하네. 지금 상황을 생각하면 벽주 원조가 가장 우선순위가 높긴 하지만, 벽주만 지원할 수는 없는 노릇이니. 홍가의 경제봉쇄로 흑주와 백주에 유통되어야 했을 겨울철 식량이 아직 발이 묶여있는 상황이네. 벽주 지원과 마찬가지로, 북방의 두 주도 중앙이 나서서 지원을 해야 하지. 자주와 홍주가 황해로 막대한 피해를 입을 것으로 예상되는 이상, 북방 두 주로 돌릴 식량은 당분간은 역시 상평창에서 충당하게 될 것이네. 벽주와 홍주로 향할 원조부대의 식량까지 상평창에서 나가게 된다면, 아껴 먹는다 하더라도… 귀공이 우려하는 대로, 순식간에 바닥이 나겠지."

잔물결처럼 중신들의 얼굴에 불안과 동요가 퍼져가는 것이 확연했다.

이를 바라보면서 왕계는 성실해 보이는 단정한 얼굴의 관자놀이를 가볍게 문질렀다.

"하지만, 몇 가지 다른 가능성을 고려하고 있다는 것은 말해두도록 하지. 묘한 기대를 부추기면 안 되니, 확실하다고는 말 못하지만. 나도, 아마도 정 상서령도 생각하고 있을 테고, 이 때문에 사람을 쓰고 있어. 상평창은 최후의 보루가 아니라, 보루 중 하나 정도로 생각해두게. 그 외에도 방도는 있네. 구양시랑이 벽주 주목으로서 걱정을 하는 것은 이해가 가니, 나머지는 상서령에게 듣도록 하게."

일제히 놀란 듯한 시선이 찌를 듯 쏟아지자 유순은 쓴웃음을 지었다.

"…왕계 님… 충분히 묘한 기대감을 부추기셨습니다… 아직 확실하지도 않은데."

"어쩔 수 없었네. 나도 아직 말할 생각은 없었네만… 모두 필요 이상으로 거북이처럼 움츠러들어 있는 것처럼 보여서 말일세. 좋지 않은 일이야. 이 자리의 부정적인 생각이나 불안을 조금이나마 불식시키지 않으면 내가 없는 동안에 상평창을 여는 것을 꺼리는 자들이 나타나지 않는다는 보장도 없으니."

마지막 말에 부관인 능안수가 튕겨 오르듯이 반응했다.

"…왕계 님! 그건 아직——."

"듣게."

왕계는 짧게 가로막았다.

"여기 모이신 대관들께, 이 긴급 상황에 곡식을 풀지 않는 것이 신중함이라고 혼동하시지 않으시길 부탁드리오. 나나 상서령을 비롯하여 모든 성(省)의 대관들이 최선을 다하려 하고 있고, 이를 위해 움직이고 있소. 아직 최악의 사태는 아니오. 괜찮소. 이는 약속드릴 수 있소."

왕계가 지금까지 괜찮다는 말을 한 적은 거의 없었기에, 그 말은 강한 신뢰감을 발하며 울렸다. 퍼져가기 시작하던 불안이 천천히 진정되어 간다.

"무조건 상평창을 열 일은 아니오. 반대로 말하면 상서령이나 대관이 연다고 할 때에는 필요하기 때문이라고 생각해주기 바라오. 북방 두 주 지원, 벽주의 인명구조, 황해대책, 전부 조정이 해야 할 일이오. 모든 문제에 대응하는 것이 우리들의 일인 것이오. 어느 것 하나 '못 한다'는 대답은 있을 수 없소. 존재하지 않는 것이지. 전부 해야만 하는 것이오. 벽주에 대한 식량원조도 당연히 그 중 하나인 것이고."

왕계는 똑바로 구양옥을 보았다.

"황해대책은 내게 일임되었네. 어떻게든 하겠다는 말에 거짓은 없어. 그것이 내 일이니 말일세. 반드시, 본격적인 인명구조와 원조에 나설 것이야. 겨울이 오기 전에, 충분한 식량도, 그때까지 만으로도 충분하네. 벽주를 부탁하네."

구양옥은 입술을 깨물었다. 겨울까지. 원래는 그 대답에 만족해야 하는 것인지도 모른다. 어물쩍 애매모호한 대답이 아니라, 정확하게 기한까지 잘라 말했다. 겨울이 오기 전까지, 라고. 그렇다는 것은 왕계의 가슴 속에는 아마도 어떤 계획이 있을 것이다. 허나.

"…외람된 말씀을 드리겠습니다. 이번 문제에서 관건이 되는 것은 홍주라고 생각합니다. 홍주가 황해에 어떻게 대처하는지에 따라 홍주부와 홍가계 상인들의 타협점도 달라질 것입니다. 벽주에 대한 식량지원도, 아마 이에 크게 좌우되겠지요. 황해 문제는 왕계 님께 일임되었으니, 홍주에 파견될 인선도 생각해 두셨으리라 짐작됩니다. 그 분에게 달려있습니다. 겨울까지 버티라고 하신다면 전력을 다해 맡은 임무를 수행해내겠습니다. 그러나 마지막으로 홍주에 누구를 파견하실 생각인지, 들려주시기 바랍니다."

작게 그 자리가 술렁였다. 유순도 부채 뒤에 숨어 저도 모르게 웃음을 지었다. 어설픈 범재를 보낼 생각이라면 못 하게 막겠어, 라고 선언한 것이나 마찬가지의 발언이다. 나이로 보나, 경험으로 보나, 실력으로 보나, 구양옥은 왕계의 상대가 되지 못했다. 왕계를 상대로 이렇게까지 정면으로 대들 수 있는 배짱과 기개를 가진 젊은이는 그리 많지 않았다.

왕계는 기분이 상한 기색도 없이, 오히려 나라의 보배를 보는 듯이 미소를 지었다.

"귀공의 우려는 지당하네. 홍주에 누가 파견되느냐에 따라 상황은 크게 달라지겠지. 누가 가는지 알고 싶어하는 것은 당연하네. ──그런데 아까, '내가 없는 동안' 이라고 말을 한 것 같은데."

약 한 박자 후, 구양옥의 눈이 점점 휘둥그레졌다.

"…설마?"

"그렇네—— 홍주에는 내가 가네."

한층 더 큰 술렁임이 일었다. 안수의 눈썹이 못마땅하다는 듯이 잔뜩 찌푸려졌다. 류휘도 놀라 얼굴을 들었다. 이는 왕계가 당분간 중앙을 비우게 된다는 의미였다.

"황해대책을 위임받은 것은 나일세. 홍주에는 내가 달려가 황해에 대한 모든 조치를 지휘할 생각이네. 준비가 되는 대로 홍주로 떠날 걸세. 조의에 참석하는 것도 이게 마지막이지 싶네. 남은 시간은 출발준비에 집중할 생각이네. 내게 용건이 있는 분은 언제라도 찾아오시게. 가능한 한 시간을 만들어 만나도록 하겠네. 내가 자리를 비우는 동안 문하성(門下省)의 모든 업무는 부관인 능 황문시랑이 대리로 처리할 것이네. 벽주로 능안수를 파견할 수 없다 한 것은 이 때문이었다네."

능안수의 떫은 감이라도 씹는 듯한 얼굴을 보면 그가 완전히 납득하지 못하고 있다는 것은 확연했지만, 그래도 왕계의 체면을 세워주려고 마지못해 끄덕였다. 묘하게 어린애 같은 구석이 있다. 공부의 관비상은 조금 의외라고 생각했다. 잔소리꾼 상사인 왕계에게서 해방되어 기뻐할 거라고 생각했는데.

"여러분, 여러 문제가 산적해 있소. 정 상서령은 젊지만 그 직책을 맡을 만큼의 기지와 판단력이 있다는 것은 나도 인정하는 바요. 어려운 상황에 처했을 때 상서령이 최선이라고 판단한 사항에 대해서는 부디 가볍게 보는 일이 없으시길 바라오. ──그럼 내가 없는 동안 조정을 잘 부탁하오."

그 자리의 모든 사람이 묵직한 무게를 가진 조용한 마지막 한마디에 등이 곧게 펴지는 듯했다.

경 시랑은 경의를 담아 왕계에게 살짝 고개를 숙였지만, 문뜩 주위를 둘러보니 마찬가지로 고개를 숙이는 관리들이 적지 않았다. 왕계의 관위나 가문을 생각하면 별로 이상할 일도 아니었지만── 갑자기 등줄기에 기묘한 한기가 흘렀다. 무언가가 **어긋났다.** 그런 생각이 들었다.

'지금 왕계 님의 말.'

조정을 부탁한다고 신하에게 말할 수 있는 건 원래는 왕좌의 주인이 아닌가. 그럼에도 대부분의 중신들은 고개를 숙여 이를 받아들였다. 왕계에게. 경시랑은 먼 길을 떠나는 데에 대한 격려와 경의를 표하는 목례였고, 상대가 왕계가 아니었다 하더라도 같은 마음으로 머리를 숙였겠지만 과연 다른 관리들은 어땠을까. 유순과 육부상서는 목례는 하지 않았지만 그 점에 안도했다는 사실에 오히려 불안을 느꼈다. 이젠 **저들밖에 남지 않은 게 아닌가.** 그런 생각이 들었다.

왕을 보았다. 논의에서 배제당한 채 고개를 숙이고 있던 왕을.

경시랑은 눈치 채고 있었다. 조정을 부탁한다고는 했지만 왕을 부탁한다는 말은 하지 않았던 것을.

"『조정을 잘 부탁하오』라니. 마치 왕계 님이 왕 같던데요. 우후후—."

중신회의가 끝난 후, 안수는 왕계의 뒤를 졸래졸래 따라왔다. 문하성으로 향하는 지름길인 샛길에 들어선 후에도 계속 따라온다. 문득 이상할 정도로 주위가 한산한 적막에 감싸여 있는 것을 깨닫고는 왕계는 지긋지긋하다는 얼굴로 안수를 돌아보았다.

"…안수, 강제로 사람들을 물렸더냐? 뭐냐, 나를 찔러 죽이고 싶은 게냐? 아까부터 살기등등해서 계속 따라오는데. 넌 거위 새끼냐? 할 말이 있으면 입으로 말을 하면 어떻겠나."

"거위새끼?! 저를 거위새끼 취급하는 건 왕계 님밖에 없을 걸요. 그래요, 거위새끼로 태어났으면 좋았을 텐데. 아빠 거위라면 아무리 쫓아다녀도 불평 같은 건 한 마디로 안 할 테니까요."

"안 했는데?"

"그치만, 이렇게라도 하지 않으면 왕계 님과 이야기도 할 수 없잖아요. 너무 바쁘시니까."

안수는 조금 기울어진 나무에 부딪치다시피 난폭하게 등을 기댔다. 평소의 밝은 웃음은 사라지고, 자주 색깔이 바뀌는 옅은 갈색을 띤 두 눈동자도 지금은 어느 때보다도 짙은 빛이다.

"…아—아, 왕계 님이 홍주로 가신다니. 오산이었네. 임금님이 '내가 가겠다—!'하고 뛰어나갔다가, 결국 아무것도 못 해서 점점 더 평판이 와장창 떨어지길 기대했는데."

"이제는 유순이 있지 않느냐. 그런 바보짓을 허용할 리 없지. 나도 말렸을 거다. 도움이 안 되니 말이다."

"알고 있다고요── '내가 가겠다'라는 말만이라도 해줬으면 좋았을 텐데. 충분히 얼간이니까. 그 주제에 고관들 면전에서 왕계 님을 임명해버리다니. 망했다고 생각했다고요. 아무리 왕계 님이 애가 타셔도 맘대로 가기에는 입장상 문제가 있으니 자중해주셨지만, 일 때문이라면 당당하게 홍주에 들어가실 이유가 생기는 거잖아요. 역시나 그렇게 되어버렸고요. 아무리 불평을 해도 철회해주지 않고."

안수는 외면한 채 한 번도 눈을 마주치려고 하지 않았다. 왕계는 난처하다는 듯한 얼굴을 했다.

"…넌 그렇게 내가 홍주로 가는 게 싫은 게냐?"

"…대답해봤자 어차피 가실 거잖아요?"

잠시 후, 한숨과 함께 떨어진 단풍잎을 주워들어 입술을 댔다. 그 자세로 안수의 평상시보다 짙게 보이는 암갈색 눈빛이 지독하게 천천히 왕계에게 향했다. 녹아내린 벌꿀처럼 농밀한 미소에는 흘러내릴 듯한 요염함과 달콤한 흉악함이 배어있다.

"…왕계 님이 안 계시면, 전 또 흉계를 꾸밀지도 모른다고요?"

"그런가. 예를 들면?"

"엑, 예를 들면? 에, 그러니까, 왕계 님의 방해가 되는 놈들을 없애버리기 위해서, 이것저것?"

"뭐냐, 지금까지와 다를 게 없지 않느냐? 그 정도면 상관없다.

마음껏 해라."

순순히 끄덕인다. 굴러온 낙엽을 밟지 않으려고 살짝 피해 몇 걸음 발끝으로 걷는다. 안수를 관심 없는 척하며 곁눈질로 뚫어 져라 쳐다봤다. 왕계가 저렇게 걷는 것을 아는 사람은 별로 없 다. 아무도 몰랐으면 좋겠지만, 세상일이 그렇게 맘대로 되지는 않지.

"넌 내 부하다. 모든 책임은 내가 져주마."

안수는 순간적으로 애매한 얼굴을 했다. 기쁘긴 하지만 바라 던 대답은 아니었다는 듯한. 하지만 자신도 어떤 대답을 바라고 있었는지 잘 모르겠다는 듯한 막연한 표정으로. 오래 전부터 때 때로 안수는 이런 얼굴을 한다. 떠도는 나비처럼, 아직 보이지 않는 무언가를 쫓고 있는 듯한 눈. 때때로 안수 곁에 나타나는 검은 나비를 본 김에, 왕계는 별 생각 없이 영혼을 나르는 '철나 비'의 이야기를 한 적이 있다. 분명 마지막을 이렇게 맺었던 걸 로 기억한다. 『그러나 그 땅에 무엇이 있는지, 정말은 나비도 알 지 못한다.』

왕계의 시선을 알아채자 안수는 홱, 시선을 돌렸다. 부자연스 러울 정도로 밝은 목소리로 말했다.

"…네네, 알겠어요. 그럼 왕계 님이 안 계시더라도 조금은 참 아보지요. 임금님이 여름에 그랬던 것처럼 순순히 왕도를 비워 준다면 편했겠지만 이번에는 왕계 님이라도 괜찮아요. 생각해 보면 그쪽이 더 재미있을 것 같고. 이젠 제가 손을 쓰지 않아도 알아서 굴러가줄 것 같고."

하지만 안수의 표정은 전혀 재미있어하는 것 같지 않았다.

"…저기, 왕계 님. 임금님은 아무래도 글렀어요. 왕자의 난 때부터 지금까지, 그 정도로까지 전화왕과 소 재상이 밥상까지 다 차려줬는데도 결국 이 꼴이잖아요."

기운을 북돋아보려는 듯, 안수는 단풍잎을 하나 빙글 돌리면서 중얼거렸다.

"아무리 바보라도 말만 제대로 들으면 어떻게든 되도록 판을 짜줬는데. 머리가 좋아도, 검술이 뛰어나도, 불쌍하지만 왕으로는 무능해요. 황의의 진언도 무시하다가 결국 황해도 막지 못했고. 이래서는 묵묵히 일하고 있는 관리들은 모두 화를 낸다고요… 특히 문하성이나 지방귀족들은 쭉 왕계 님을 봐왔으니까요. 그래도 오늘은 임금님이 꽤 괜찮았죠. 아무 말 없이 침묵 유지, 지금까지 본 중 최고로 괜찮은 임금님이었어요. 덕분에 논의는 일사천리."

파삭, 하는 소리가 들렸다. 안수가 단풍잎을 손 안에서 조용히 바스러트리더니 던져버렸다.

"이제 조금만 더. 때가 무르익고 있어요. 유순도 돌아왔고요. 그러니까 왕계 님. 이제 무대에서 내려가는 일 따윈 없는 겁니다. 당신을 기다리고 있는 사람이 있어요… 배신하지 말아 주세요."

더 이상 그 눈에는 한 점 웃음기도 없었다. 마지막 한 마디는 묘하게 억양이 없고, 메마른 목소리였다.

 배신하면 죽인다는 말처럼도 들렸지만 왕계에게는 배신해도 괜찮다는 것처럼도 들렸다. 이유는 알 수 없었다.

 설령 안수가 왕계를 배신한다 하더라도 왕계는 그를 죽이지 않을 것이며, 이를 안수도 알고 있다. 하지만 안수는 그 점이 못마땅한 듯했다. 오히려 배신하면 죽여달라고 언제나 말하고 있는 듯한 느낌이 들었다. 그렇기에 언젠가 왕계가 자신을 배신해도 상관없지만, 그때는 배신하지 않았을 때와 마찬가지의 대가를 요구하겠다. 그렇게 말하는 것처럼 들렸다. 어느 쪽이든 안수가 원하는 것은 사실은 딱 하나밖에 없는 것 같았다. 배신을 하든, 신뢰를 하든 간에.

 상대가 누구이건 안수의 삶의 방식은 언제나 그런 식이었다. 상대에게 엄청난 대가를 요구하는 것. 그 대가를 치르지 못하면 모든 것을 잃고 만다.

 "배신하지 말아주세요."

 다시 한 번 안수는 메마른 목소리로 속삭였다. 아름다운 목소리로 뱃사람들을 파멸로 몰아넣는 바다의 정령처럼. 실제로 안수의 이 목소리를 들은 대부분의 사람들은 파멸당했다. 예외는 극소수. 그러나 없지는 않았다. 현재 왕계도 그 중 하나였다. 앞으로 어찌 될지는 모르지만.

 앞으로? 왕계는 마음속으로 살짝 미소를 지었다. 남은 날들이 있다 하더라도 아까울 정도의 길이는 아닐 것이다.

어딘가에서 새가 날갯짓하는 소리가 들렸다.

"──그래, 알고 있다."

왕계가 조용한 목소리로 대답했다. 어딘가, 철없는 아이를 달래는 듯이.

찰나의 적막. 바스락거리는 낙엽 소리에 먼저 눈을 내리 깐 것은 안수였다.

"…어째서일까아. 전 그 대답을 기다리고 있었어요. 그게 이루어진다면 제 바람도 이루어진다고 생각했었죠. 하지만 왕계 님이 왕이 된다면… 난? 지금보다 행복해질 수 있으려나?"

덩그마니, 홀로 남겨진 아이처럼 중얼거린다.

왕계가 무언가 말하기 전에 당황스러울 정도로 재빠르게 안수가 나무줄기에서 등을 떼었다. 왕계의 목덜미에 소리도 없이 손가락을 댄다. 얼음을 문대는 듯한 차가움이었다. 순간적으로 안수의 얼굴에서 모든 표정이 사라졌다.

"…가끔은 말이죠, 생각하곤 해요. 당신이 없어지면 세상은 시시해지겠지만… 당신이 없으면 난 분명 좀 더 자유롭게, 마음대로 살아갈 수 있을 거예요. 날 속박하는 건 그게 무엇이 되었든 용서할 수 없어요. 그렇기에 때때로 참을 수 없을 만큼, 당신을 휴지조각처럼 구깃구깃하게 뭉쳐서 휴지통에 던져 넣고, 모든 것을 다 던져 넣고── 모든 것을 끝내버리고 싶어져요."

안수의 손가락에 갑자기 힘이 들어갔다. 급격하게, 농담으로는 끝나지 않을 정도의 압력으로.

왕계의 눈썹이 반사적으로 치켜 올라간 순간, 발소리 하나가 그 자리의 적막을 깼다.

"…장난은 거기까지다, 안수. 당장 업무로 돌아가게. 아니면 네가 죽을 거다."

깊고 풍성하지만 평상시보다 더 저음인 손능왕의 목소리가 들려왔고, 익숙한 담배연기가 주변을 맴돌고 있었다. 담뱃대를 깨물면서 손능왕이 거리를 좁혀온다. 아무 생각 없는 듯 보였지만, 낙엽을 밟는 데도 소리가 나지 않는다. 이곳에 있는 게 확실한데, 다른 세계를 걷고 있는 것 같다. 아까의 안수가 우아하고 아름다운 야수라고 한다면, 지금의 손능왕은 백수(百獸)의 왕이었다. 아무리 위험한 맹수라도 왕 앞에서는 물러날 수밖에 없다. 뒤도 안 돌아보고 줄행랑을 칠지, 마지못해 물러날지의 차이는 있지만.

안수는 당연히 후자였다. 손능왕을 본 순간, 엄청나게 불만스러운 표정을 지었다.

손능왕은 발을 멈췄다. 언뜻 좀 멀리 떨어진 듯이 보였지만, 안수를 공격하기에 딱 적당한 **사정거리**였다. 절대로 실패하지 않고 숨통을 끊어줄 수 있는 위치를 확실하게 확보한 후, 능왕은 후우, 하고 보랏빛 담배연기를 내뱉었다. 불량소년을 향한 한숨처럼도 보인다. 하지만 지금의 능왕은 농담도 하지 않았다.

"이제 충분히 왕계에게 어리광을 부렸나? 제정신 차리고 자네도 해야 할 일은 하고 오게. 날 상대로 싸움을 걸만큼 자네도 바보는 아니겠지. 뭐, 나야 언제라도 놀아줄 수 있네만."

안수는 장난을 치다가 들킨 아이처럼 투덜거렸다. 이런 몸짓은 완전히 평상시의 안수다.

"…네네. 알겠습니다. 일하면 되는 거죠. 뭐, 표가는 걱정하지 않으셔도 됩니다. 왕계 님의 방해가 되지 않도록 발을 묶어 두었습니다. 장기 말도 늘었고… 하지만 표가의 머리 이상한 아줌마, 이제 슬슬 볼 일은 끝났으니 처리해야겠지요. 그나마 마지막에는 왕계 님에게 도움이 주도록 해야겠어요."

능왕은 눈썹을 치켜 올렸지만, 아무 말도 하지 않았다. 라기보다는, 무슨 말을 해야 할지 몰랐다.

생글생글 기쁜 듯이 '흉계'를 궁리하면서 안수는 물결치는 머리카락을 나부끼며 자리를 떠났다.

능왕은 안수가 사라진 방향을 바라보며 담배연기를 내뿜었다. 왕계 쪽은 보지 않았다.

"…이보게, 왕계."

왕계의 흠칫하는 기색이 전해져 온다. 화가 났다는 것을 눈치챈 모양이다. 완전 정답.

능왕은 순간이동이라도 한 듯 순식간에 왕계에게 다가가더니 다짜고짜 주먹으로 머리를 쥐어박았다. 용서 없는 일격에 왕계는 눈에서 불이 번쩍한 듯했다. 그것보다도 쉰도 넘어 누군가에게 주먹질을 당하는 꼴이 되리라고는 생각지도 못했다. 뭔가 부글부글 끓어올라서 왕계는 버럭 화를 냈다.

"자네보다 높은 사람이라고. 그런데 때려?! 뇌가 튀어나와서 이승 하직하면 어쩔 셈이야!"

"시끄럽다, 이 바보가! 신이 호위에서 빠졌는데도 방심이나 하고 있고 말이야. 내가 안 왔으면 정말로 이승 하직할 뻔했어! 이 자식아, 자각 좀 해라! 네 놈이 덜컥 죽어버리면 곤란하다고!"

"아, 알고 있다니까!"

"알긴 뭘 알아! 신은 멋대로 표가에 보내고 말이지! 이젠 내가 옛날처럼 24시간 널 지켜줄 수가 없다고. 병부상서를 관둬도 된다면 또 모를까! 신이 호위하고 있었기에 안심하고 있었더니만."

"보낼 수 있는 자가 신밖에 없었다. 갈 수 있는 것도 신밖에 없어. ——지금밖에 없어."

능왕은 낙엽을 바라보면서 입을 열었다.

"…아까 안수가 류화는 쓸모가 없다는 소리를 하더군. 자네는 지금밖에 없다고 했지. ——신을 표가에 보낸 건 그 때문인가."

묵묵부답으로 버틸 순 없었다. 조용히 인정했다. 이런 때는 좀 봐주라고.

"…그렇네."

"그런가. 알았네… 알았네."

능왕은 그 말밖에 하지 않았다. 말하지 않는 대신, '한 대 피우겠네' 하고 양해를 구하고는 또다시 담뱃대에 새 담배를 채운다. 왕계는 언제나처럼 금연을 하라고는 말하지 않았다. 부싯돌소리가 났다.

"…뭐, 좋아. 하지만 왕계, 자네… 언젠가 안수에게 살해당할걸세."

아니, 언젠가가 아니라 이미 그때는 코앞까지 다가와 있는 듯했다.

안수는 몇 번이나 왕계 곁을 박차고 뛰어나갔다가, 그때마다 돌아왔다. 왕계가 싫다고 하면서 왕계를 위해 움직였다. 그리고 때때로 죽이려 한다. 도무지 능왕은 이해가 되질 않았다.

"안수를 곁에 두는 이유는 있어. 그저, 그래… 자네와는 생각이 다르겠지만."

침묵 끝에 입을 열었다. 바람에 아름다운 귀걸이가 흔들리며 차랑, 하는 청명한 소리를 냈다.

"분명, 황의라면 무슨 일이 있어도 나를 배신하지 않겠지만 안수는 다르겠지. 그러나 언젠가 나를 죽인다면, 아마도——."

어디선가 새의 날갯짓 소리가 들려왔다.

한층 강한 돌풍이 불어와 나뭇가지를 마구 흔든다.

갑작스러웠기에 능왕은 순간적으로 새와 바람에 정신을 빼앗겼다. 커다란 흰 새였다.

왕계의 말을 놓쳤지만 능왕은 되묻지 않았다. 들어서 좋은 일이면 모를까, 아니라면 듣고 싶지 않았다. 왕계도 두 번 말하지 않았다.

호위병들의 발소리가 멀리서 들려왔다. 필시, 걱정이 된 황의가 보냈으리라.

왕계의 얼굴이 옛 친구를 대하는 부드러운 표정에서 평상시의 대관의 얼굴로 변모했다.

때때로 능왕은 왕계와 함께 이렇게 이 성에서 지금도 살아있는 것이 누군가의 꿈속의 일이 아닐까, 하고 생각하곤 한다.

자신도 왕계도 그 전쟁에서 살아남아 이렇게 쉰을 넘기리라고는, 그때에는 생각지도 못했다.

"생각해보면 꽤나 나이를 먹었어, 둘 다."

"…그래. 이 날까지 이렇게 오래 살 줄이야. 어차피 봐야 한다면 좋은 세상을 보고 싶네. 비연이 한 일도── 헛된 일이었는지, 아니었는지는 앞으로 알게 되겠지."

비연이라는 이름에 능왕은 눈을 가늘게 뜨고, 왕계의 조금 지친 듯한 옆얼굴을 쳐다보았다.

끔찍이도 사랑했던 외동딸을 잃으면서까지 소망했던 것이 있다.

이는 왕계만이 아니다. 모든 이가 그렇게 지금, 이곳에 있다.

사랑하는 것보다도 훨씬 더 앞을 내다보며.

…이도, 이제 곧 끝난다. 끝나면 좋으련만, 하고 능왕은 기원했다. 가능한 적은 피해만으로.

"자네가 가겠다는 말을 꺼냈을 때, 다주 때의 아가씨가 생각났다네. 영향을 받은 건가? 만약 지금 어사대에 아가씨가 있었다면 제일 먼저 말할 법한 얘기였다고."

왕계는 끄덕이지는 않았지만 부정도 하지 않았다.

아쉬운 일이야, 능왕은 그렇게 중얼거렸다.

…왕계가 무관과 함께 자리를 뜬 후에도 능왕은 한참 동안 무료한 듯 그 자리에 머물러 있었다. 후우, 하고 담배연기를 뱉어내고는 휙, 하고 한 그루의 나무를 보았다. 능왕이 왕계에게 달려왔던 것처럼, 역시나 왕계를 지키러 온 또 한 명의 사내가 있다. 안수도 왕계도 눈치 채지 못했던 듯했지만.

"…나오면 어떻겠나? 실로 대단하네만 이 거리에서는 내가 유리하네. 신에게서 귀공에 대한 이야기는 듣고 있었네. 숨어도 소용없어… 그보다도, 인사 정도는 얼굴을 보면서 하게 해주시게, 홍소가."

강유는 오늘도 후궁의 한 구석에 있는 상경전(祥景殿)을 향해 빠른 걸음으로 걷고 있었다.

상경전은 어사대가 백합의 연금장소로 고른 장소로, 소가가 공순(恭順)의 예를 취한 후에도 규황의는 홍가의 인질이라며 연금을 해제하려 하지 않았다. 소가와 백합도 당분간은 억지로 나가지 않겠다고 결정했다. 강유도 근신 중이었지만 양어머니를 돌본다는 명목으로 상경전에 출입할 수 있었다.

정란과 소방, 십삼희의 협력 덕분에 조정의 정보수집도 수월했기 때문에 추영이 표가에 간 후로 강유는 거의 매일처럼 상경전을 거점으로 다양한 정보를 수집하는 데에 집중했다.

"아── 왔다, 왔다, 강유 씨. 오늘 조의 의사록 가지고 왔어─."

항상 사용하는 방에 들어가자 소방과 정란이 얼굴을 들었다. 아무래도 오늘은 강유가 꼴찌인 모양이다.

"미안, 고마워. 우선 좀 보여줘."

의사를 감시하는 것도 어사대의 역할이다. 어사인 소방은 자유롭게 의사록을 볼 수가 있었다. 이를 이용하여 강유와 정란은 매일처럼 의사록을 읽고 있었다. 오늘도 쭉 훑어보니 예상했던 대로 왕계와 손능왕이 대부분의 의사를 주도하고 있었다.

"뭐랄까, 그럴싸한 얘기는 몽땅 왕계 씨와 병부상서 담당 같네── 그리고 정 상서령. 그보다도 오늘 임금님은 특히나 더 참담한데. 말한 거라곤 '정 상서령에게 맡기겠다' 이거밖에 없잖아─?"

"…병마권을 전부 왕계 님에게 넘겨버렸으니 별 수 없지. 할 일이 없다고. 왕이 직접 왕계 님에게 황해와 관련된 전권을 이양한 이상, 이렇게 될 거라고 생각했어. 왕계 님이 아니라 유순 님에게 황해대책에 대한 전권을 넘겼다면 또 얘기는 달랐겠지만…."

"에? 아, 그런가. 그렇다면 **정 상서령 밑에 왕계 씨가 온다**, 는 거로군."

그렇다면 최종적인 권한은 유순이 쥔 채 왕계에게 병마권을 일시적으로 빌려주는 구도가 되었을 것이다. 병마권을 완전히 빼앗기는 일은 없었을 것이다. 그것만으로도 인상은 크게 달라진다.

어쩔 수 없다. 인간관계의 줄다리기는 경험이 전부다. 그러나 류휘는 애당초 거의 사람과 접하질 못한 채로 유년시절을 보냈고, 그 후에는 강유가 모든 것을 지시했었다.

"황해라는 거, 홍가도 어쩌지 못하는 거야?"

"…그런 모양이야. 백합 님도 황해만큼은 힘들다고 하셨어. 지금까지 황해에 관해서는 홍문필두인 희(姬)가 대처해온 듯하던데… 나도 희가에 대해서는 잘 몰라. 그리고 홍주에서 가장 최근에 발생한 황해는 수십 년 전 일이야. 소가 님들도 경험이 없으시지. 어사대와 왕계 님만 믿고 가는 수밖에 없어. 소가 님도 그렇게 일족에게 지시를 내리셨을 거야. …설령 이걸로 왕계 님의 명성이 단번에 치솟는다 하더라도."

마지막 한 마디에 정란은 눈썹을 확 찌푸렸다. 강유의 눈길이 문득 의사록의 한 부분에 머물렀다.

"…혜가 님이 사망?! 벽주 주목 대리로 구양시랑… 지명한 건 유순 님인가."

강유는 잠시 생각을 하려는 듯 눈을 내리깐 채 구양옥의 이름을 바라보았다.

"…유순 님이 벽주 주목에 구양시랑을 지명해주셔서 진짜 다행이다. 그 사람이 어떤 사람이야, 주상에게 사표를 집어던지고 벽주로 내려가는 건 시간문제였을걸. 구양시랑이라…… 소방, 벽가 관련해서 따로 부탁했던 건 어떻게 되었어?"

강유는 제대로 이름으로 불러주기 때문에, 소방은 마음에 들었다. 다른 두루마리를 펼친다.

"아, 대충은 조사했어. 당신 예상대로, 여름부터 벽가계 관리들의 사직이 이어지고 있어. 아직은 몇 명 수준에 지나지 않지만."

그 말만으로도 정란은 바로 이해했다. 시선을 강유에게 돌리자 역시 그렇군, 하고 중얼거리는 모습이 보였다.

"용관시절 동료들에게 부탁해서 좀 떠보라고 했거든—— 예상대로 여름 언저리부터 벽가 본가가 일단 조정에서 물러나 상황을 보면 어떻겠냐는 타진을 해왔던 모양이야. 하지만 구양 시랑과 본가 도련님이신 벽박명이 움직이지 않으니까 대부분은 고민하다가 움직이지 않고 있다고 하더라고. 하지만 말이지—— 이게 뭐 어때서? 뭔가 이상해?"

"네, 노골적일 정도로 이상합니다. 이거 저거 모든 것이요."

정란은 눈을 가늘게 뜨며 소방의 질문에 대답하면서도 머릿속으로는 다른 생각을 하고 있는 얼굴을 했다.

"벽가는 지금의 소방과 같습니다. ――그다지 영리한 가문은 아니라는 거죠."

"당신 정말 여전하군!"

강유는 시선을 어디에 두어야 할지 몰랐다. 사실 강유도 같은 생각을 하고 있었던 것이다.

"말이 지나쳤다고 하고 싶지만 사실이니까. 벽가는 대부분 정사에는 무관심한 가문이라서 말이지, 정치적 줄다리기도 엄청 서툴고. 그런데 왕의 평판이 추락하기 시작한 여름을 노려서 즉각 벽가계 관리들에게 사직하고 상황을 보라는 정치적인 지시를 내렸다는 게… 너무 어울리지 않아. 애당초 그 벽가 본가가 세세하게 왕이나 조정의 정보를 일일이 수집하고 있다고도 생각할 수 없고, 그럴 관위에 있지도 않고."

예능과 전례(典禮)와 관련된 관직은 벽가 문중이 독점하고 있었지만, 정사의 중추에 있는 것은 구양시랑과 이부의 박명 정도다. 여름부터 벽박명의 태도가 수상하다는 것은 눈치 채고 있었다. 아마 두 사람에게도 귀환명령이 떨어진 후였을 것이다.

"당연히 구양 시랑도 이상하다고 생각했을 거야. **누군가가 조정의 정보를 벽가에 흘리고 있다.** 뒤에서 조종을 하고 있는 것이 아닌가, 이렇게 말이지. 그러니까 주군인 벽가의 명을 거역하면서까지 조정에 남았던 거겠지."

"아아, 음, 그러니까 홍씨 성 관리 때와 같은 구도? 홍가는 단번에 전원 출사 거부했다가 모조리 잘렸지만 벽가는 걸려들지 않았다는 건가… 그렇다는 건 홍가 쪽이 머리가 나쁜 거 아냐?"

강유는 윽, 하고 말문이 막혔다. 정란이 찌릿, 보내오는 얼음 같은 시선에 온몸이 구멍투성이가 될 것 같았다. 저어엉말이지, 진소방의 독설은 봐주는 법이 없는데다가 아주 아픈 곳만 골라서 꼬집는다.

"뭐, 그러니까 오늘 유순 님이 구양 시랑을 주목으로 지명하신 건 그런 의미에서도 다행이야… 지금 상황에서 구양 시랑을 붙잡아둘 수 있는 건 벽주 주목 자리 정도밖에 없으니까."

지금 이런 상황에서 그가 사표를 낸다면 구양 시랑이 머물고 있기 때문에 고민 중이었다는 벽씨 성 관리들이 일제히 벽주로 돌아가버릴 가능성이 있다. 벽씨 성 관리 중 중추적인 관직에 있는 자는 별로 없지만 문제는 **벽가까지 왕을 버리고 떠났다**, 는 모양새가 되는 것이다. 이것이 만에 하나 홍가의 건과 거의 동시에 일어났다면 상당히 큰 타격이 되었을 것은 분명했다. 강유는 마음속으로 구양 시랑과 벽박명에게 고마워했다.

정란은 이마에 손을 올렸다. 채팔가는 슬슬 퇴장하라는 듯이 조금씩 허물어트리고 있다.

"남가, 홍가, 다음은 벽가… 게다가 시기가 절묘합니다… 탁월하게 머리가 좋은 여우군요."

"…난 말이지, 정란. 남은 세 가문이 신경 쓰여. 우연인지 계산인지… 영 불편한 세 가문이 남았어. 특히 황가. 의사록을 보아도 요즘 황상서의 말수가 현저히 줄었어."

정란은 강유의 옆얼굴을 보았다. …이제서야 '조정 제일의 수재'라 불렸던 본래의 두뇌가 되돌아온 모양이다. 강유는 여심일만 아니면 빼어나게 뛰어난 것은 틀림없다.

"황가는 벽가와 달리 늘 조정의 동향을 지켜보고 있었을 게 분명해. 황가 일족의 정보망은 팔가 중에서도 최고니까. 이런 상황인데도 기분 나쁠 정도로 조용하다는 게 오히려 신경이 쓰여. 마치 예상했던 바라는 것 같잖아."

소방은 고개를 갸웃했다. 무가인 흑가와 백가가 날뛰면 큰일이겠지만, 황가는 잘 모르겠다.

"뭐야, 그 불길한 세 가문이라는 건? 흑가와 백가는 그렇다 치고, 황가는 상인들의 총수잖아?"

"…그렇습니다. 하지만 황가에게는 특이한 별칭이 있지요. 흑가와 백가가 '전쟁꾼'이라 불리듯이."

황주는 상인들의 수도라 불리며 전상인연합회가 창설된 땅이기도 하다. 벽주와 더불어 면적은 가장 작지만 나라 전체에서 끊임없이 상인들이 드나드는 요충지이기 때문에 그 경제력은 귀양에 버금간다. 뛰어난 상인들이 모여 막대한 자금과 사람을 세상에 푼다. 그 총책이 황가인 것이다. 그런 황가에게는 또 다른 얼굴이 있다.

"──황가는 '전쟁상인'이라고 불려왔습니다."

전쟁 냄새가 나는 곳에 무기를 짊어지고 나타나는 '전쟁상인'. 이것이 황가 일족의 진짜 모습이다.

전쟁이 나면 정보통으로도 재빨리 변신하는 황가가 지금까지 침묵을 지키고 있는 의미.

"어쩌면 황가는 상당히 일찍부터 수면 하에서 조정의 누군가 와 접촉하고 있는지도 몰라."

소방이 어사대 업무로 복귀한 후, 정란은 팔짱을 끼고 강유를 보았다.

"…강유 님, 아까 다행이라고 말씀하셨는데요. 정 상서령을 어 떻게 생각하십니까?"

강유는 왼쪽 눈을 남고 오른쪽 눈만으로 정란을 보았다. 정란 이 예상하는 '머리 좋은 여우' 명단에는 한참 전부터 유순도 기 재되어 있는 듯했다. 무리도 아니다. 강유는 신중하게, 그리고 정직하게 대답했다.

"상서령으로서의 일은 완벽하게 해내고 있지. 그것만큼은 확 실하다."

"누구를 위해서. 그것이 왕을 위한 일이라고 보시는 겁니까?"

"…그 부분이 문제지. 처음부터 생각해보았다. 그랬더니 몇 가 지 이상한 점이 있더군."

강유는 패옥(佩玉)에 조각된 '꽃창포'를 손끝으로 덧그렸다. 왕 대신 할 수 있는 일을.

"생각하고 있는 일이 있어… 때를 봐서 유순 님을 찾아가볼 생 각이다."

"…손능왕 님, 당신이 젊은 시절에 전화왕과 사마 장군과 송 장군 **세 분을 동시에 상대하면서도** 막상막하로 싸우셨다는 이야기, 지금까지 비웃으며 전혀 믿으려 하지 않은 점 죄송합니다. 몇 십 년이나 행방불명이었던 흑가 문중 손가의 '검성(劍聖)'이 이런 곳에서 문관을 하고 계시리라고는 생각도 못 했던지라."

능왕이 나오라고 한 지 한 박자 후. 새하얀 옷감에 얼룩이 퍼지듯이 소리도 없이 나무그늘에서 기척이 서서히 퍼져 나온다. 능왕은 마지막 한 마디에 짜증난다는 듯 얼굴을 돌렸다.

"뭐? 뭐냐, 그 '검성'이라는 건. 난 평범한 일반시민. 흑가 문중 손가와는 관계없습니다요."

"평범한 일반시민에게 제 기척을 들킬 리가 없을 텐데요. 살짝 돌아가려던 참이었는데."

나무그늘에서 모습을 나타낸 소가를 손왕은 뚫어져라 쳐다봤다. 당대 '흑랑'. 말로야 들었지만 실제로 보니 놀라웠다. 부고에서 **멍청하게** 있는 모습을 늘 봐왔기에.

'…황의나 안수도 이 정도로 멍청했다면 왕계도 편하겠다 생각했었는데 말이지….'

아무래도 이 세대는 조금 특이한 정도가 아니라 별의 별 사연을 숨기고 있는 삐딱한 인간들이 많은 듯하다. 시대의 틈새에 태어났기 때문인지도 모른다. 조류가 바뀔 때였기에, 보지 않아도 좋을 많은 것들까지 눈앞에 밀려왔던 세대. 능왕은 이미 어른이었다. 그러나 소가나 안수는 어린애였다. 전혀 다르다.

"이 자리에서 본 것은 서로 잊도록 하세. 약속이네. 홍가 당주님… 무슨 일로 여기 왔는가?"

"…당신과 같은 이유에서입니다, 손 상서님. 왕계 님이 걱정이 되어 찾고 있던 중이었습니다."

소가는 왕계가 사라진 방향을, 어딘지 복잡한 표정으로 보고 있었다. 마치 왕계를 통해 기억 속의 누군가를 불러내려고 하는 것처럼 보였다. 그리고 보니, 라고 능왕은 생각했다. 소가가 왕계와 말을 한 적은 없는지도 모른다. 언제나 누군가의 경호를 받고 있는 왕계를 부고지기 따위가 가까이서 만날 수 있는 틈은 아예 없는 것이나 마찬가지다. 이야기를 나누고 싶어도 멀리서 바라보는 것이 고작이었겠지. 홍가 당주면 또 몰라도.

"지금은 안 닮았지. 왕계의 누님은 미인이었으니. 이십대 정도까지는 조금 닮은 구석도 있긴 했다네. 저래 봬도—— 이보게, 홍소가. 왜 그 꼬마에게 무릎을 꿇은 겐가?"

소가는 스윽, 능왕을 돌아보았다.

"제가 류휘 전하에게 홍가 일족의 가문과 충성을 드린 것이 마음에 들지 않으십니까?"

"그렇다기보다는, 그냥 신기했네. 자네도 알고 있지 않았나.

그 꼬마는 아직 **왕도 되지 못했다**는 걸. ――반대로, 자네에게 묻고 싶네만, 어째서 왕계는 안 되는가?"

이 자리에서 일어난 일은 모두 잊는다. 그랬기에 소가도 따르기로 했다.

"…글쎄요, 정직하게 말씀드리지요. 저는 류휘 님이 왕에 적합하다고 생각해서 무릎을 꿇은 것이 아닙니다. 굳이 말하자면 홍가의 기질 때문인지도 모르겠군요. 류휘 님께 무릎을 꿇은 것은 그렇게 하고 싶었기 때문입니다. 저희들이 무릎을 꿇는 일은 좀처럼 없습니다. 그렇기에 그 얼마 안 되는 기회를 이해득실로 계산하지 않습니다. 홍가 일족에게 애정과 충성은 같은 것입니다. 왕의 자질 운운하기 이전에 그 사람을 지켜야만 한다고 생각된다면 그것만으로도 제가 류휘 님을 섬길 가치가 '있는' 것입니다."

눈에서 비늘이 떨어진 듯이 손능왕이 뚫어져라 소가를 내려다보았다. 과연. 그 세월 내내 수수께끼였던 홍가 일족의 이해할 수 없는 행동이 이해가 되는 것 같았다. 능왕은 재미있다는 듯이 웃었다.

"…흠? 그것 참 풍류가 있군. 나쁘지 않아. 이해득실을 따지지 않는 부분이 특히나. 하지만 지키다니, 엄밀하게 말해서 뭘 말인가? 왕의 자질이 있건 없건 상관없다고 했으니, 어리석은 왕이라도 마지막까지 류휘 님의 옥좌를 지킬 생각이라는 건가? 그게 아니면 류휘 님을 말하는 건가?"

능왕의 질문은 날카롭고, 용서 없이 본질을 정확하게 파고들었다. 박수를 쳐주고 싶을 정도로. 적당하게 넘길 수도 있었지만, 조금 생각한 후 역시 진심을 들려주기로 했다. 소가는 왕계와 능왕이 앞으로 **어디까지 할 것인지** 짐작하고 있었다. 그리고 상대도 마찬가지일 것이다. 서로 이를 말로 하고 있을 뿐이다.

"…류휘 님입니다. 일단, 지금은 말이죠."

"지금은?"

"왕계 님 쪽이 왕으로서 훨씬 더 잘하실지도 모릅니다. 그 점은 인정합니다. 신망이 있고, 경험이 있고, 높은 뜻이 있으신 분이지요. 또 이 나라를 언제나 생각하고 계시고요. 류휘 님을 보시며 답답해하시는 것도 어쩔 수 없다 생각합니다. 지금이라면 아직 최소한의 피해로 끝낼 수 있다는 것도 이해하고요. 저는 마지막까지 류휘 님 편이지만 제가 지키고 싶은 것은 류휘 님 자신이지, 그의 왕좌는 아닙니다. 하지만──."

소가는 고개를 갸웃하며 능왕을 수수께끼 같은 눈빛으로 바라보았다. 마치 자신 안에서 막연하게 떠돌아다니는 뭔가를 처음으로 잡으려 하는 듯이. 결국 형태로 만들어내지는 못 했다. 그러나 감각적으로, 무의식의 더 안쪽에서 언제나 생각하고 있던 것을 소가는 아마도 처음으로 입에 담았다.

"…하지만, 만약 류휘 님의 결여된 부분이 메워지는 때가 온다면. 왕계 님보다 류휘 님이 더 왕에 적합할 거라는 생각이 듭니다… 그 날이 오기는 할는지, 또 때를 놓치지 않을는지는 둘째 치고 말이죠."

손능왕의 눈빛이 살의라도 담긴 듯 갑자기 매서워졌다.

"…호—오? 왕계보다 그 꼬마가 적합하다? 어디가 말이냐! 말해봐라!"

"그러니까, 어디냐고 물으셔도 지금은 없기 때문에 뭐라 말씀 드릴 수가 없습니다만. 그냥 그런 생각이 드는 정도?"

"이 노옴. 어디서 능청이냐. 재미있군. 마음에 들었다. 우리 편이 돼라!"

"하아?! 완전 맥락 없는 사람이네요! 무리라고 그랬잖습니까!"

엉망진창이다. 하지만 솔직하고, 일단 적대관계인데도 호감을 느끼게 한다. 손능왕이 귀족파, 국시파, 문관, 무관 가릴 것 없이 인망이 높은 것도 이해가 갔다.

"흥, 자네, 이 자리에 안수가 있었으면 다짜고짜 쳐죽였을 거네."

"당신이라면 모를까, 능안수 님이 상대면 제가 더 강하니 괜찮습니다."

"——아아, 안심했네. 왕을 지키게. 자네가 방금 왕계를 지키러 달려왔던 것처럼, 우리들도 꼬마 왕을 죽이고 싶지는 않아. 자네 걱정대로 지금 왕계가 죽으면 걷잡을 수 없는 상황이 되고 말 거야. 나라 전체가 전쟁터로 바뀔 걸세. 왕계를 따르는 녀석들이 나라 전체에 퍼져 있는데다가 각지에서 요직을 꿰차기 시작했으니. 장난이 아닐 거야. 하지만 전쟁은 바라지 않네. 양보를 하도록 만들 테니까. 그때까지 꼬마 왕을 지키게나."

딱 잘라 말했다.

소가의 가는 눈이 불온한 기색을 풍기며 물었다.

"…대담한 말씀을 하시는군요."

"그래. 말한 건 나네. 왕계가 아니라는 것도 잊지 말게."

능왕은 흐르는 듯한 우아한 몸짓으로 담뱃대를 뒤집어 재를 떨어뜨렸다.

"…난 말일세, 왕계의 나라를 보고 싶다는 생각을 줄곧 해왔다네. 어떤 나라가 될지, 눈을 감으면 선명하게 떠오르지. 하지만 자네는 류휘 님의 나라를 보고 싶단 생각을 한 적이 있는가? 상상이 되는가?"

"———."

소가는 아무 말도 할 수 없었다. 이 가장 중요한 시기에. 그것이 대답이었다. 능왕은 미소를 지었다.

"우리는 기다렸네. 그렇지 않은가? 많은 시간을 자신을 위해 낭비하고 온갖 기대를 짓밟은 것은 그 꼬마야. 황해는 그 대가 중 하나에 지나지 않지. 앞으로 수도 없이 터져나올 걸세. 꼬마가 그 모든 대가를 청산하고, 왕계 이상의 나라를 제시할 수 있는 각오가 있을 것 같은가? 말해두겠네만, 저번에 남주로 내뺐던 것처럼 또다시 꼬마가 힘들다고 도망친다면── 그땐 끝이네."

소가가 뭔가를 말하기 전에 능왕은 문득 표정을 누그러뜨렸다.

"…왕계를 지키러 와줘서 진심으로 고맙네. 자네 같은 사람이 그쪽에 있어줘서 다행이야."

점잖은 말투로 느닷없이 잘라버린다. 이야기는 이제 끝이라는 것이겠지.

두 사람 모두 알고 있었다.

억지로 늘려왔던, 잠시 동안의—— 그리고 눈속임일 뿐인 평온한 때에 종말이 온다.

…이제 곧 종말이든, 시작이든, 어느 쪽인가의 막이 오른다.

| 제3장 | 붉은 우산의 무녀

"싫어──!! 정말이지 왜 이렇게 끈질긴 거얏!"

수려는 소리를 지르면 회랑은 전력질주하고 있었다. 옆에서 같이 달리던 리앵이 조용히 중얼거렸다.

"…소리를 지르면서 달리면 쓸데없이 더 피곤해진다고. 안 그래도 눈 때문에 체온을 빼앗기고 있는데."

"그런 냉정한 지적은 필요 없어! 다들 아무 말 없이 달리기만 하는 게 더 이상하잖아!"

"뭐가. 제일 합리적인데."

"무슨 벌 받는 거 같잖아. 안 그래도 지금 쫓기고 있는데 소리마저 지르지 않으면 정말로 지옥의 우두마두(牛頭馬頭)에 떠밀려서 지옥으로 터덜터덜 행군해 들어가는 기분이 된다고. 그보다도! 리앵, '금방 도착해'라고 하고 않았어?! 벌써 점심때가 되려고 하는데. 어떻게 된 거야?!"

"아침부터 점심까지이면 '금방'이잖아… 하여간 도시 애들은

145

이래서 안 된다니까."

헉헉거리며 투덜거리는 수려를 힐끗 곁눈질한 후, 뒤쪽으로도 재빨리 시선을 보내보니 신이 또 한 명 '암살인형'을 기절시키는 모습이 보였다. 신의 경호 덕분에, 이런 한가한 대화도 가능한 것이다. 혼자서 일개소대를 괴멸시킬 수 있다는 평판까지 듣는 본가의 정예부대인 '암살인형'을 마치 어린아이 다루듯 해치운다. 약속대로 죽이지는 않고 기절시키거나 결박시키고 있지만, 이내 다른 암살인형들이 풀어줘서 바로 쫓아오기 때문에 추격자들의 수는 좀처럼 줄어들지 않았다.

그래도 신과 수려는 아무 말도 하지 않았다. 리앵은 이에 마음 속으로 고마워했다.

"도시 출신이 아니더라도 아침부터 점심때까지 달리고 달리고 미친 듯이 달려서 도착하는 걸 '금방'이라고는 말하지 않는다고! 아── 힘들어. 아── 힘들어. 진짜 죽겠다. 으, 돌아가면 규 장관에게 무슨 일이 있어도 특별노동수당을 받아내겠어. 정말이지 수지가 안 맞잖아. 이 초과노동!!"

…뭐 다른 불평불만도 산더미처럼 있는 것 같긴 했지만.

"그래도 휴식은 조금씩 취하고 있잖아… 근데 너, 성격 좀 변한 거 같다?"

"리앵과 만나기 전으로 돌아간 거야. 이젠── 억지로 참는 것 관둘래. 미안해, 원래 이런 성격이라서."

"…아니, 그런 네가 더 좋아."

리앵이 알고 있는 수려는 언제나 무엇인가를 참고 있는 듯이 보였다. 약한 소리를 하지 않는 건 대단하다고 생각했지만 위태로워 보였다. '조금은 남에게 의지하라'고 말한 적도 있다. 이유는 모르겠지만 수려 안에서 뭔가를 드디어 떨쳐버린 듯했다.

'…아버지와 만난 후부터야… 그렇게 심한 말을 들었는데 어째서? 수수께끼다….'

아버지도 수려에 대해 리앵이 염려했던 것과 같은 반응은 보이지 않았다. 아주 조금이지만, 아버지 안에서 뭔가가 변한 것처럼도 보였다.

'아버님은──… '장미공주' 때문에 뭔가 심경의 변화가 있었던 거군… 정말이지 알기 쉬운 사람이야….'

십 년 걸려 조금 바뀌었다면 십 년 더 기다리면 또 조금 더 변할지도 모른다. 그렇게 생각하니 뭐랄까, 좀 웃겼다. 거북이인 셈치고 아버지에 대해서는 느긋하게 가자. 다행히 리앵에게도 아버지에게도 비슷한 정도의 시간이 남아있다. 기대조차 하지 않게 되기에는 아직 이르다.

정신을 차려보니 수려가 곁에 없었다. 돌아보니 땀투성이가 되어 멈춰서 무릎을 누르면서 헉헉 숨을 몰아쉬고 있었다. 그 정도로 달리면서 수다를 떨었으니 당연한 일이다. 뒤돌아 수려 쪽으로 다가가다 보니, 추격자는 신이 전원 발을 묶어 놓았다. 잠시 멈춰 설 여유는 있어 보였다.

"소리를 지르면서 뛰니까 그렇지. 조금 쉬자."

"…리앵은… 크면 남 장군도 적수가 못 될 거 같아."

"하? 그 녀석 겉모습은 그 꼴이어도 네가 생각하는 것보다 세다고. 어려울 거 같은데."

"아니, 그게 아니라… 뭐, 됐어. 그보다 정말 어떡하면 좋아? 대도서관에 가더라도 그 사람들이 난폭하게 날뛰면 조사 따위 할 여유가 없다고."

스윽, 리앵의 어두운 눈동자에서 감정이 사라졌다.

"…만약 그런 짓거리를 한다면 더 이상 표가의 인간이 아니야."

"리앵?"

"고모님은… 여러 가지 문제가 있는 사람이기는 하지만 학문에 관해서는 어떤 트집도 잡을 수 없을 정도로 대단한 사람이라고 생각해. 표가에서는 남자건 여자건 읽고 쓰기를 할 수 있는 게 보통이라서, '밖'에서 이름도 쓰지 못하는 주란을 만났을 때 정말 놀랐었어. 남자건 여자건, 신분이 높건 낮건 상관없어. 대도서관에 가면 누구라도 원할 때 원하는 책을 읽을 수 있고, 언제라도 공부를 할 수 있어. 그런 게 가능한 곳은 표가밖에 없다는 걸 난 몰랐어."

련도, 리앵도 그렇게 고독을 잊으며 살아왔다. 그게 당연한 일이라고 생각해왔다.

수려의 눈이 휘둥그레졌다. 이제야 리앵의 그 풍부한 지식의 이유를 알 수 있었다.

"…리앵, 그거 정말 대단한 거야. 있을 수 없는 일인걸. …류화 아가씨가?"

"그래. 고모님이 문호를 전부 개방했어. '밖'의 학자나 지식도 전부 받아들이고, 전쟁으로 유실된 희귀본도 모아왔다고 우우도 말한 적이 있어."

보다 많은 지식을 배우고, 생각해서, 곤경에 빠진 사람을 도우러 '밖'으로 가라고──.

그것이 얼마나 가치 있는 말이었는지, '밖'에서 리앵은 비로소 통감했다.

"안에서 싸움 따위 벌인다면 난 절대로 용서할 수 없어. 그런 놈은 더 이상 표가의 인간도 아니고, 고모님까지 적으로 돌릴 각오라는 거니까. 만약 대도서관 안까지 몰려오지 않는다면 누구의 명령이던 간에 아직까지는 고모님께 속해 있는 거야. 그러니 나눌 수 있어."

"지당한 얘기군."

뒤따라 온 신의 목소리가 들렸다. 어딘지 재미있어하는 듯한 목소리였다.

신이 따라잡으면 걸으면서 쉰다, 는 법칙이 언제부터인가 생겨났다. 어깨로 숨을 쉴 정도로 전력으로 달리는 것은 정말 오랜만의 일이라 무릎이 후들거렸다. 땀투성이가 되어 이마를 닦았다. 밖은 여전히 눈이 내리고 있어서 순식간에 차가워진다.

그런 수려를 신이 업고서 회랑을 리앵과 나란히 걸어간다. 수려도 처음 세 번 정도는 거절했지만 지금은 편하니 좋다고 생각하기로 했다. 도착한다 해도 체력이 남아있지 않으면 의미가 없다.

"그런데 말이지, 리앵. 정말로 어디에 있는 거지? 그 대도서관. 상당히 광대할 텐데?"

"한참 전부터 이미 대도서관 안이야."

신과 수려의 눈이 동시에 휘둥그레졌다. …허?

언제부터인지 비슷한 구조의 회랑이 반복되고 있어서, 오른쪽이니, 왼쪽이니, 지시에 따라 달리며 열 개는 족히 넘는 광대한 궁을 빠져나갔다. 세 번째 궁전을 빠져나갔을 즈음부터, 리앵이 없으면 이제 절대로 처음 출발했던 궁으로는 돌아갈 수 없다고 포기해버렸다. 지금 왼편으로는 숲 같은 정원이 펼쳐져 있지만 오른편으로는 같은 간격을 두고 문이 늘어서 있다. 그렇다고는 해도 회랑 자체가 귀양의 대로(大路)를 연상시킬 정도로 넓어서 '오른편에 같은 간격으로 늘어서 있는 문'도 아주 간간히 나타날 뿐이었고, 가끔 열려있는 문도 있기는 했지만 안쪽은 컴컴해서 아무것도 보이지 않았다. 방 치고는 꽤나 어둡다고 생각하고 있었는데.

"…설마…?"

"저 문 안쪽은 전부 책이야. 우리가 지나온 궁도 모두 서고(書庫). 걱정하지 않아도 한참 전부터 학술연구구역에 들어와 있어. 아무튼 지금 보이는 수십 개의 지붕 아래는 전부 대도서관이야."

"거짓말이지?!"

"믿을 수 없어! 아니, 지금까지 내가 얼마나──."

 신이 드물게도 진심으로 놀라고 있다는 것을 안 리앵은 씨익 웃었다.

 "…그래, 당신, 지금까지 어딜 찾아봐도 그림자도 없었다고 말하고 싶은 거지?"

 "…그래."

 "바보군. 내게 물어봤으면 좋았을 것을. 말했잖아, 누구나 자유롭게 들어올 수 있지만 이 구역은 허가가 필요하다고. 특히 '밖' 의 인간은. 귀중한 서책을 멋대로 가지고 나가면 곤란하니까. '밖' 에서도 마을에서 마을로 들어가려면 요새에서 통행증을 보이지 않으면 들어갈 수 없잖아. 몰래 들어가려는 수상한 녀석은 들여보내지 않으려는 거지. 같은 거야. 당신, 아마 멀리까지 갔다고 생각했겠지만, 같은 곳을 빙글빙글 돌고만 있었을 거야. 지금은 나와 같이 있으니 괜찮지만 말이지."

 신이 한심한 얼굴로 입을 일그러뜨렸다.

 "설마 헛걸음 했다는 거냐… 구채강에서 사람들이 길을 잃는 것과 비슷한 건가?"

 "그런 거라고 할 수 있지. 기본은 비교적 단순한 눈속임 종류라고 들은 적은 있지. 하지만 초대 당주 때부터 대대로 대무녀라든가 주술사들이 주술을 다시 걸어왔으니까 단순하다고는 해도 지금은 누구도 깰 수 없는 강력한 주술 중 하나라고 알고 있어."

"…저기, 저기 리앵… 그런데 왜 아직도 달리고 있는 거야?"

"황해관계 자료가 보고 싶은 거잖아? 그건 더 앞쪽에 있는 궁에 있어. 이제 거의 다 왔어."

신과 수려는 얼굴을 찡그렸다. 리앵의 '이제 거의'만큼 신용할 수 없는 것도 없다.

끝도 없이 달려 리앵의 지시에 따라 빙글빙글 회랑을 돌아 빠져나간 끝에, 점심 전에 한 개의 문 안에 들어갔다.

리앵 뒤를 따라 수려와 신이 뛰어 들어갔다. 뛰어 들어간 후, 세 사람은 가만히 기다렸다.

하지만 그 뒤로 '암살인형'을 쫓아오지 않았다. 리앵은 턱에 손을 댔다.

'…흐음? 안까지 따라 오지 않았다. 고모님의 '명령'을 거역하고 있지만 '주군'을 바꾼 것은 아니라는 것인가? 그렇다면…'

신의 시선을 느끼고 생각을 멈췄다. 왠지 전부 들켜버릴 것만 같다.

"…우…와…"

넋이 빠진 수려의 목소리가 들려왔다.

돌아보니 수려는 입에서 혼이 빠져나가버린 듯한 얼굴을 하고 있었다. 뭔가 여러 가지로 절망한 얼굴이다.

"뭐야. 책 좋아하잖아, 홍수려. 아버지도 부고를 관리하고 있고."

"…좋아해. 하지만… 차원이 다르잖아? 이 궁 하나만 해도 그 부고가 통째로 들어갈 거 같잖아?! 잠깐, 여, 여기에서 찾는 거야?! 고작 세 명이서?"

사마신도 지금까지 보인 적 없는 힘없고 난처하다는 얼굴로 목을 위에서 아래로, 오른쪽에서 왼쪽으로 열심히 돌리더니 결국 아무 말 없이 뒷덜미를 주물렀다. 그야말로 말도 안 나오는 상태.

"아니, 이곳만이 아니야. 지층계에는 더 많은 장서가 있으니까, 그곳부터."

신과 수려의 얼굴이 굳어졌다. 어쩔 줄 모르며 동시에 바닥으로 시선을 떨어뜨렸다.

"……지, 지층계라는 게, 설마 이 아래에…?"

"그래. 지층계가 원래의 은자의 탑이야. 오래된 자료는 대부분 지층계에 있어. 죽간이라던가, 목간이라던가, 두루마리라던가. 부피가 크니까… 황해는 최근 몇 십 년 동안 발생하지 않았으니까 밑일 거야. 아, 목록은 있으니까 확인해보고 가자."

리앵의 뒤를 따라 수려와 신이 터덜터덜 걷기 시작했다.

"목록이 있으니까, 라니… 그런 문제가 아니잖아…."

"찾는 동안에 황해가 끝나면 진짜 웃기지도 않겠군."

백 년은 걸리겠다. 두 사람은 속으로 그렇게 중얼거렸다.

리앵을 따라잡고 보니, 묘하게 난처한 듯한 얼굴을 하고 있다.

"무슨 일이야, 리앵? 아, 서, 설마 없는 거야?"

"…아니, 있어. 하지만 수십 년 동안 황해가 발생하지 않았을 텐데, 몇 권인가 읽었던 기억이 있어. 뭐랄까, 새삼스럽지만 좀 이상해서. 오랫동안 아무도 읽지 않고 지층계에 쌓여 있었던 게 아니라, 그 전에 누군가가 읽었던 건지도 모르잖아. 나, 보통은 손에 잡히는 대로 아무 책이나 읽지만 가끔은 목록을 보고 누군 가가 빌려본 책을 찾아서 읽는 버릇이 있거든. 딱히 풀무치를 좋아하는 것도 아니고."

수려와 신의 얼굴이 화악, 밝아졌다.

"지금, 조금 안심했어. 리앵, 이상한 책만 읽는 줄 알았거든."

"나도. 넌 아직 어린애인데 어째서 황해 따윌 알고 있는 거지?! 라고 생각했다고. 지금 얘기는 평범해서 좋군. 추영 같으면 열 살이면 계집애들 뒤꽁무니만 따라다녔을 땐데. 엄청난 차이라고."

"…당신들, 날 어떻게 생각하고 있는 거야…"

그 이상한 아버지의 아들치고는 내가 생각해도 정말이지 평범한 아이라고 지금껏 몰래 믿어왔던 리앵은 상당한 충격을 받았다. 아니, 애당초 비교 기준이 잘못되어 있는 것일까.

"들으라고, 그 다음을! …그래서 지금 찾아보니 역시 십 년 정도 전에 황해 관련 서책을 모조리 한꺼번에 빌려본 녀석이 있었어. 십 년 정도 전에 대출이 있었던 서책이라면 상당히 찾기 쉬

위지지. 어쩌면 한곳에 같이 놓여있을지도 몰라… 하지만 어째서 십 년도 더 전에 그 녀석은 이토록 중점적으로 황해 관련 자료를 뒤졌던 걸까…?"

"누가 빌렸는지는 몰라? 아, 목록은 날짜만 기록되어 있구나…."

"'밖'의 인간이면 이름도 적는 게 규정이니까, 외부가 아니라 표가의 인간이란 건데…."

묘하게 신경이 쓰였다. 그저 그 무렵 문득 풀무치라든가 황해에 관심이 생겨서 조사했던 괴짜가 표가에 있었을 뿐일 수도 있다. 하지만 마치 리앵 일행이 언젠가 찾으러 올 것을 이곳에서 기다리고 있었던 듯한 기묘한 기분이 들었다.

"뭐, 우선 목록을 보자."

그렇게 말한 수려는 한참 동안 묵묵히 목록을 살펴보다가──식은땀을 흘렸다. '황해'란의 항목만 해도 수십 개에 달한다. '풀무치'로 찾으면 더 많을 테고. '자연재해'라든가 '충해(蟲害)'로도 줄줄이 나올 것 같았다. 그리고 아마도 이 양을 볼 때, 목록에 기재되지 않은 서책들도 있을 것이 분명했다.

'힉, 일일이 내용을 확인하는 데만도, 세 사람이 분담을 하더라도 상당한 시간이 걸릴 거야… 게다가… 고어로 쓰인 게 반… 거짓말… 읽을 수도 없잖아!'

리앵은 뭔가를 찾는 듯이 목록을 들추고 있었지만 잠시 후, 미간을 찌푸렸다.

"지금 와서 '황해의 역사'부터 읽어봤자 무슨 의미가 있겠어… 이래서는 정말로 시간만 낭비할 것 같아… 그게 무슨 책이었더라. 식물관련이면 더 시간을 잡아먹…"

"으으… 울고 싶어졌어… 뭐야, 그거라니?"

"…뭐랄까, 기억이 틀리지 않았다면 황해에는 이것이 특효약! 이라고 쓰여 있었던 책이 있던 것 같…기…도? 그걸 보고, 이거라면 '무능'이라도 어떻게든 대처할 수 있겠다고 생각했던 건 확실해. 그래서 아버님에게도 그런 큰소리를 쳤던 거고. 그걸 확인하고 싶었어."

"황해 특효약?!"

수려의 입이 쫙 벌어졌다.

인간이 할 수 있는 일은 아무것도 없다는 것이 '밖'의 상식이다. 발생하면 그걸로 끝. 더 이상 손쓸 방도가 없다. 그저 종식을 기다릴 수밖에 없는 것이다.

──그렇게 알고 있었는데, 손쓸 방도가 있다, 표가라면 어떻게 해볼 수 있다고 했던 리앵의 말.

"잠깐, 그, 바로 그거잖아! 대단해! 그거라면 나도 밤을 새서라도 찾을게! 몇 만 권이라도 찾을 거야. 뭔가, 더 기억나는 건 없어? 아까, 식물 뭐라고."

"…무슨 나무…였던 것 같아. 원래는 남쪽 지방에서 자라는… 하지만 풀무치가 아니라 다른 것에 사용되어 왔고…? 무리야. 이게 전부야… 기억이 안 나…"

그때였다. 목록을 들춰보고는 있지만 어딘지 딴 생각을 하고 있는 것 같았던 신이 한숨을 내쉬었다.

"…남전단이야."

리앵과 수려가 신을 보았다. 신은 한 번 더 되풀이했다.

"남전단 나무. 남주에서는 그렇게 불러. 액막이 나무로 유명하고. 원산지는 남주."

리앵의 눈이 점점 휘둥그레졌다. 신의 말에 하나하나 기억이 떠오른다. 신기한 일이었다.

"…그거야. 그래… 멀구슬나뭇과지만 남주 이남에서만 볼 수 있는 종이라고…."

수려는 리앵와 신을 번갈아가며 보았다. 신의 본가는 남가 문중 필두인 사마가. 남주에서 나고 자랐다──.

"에, 아, 그럼… 리앵이 말한 남쪽 지방이란 건… 남주?"

"그래. 남주는 황해는 별로 없지만 비가 많고 더운 지방이야. 충해는 상당히 많다. 모기 같은 건 정말이지 끔찍하지. 귀양보다 훨씬 크고, 물렸다가 재수 없으면 죽는다고. 악질 해충이 많아. 하지만 이 남선단을 심으면 벌레가 가까이 오질 않아. 잎사귀를 끓여도 되고, 나무껍질을 끓여도 되고, 뿌리를 끓여도 되고, 심어도 되고. 완전 만능이지. 달여 먹으면 만병통치약── 정말이라니까── 끓인 물을 뿌려 놓으면 어떤 악질 해충도 가까이 오지 못해. ──최강의 벌레막이 방충효과, 나아가 만능인 영약. 그래서 옛날부터 남주의 액막이 신목(神木)으로 엄청 유명하지. 액막이랄까, 벌레막이가 더 맞겠지만."

"벌레막이라… 벌레── 그럼 풀무치도?!"

"…아마도. 남주에 황해가 거의 없었던 건 기후나 토지 때문만이 아니라, 여기저기에 남선단이 있었기 때문인지도 몰라. 남주는 쌀도 재배하지만 실제로 메뚜기나 풀무치, 멸구로 인한 피해는 다른 주에 비해 아주 경미한 편이지. …예로부터 남주는 농사 때마다 남선단을 끓인 물을 뿌려. 벌레막이로. 게다가 벌레는 쫓지만 인체나 곡식에는 전혀 영향을 주지 않는, 믿을 수 없을 정도로 엄청 완벽한 만능약… 천혜(天惠)의 나무라도 불린다고."

"…잠깐만요, 신 씨. 그거── 이미 알고 있었다는 거네요?"

신은 목록을 가볍게 내던졌다. 애꾸눈이 스윽, 가늘어졌다.

"그래, 알고 있었어… 어쩔 수 없으니 또 한 장 내 패를 보여주지. 시간이 아까우니까."

수려는 입술을 깨물었다. 정말로 추영이 말한 대로다. 마지막 순간이 되기 전까지는 패를 보여주지 않는다. 아니, 패가 몇 장이나 남아있는지도 지금으로는 추측조차 할 수 없었다. 게다가 그에게 패를 내보이게 만든 것은 수려도, 리앵도 아닌 시간인 것이다. 외모와는 달리 정말로 참모형이다.

"──리앵이 읽었다는 서책 내용 중 내가 모르는 부분은 없을 것 같은데. 내가 알고 싶은 건 '지금'의 정보야. 최근 십여 년 동안 표가에서 연구 축적된 황해관련 정보를 보고 싶다고."

"십여 년…?"

목록에서 집중적으로 황해관련 서책이 대출되었던 시기와 맞물린다.

"설마, 그때 책을 빌린 게 당신—— 아니야, 하지만."

남주에서 사마신에 대해 살짝 조사를 했던 수려는 조서를 떠올리고 고개를 갸웃했다.

"십여 년 전이면, 아직 신 씨… '사마신'은 남주에서 아무 일 없이 지내고 있을 때인데."

"그래, 그걸 여기에서 빌린 건 내가 아니야. 하지만 그 자가 누구인지는 알고 있지. 만난 적은 없지만 이름은 말이지. 내가 황해에 대해 자세하게 알고 있는 건 그 사람 덕분이야. 그 사람이 십여 년 전, 이 표가에서—— 아마, 지금 우리들이 있는 이 장소에 잠입하여 황해관련 서책들을 모조리 찾아내어 조사한 모든 정보를 글로 적어 어떤 사람에게 몇 백 장이나 되는 서한으로 보내주었기 때문이지. 이는 지금도 '밖'에 보관되어 있어. 나는 그 방대한 필사본(筆寫本)을 읽었기 때문에 리앵이 몇 권인가 들춰본 것 이상의 지식을, 굳이 찾아보지 않아도 알고 있는 거야."

리앵은 당황했다. 그걸 빌린 것은 틀림없이 표가 일족 중 누군가이다. 표가의 인간인 것이다.

십여 년 전에 표가의 누군가가 '밖'으로 황해에 대한 상세한 정보를 필사하여 유출했다?

"무슨 소리야… 누가, 무얼 위해서?"

신은 말해야 할지 조금 주저하는 듯 했지만 결국 입을 열었다.

"…들어본 이야기지? …십여 년 전, 황해가 일어날 조건이 갖추어지던 시기가 있었지. 흉작과 몇 번이나 되풀이된 소규모 가뭄. 지금은 이것이 풀무치가 대량으로 알을 낳기 좋은 조건이라는 것이 알려져 있지만 당시에는 이도 파악이 되지 않은 상태였어. 그런데 그런 날씨가 계속되면 황해가 발생하기 쉽다는 것을 당시의 어사대부는 역사서를 보고 알고 있던 거지. 운도 나쁘게 왕자의 난이 일어난 직후로 중앙도 혼란스러웠어."

수려는 반응했다… 잊으려 해도 잊을 수 없는 기억. 분명 당시는 흉작이 계속되고 있었다.

"남가는 없지, 제2왕자는 유배되었지, 전화왕은 병석에 누운 상태에서 왕자들의 골육상쟁이 발발했어. 그런 조건에서 엎친 데 덮친 격으로 대황해까지 발생해보라고… 최악이지. 인구가 반으로 주는 정도가 아니었을 거야."

수려는 등골이 오싹했다. 안 그래도 그때는 기근이었다. 전 국토에서 황해가 일어났다면——.

지금 여기에 수려는 존재하지 못했을지도 모른다.

'그때, 황해의 전조가——?'

수려는 지금까지 그 눈물도 말라버렸던 몇 년 동안은 왕자들과 관리들의 싸움 때문이라고 생각했었다. 높으신 분들은 아무도 도와주지 않았다고 생각했었다. 지금도 그렇게 생각하고 있다. 청아를 비롯한 '귀족'에 대한 마음의 응어리가 생긴 원인이기도 하다. 틀림없이 인생 최악의 몇 년간이었다. 하지만… 최악은 아니었던 것일까. 그때보다도 더 끔찍한 상황이 되었을 가능성마저 있었던 것일까. 신은 지금 그렇게 되지 않았던 것이, 누군가가 그것만큼은 막았기 때문이라고 말하고 있는 것일까. 이는 수려가 생각한 적도 없는 가능성이었다. ──그보다 더 나쁜 상황이 되었을 수 있다고.

등줄기가── 오싹했다. 턱이 작게 떨렸다. 신의 목소리가 멀리서 들려온다.

"당시 어사대부는 표가와 손을 잡았어. 가능성이 있다면 재해와 학술연구에 강한 표가밖에 없다고 판단을 한 거지. 지금과 완전히 같은 이유야. 표가에서 연락을 받은 그 사람은 즉시 이곳으로 발길을 옮겨 산더미 같은 책을 빌려서 조사한 뒤, 수백 통의 서한을 계속 보내주었다나봐."

리앵의 칠흑 같은 눈빛이 똑바로 신을 쏘아보았다.

"그거, 숙모님은 아닌 것 같은데. 아버님도 아니야. 어째서 당신, 그 사람 이름은 말하지 않는 거지?"

"…왜 궁금하지? 누구라도 상관없을 텐데."

"당신이 말 못 하는 이유가 궁금한 거야. 왜 이름을 말 못 하는 거지? 나와 관련이 있기 때문에 입이 무거워진 거 아닌가? 아니야? …당신은 처음에 『누군가의 명령으로 이곳에 왔다』고 말했었지. 그 누군가가 말하지 말라고 한 건가?"

신은 머리를 거칠게 긁었다.

"……너, 친모의 이름 알고 있냐?"

리앵도 수려도, 예상치 못한 질문에 눈이 동그래졌다.

"…내, 모친? 왜 그런 걸."

"들어봐. 나는 여기서 너를 만난 지 얼마 되지 않지만 관찰을 해왔어. 너, 모친에 대해 전혀 알지 못해, 그렇지? 어디에 사는 누구인지 이름도 모르지. 사실 고모인 류화가 친모라서, 누구나 꺼려하며 아무 말도 하지 않는 건 아닌가 하고 의심할 때도 있을 정도—— 아닌가?"

리앵은 움찔했다. ——정답이었기 때문이다. 이는 특히 '무능'한 일족들 사이에서는 질투 때문에도 많이 퍼져 있던 소문이었다. 그리고 리앵은 아버지가 '장미공주' 밖에 보지 않는다는 것을 누구보다도 잘 알고 있었다. 그러나 '장미공주'는 이십 년 전에 탈출했고, 리앵은 태어난 지 이제 십 년 남짓. 계산이 맞지 않는다. 무엇보다도 고모인 류화가 동생인 *리앵*에게 이상할 정도로 집착하고 있다는 사실.

자신이 '누구'의 자식인지, 아무도 알려주지 않았고, 리앵 자신도 묻지 않고 살아왔다. 대업연간 중에 표가는 이능을 위해 혈족 간의 혼인을 거듭해 왔을지도 모른다고, 어렴풋이 느끼고도 있었다. 물어보았다가 그렇다는 대답이 돌아온다면, 차라리 모르는 게 낫다고 생각했었다.

"묻지 않는 이상, 말하지 말라는 이야기는 들었다. 하지만 멋대로 추측하면서 네가 자신의 인생을 엉망으로 만든다면, 나도 후회하게 될 거다. 묻고 싶다면 알려주지. 너 자신이 선택하라고. 넌 이제 어린애가 아니야. 넌 머리가 좋은 놈이다. 어째서 황해 이야기에서 이런 이야기로 넘어왔는지 벌써 짐작하고 있겠지. 그것이 내가 네게 마음대로 말할 수 없는 이유이기도 하다."

리앵은 멍하니 목록의 날짜를 보았다. 십여 년 전. 그 햇수에서 또 하나의 사실을 깨달았다.

왕자의 난이 일어났던 즈음의 해였을지도 모른다. 그러나 동시에 이는.

리앵의 연령과 거의 같은 햇수이기도 하다는 것을.

저도 모르게 입에서 말이 흘러나오고 있었다.

"…황해에 대해 조사해서 당시의 어사대부에게 서한을 보낸 것이 내 어머니였다는 건가?"

물었다. 그 의사표시에 신은 한 박자 늦게 끄덕였다.

"…그렇다. 네 모친은 십여 년 전── 정확하게는 나도 모른다. 왕자의 난으로 혼란이 시작되던 즈음, '밖'에서 *표리앵*에서 시집을 왔다. 거의 쳐들어와 눌러앉은 새색시였다고 알고 있지만."

"'밖'? '밖'의 여자인가? 표가 일족의 여자가 아니라?"

"이 류화 님께 절대복종인 일족 중에 류화에게서 동생을 빼앗아 결혼을 하려는 근성녀가 있을 리가 없잖아. 그 아가씨는 '밖'에서 리앵에서 시집을 와서 표가 일족이 되었어. 부친은 당시의 어사대부."

리앵은 눈을 부릅떴다. 이 표가는 폐쇄된 일족. 영지 안에 들어오는 것조차 좀처럼 허용되지 않는다. '안'에 들어오지 않는한, 대부분의 연구나 지식을 볼 수 없다.

"…이봐, 설마 황해관련 정보를 손에 넣기 위해서 당시의 어사대부가 자신의 딸을 그 인간실격인 아버님과 마귀 같은 시누이인 고모님이 있는 곳으로 던져 넣었다는 건 아니겠지?"

"그것까지는 몰라. 하지만 그렇다고 하더라도 난 놀라지 않을거다. **그 사람답다**고 생각해."

"――웃기지 마."

"웃기자고 하는 소리가 아니야. 너, 알고는 있는 거냐. 그 덕분에 황해를 막았어. 네 어머니가 이곳으로 시집을 와서 온갖 황해관련 정보를 찾아내서 서한으로 보낸 덕분이다. 발생한 뒤에대처하는 건 가장 한심한 하책(下策)이다. 발생하기 전에 막는최고의 상책을 네 어머니가 썼다고. 알겠냐. 이건 원래 **표가의일**이야. 그 때문에 시집을 왔는지는 모르겠지만 자신을 영원히봐주지도 않는 남자의 아내가 되어 표가의 인간이 되어―― 네어머니는 표가의 일을 한 거다. 여태까지 영감탱이 하나 설득못 하고, 류화도 만나지 못하는 지금의 네 놈과는 격이 달라."

"――!"

그 말 그대로였다.

리앵은 무엇 하나 반박할 수가 없었다. 무엇 하나.

"…어머니의…… 이름은?"

신은 흘낏 수려를 보았다. 그러나 이미 수려도 진즉에 눈치를 채고 있다는 것을 깨달았는지 한 번 한숨을 쉬고는 이름을 말했다.

"──왕비연(旺飛燕). 당시의 어사대부, 현재의 문하성 장관인 왕계의 외동딸이다."

"………………허어?"

오랜 침묵 끝에 리앵은 흐흥, 하고 비웃음의 콧소리를 냈다.

"헛소리 하지 마. 그렇다면 왕계 님이 내 외할아버지란 거잖아."

"그래. 그 사람이 네 외할아버지 맞아, 사실은. '당시의 어사대부'라는 말이 나왔을 때부터 눈치를 챘어야지. 현실도피 하지 말라고."

"거짓말 마!! 그, 그 사람이 내 조부라고?! 왕계… 님… 나이가 몇인데!"

"나이?…쉰에서 예순 사이일걸."

"웃기지 마. 아버님은 벌써 여든이 넘었어. 어떻게 할아버지가 서른 살이나 어릴 수가 있어!! 이상하잖아! 그리고 내가 십 년 전에 태어났다는 것도 깊게 생각하지는 않았지만 이상하잖아. 뭐가 어떻게 된 거야."

여전히 류화가 친어머니였다는 쪽이 진실미가 있어 보이는 게 가장 슬펐다.

얼굴만 본다면 별로 이상할 건 없지만, 리앵의 말을 들으니 신도 여러 가지로 이상하다는 생각이 들기는 했다.

"하지만 사실이야. 무엇보다도 너 자신이 그 증거라고. 너, 정말로 닮았어."

"허? 누구를?"

"왕계 님. 사고방식이라던가, 거침없는 말투에, 머리는 좋지만 요령이 나쁘고 말주변 없는 점까지. 하나부터 열까지 빼닮았어. 얼굴은 아버지를 닮았지만 속은 완전히 할아버지 판박이."

리앵은 왕계를 떠올렸다. 언제나 엄격하고, 리앵도 아이라도 봐주는 것 없이 질타했다. 하지만 희한하게도 싫지 않았다. 한 사람의 인간으로서 인정받고 있는 것 같아서 기뻤다.

'…그 사람이 내 할아버지?'

황계는 처음부터 알고 있었던 것일까? 우우는?

자가(紫家)의 문중인 왕가(旺家). 아니, 하지만 분명 그 가문은——.

"리앵, 미안하지만 옛 이야기는 여기까지다. 말했지. 시간이 없어. 네 어머니가 황해에 관한 귀중한 정보를 보내준 덕분에 십 년 전의 황해는 미연에 막을 수 있었고, 어사대의 꾸준한 지도로 최고의 효과를 올렸다. 아니, 이번에도 그 지도를 제대로 실천하고 있었던 지역에서는 피해규모를 최소한으로 막을 수 있었을 거야. 하지만 이번에는… 완전한 실정(失政)이야."

그 말에 수려의 등줄기가 서늘해졌다. 실정. 누구의, 라고 해봤자 뻔했다.

그래── 그렇게 되는 거였다.

"망쳐버린 거지. 이제 와서 방제(防除)는 아무 도움도 되지 않아. 조기에 박멸로 전환할 필요가 있어."

리앵은 필사적으로 생각을 황해 쪽으로 돌리려 애썼다.

"박멸──…"

"침착해, 리앵… 그러니까 이런 얘기인 거야. 십 년 전에 어사대부였던 왕계 님이 표가의 협력을 얻어 방제작업에 성공했다는 건, 당연히 어사대에는 지금 새삼스럽게 여기에서 찾아보지 않아도 쓸 만한, 도움이 될 만한 정보가 있다는 거야. 남선단에 대한 정보처럼."

수려의 조용한 말투에 신의 애꾸눈이 씨익, 웃었다. 잠자코 계속 듣는다.

"그렇다면 황해문제에서 당분간 선두지휘를 하게 되는 건 아마도 규 장관님, 아니면 왕계 님. 아까 들은 이야기로 유추해보면, 두 사람 모두 조정에서도 최고 수준으로 황해에 정통해 있고, 규 장관님이라면 이곳의 정보를 토대로 대책도 마련해놓았을 거야. 하지만… 정보가 있다 해도 **어차피 십여 년 전의 것**이라는 게 문제지."

리앵은 신의 말을 떠올렸다.

『──리앵이 읽었다는 서책 내용 중 내가 모르는 부분은 없을 것 같은데. 내가 알고 싶은 건 '지금'의 정보야. 최근 십여 년 동안 표가에서 연구 축적된 황해관련 정보를 보고 싶다고.』

황해와 관련된 명령을 받았다고 말했던 신.

"그런가. 당신이 알고 싶은 건 '그 후'의── 최근 십여 년 동안의 새로운 정보라는 거군."

"그래. 십여 년 전의 표가의 정보도 물론, 지금도 엄청나게 도움이 되고 있어. 나도 읽어보고 허어─하고 감탄했다고. 남선단이 풀무치에게 효과가 있다는 건 남주 사람들은 몰라. 하지만 방재대책이 대부분이고 박멸에 대한 내용은 없지. 남선단도 **방충**효과는 있지만 **살충**효과가 있는 건 아니니까. 물론 먹으면 죽지만, 풀무치도 알고 있으니까 먹지 않고 피해버려. 알이나 유충일 때는 그나마 효과적이야. 꾸물꾸물 기어가고 있을 때 끓인 물을 끼얹으면 되니까. 하지만 성충이 되어 무리를 지어 날아다니게 되면… 효과는 없는 것이나 다름없어. 날아서 하늘로 도망쳐버리니까."

그야 그렇겠지. 하늘에 뿌려봤자 자기 머리에 떨어질 뿐이다.

"하지만 신 씨, 박멸과 관련해서 왕비연 아가씨가 정보를 보내지 못했다는 건… 표가에서도 효과적인 박멸방법이 발견되지 않았거나, 찾아내지 못했다…는 거잖아요. ──**당시에는**."

불쑥 중얼거린 마지막 한 마디에 신은 쓴웃음을 지었다. 영리하군.

"그래. 당시에는. 뭐, 아예 없었던 것은 아니야. 몇 가지 박멸방법은 있었지만… 상당히 꾸준한 작업을 필요로 하는 것이고,

표가가 한꺼번에 움직여주지 않으면 효과가 없어."

리앵은 화들짝 얼굴을 들었다. 아버지를 몰아붙인 것에는 몇 가지 이유가 있었다.

긴급 시에 표가가 해야 할 역할을 명심하도록 리앵의 머릿속에 새겨놓은 것은 얄궂게도 표가였다.

"…그렇다면 역시 우우가 나에게 부탁한 건… 전부 개방하라고 했던 것은 그런 의미였던 거야. ──하지만 젠장, 고모님을 설득하지 않으면 불가능한 일이야."

"잠깐만. 그 전에 할 수 있는 데까지 해봐야 할 일이 있어, 리앵. 그렇잖아. 아니면 신 씨가 이 학술연구 구역까지 온 의미가 없는걸."

당시, 비연 아가씨가 있던 때에는 없었던 방법, 발견되지 않았던 방도.

"──신 씨의 말이 옳아. 비연 아가씨의 이야기가 사실이라면, 여기에서 낡은 서책을 새삼스레 뒤져보는 건 완전히 시간낭비야. 어사대에는 이미 필사본이 황해 칸에 보관되어 있을 거라고. 하지만 그 정보가 아무리 효과적이라고 해도, 십여 년 전의 정보라는 것에는 변함이 없어. 지금 이곳에서 서둘러 찾아야 하는 건 '그 후'야. 최근 십여 년 동안 축적된 최신 정보."

"'그 후'라고?"

리앵이 얼굴을 찌푸렸다. 최근 십여 년 동안 표가가 어떤 모습이었는지는 리앵도 알고 있다. 예전의 고모님은 모른다. 대단했었던 것 같기는 하다. 긍지가 높고, 원조와 지원에서 뛰어났고, 지식의 축적과 학문연구를 장려했을지도 모른다. 하지만 적어도 이 십여 년 동안 고모님이 늙어가면서 표가는 지쳐빠진 노파처럼 모든 것이 정체되어 있었다. '밖'과의 연결책인 산동령군조차도 몇 십 년 동안이나 배출하지 않은 채, '밖'에서 무슨 일이 일어나건 지식을 활용한 구제 따윈 하지도 않고, 무관심하게 아무 말 없이 보고만 있었다. 간혹 손을 내밀어줄 때도 있었지만 자신의 이익이 우선이었다. 마치 고인 연못이 그저 썩어가며 죽음을 향하듯이.

그것이 리앵이 알고 있는 '그 후'의 십여 년이었다. 그런데 최신의 황해정보라고?

"그런 건… 그거야말로 찾아봤자 하나도 없을지 몰라."

"그래, 괜찮아. 없으면 없는 대로 괜찮아."

수려의 조용하고 침착한 목소리에 리앵은 잔뜩 찌푸린 얼굴을 들었다. 성질을 부렸을 뿐이라는 건 리앵 자신도 알고 있었다. 하지만 수려는 화내지 않았다.

"없어도 괜찮아. 지금 있는 길 중에서 최선을 찾으면 되니까. 하지만 말이야, 없다면 없다는 걸 제대로 확인하고 싶어. 확인하지 않으면 후회할 거야. 그렇잖아, 있었을지도 모르니까. … 리앵, 황해라는 건 지금도 3대 자연재해로, 인간은 속수무책으로 당할 수밖에 없고, 방지할 방법도 없다고 알려져 있었어. 나도 몰랐어. 리앵의 어머니께서도 방법이 있다는 걸 알고서 표가로 시집오신 건 아닐 거고, 이 수많은 서책들을 읽으시지도 않으셨을 거야. 없을지도 모르지만—— 있을지도 몰라. 그것만은 확실하잖아. 아직은 괜찮아."

"…뭐?"

"시간이 얼마 없지만 그래도 남아는 있어. ——규 장관님과 대관들이 시간을 벌어주고 있으니까."

수려는 자신의 입에서 이런 말이 흘러나왔다는 것에 놀랐다. 하지만 흘러나온 말은 확실한 의미가 되어 수려의 마음속에 천천히 내려앉았다. 그래, 아직은 괜찮아.

"황해관련은 대대로 어사대의 일. 지금 어사대부는 규 장관님이야. 엄청나게 성격이 나쁘고, 얼굴도 악당 같고, 강시보다도 냉혈한이고, 얼굴뿐만 아니라 실제로도 나쁜 짓을 하고 있는 것 같지만… 그 사람이 어사대부라면 아직 괜찮아. 아무 대책도 없이 어쩔 줄 모르고 우왕좌왕하거나 뒹굴고 있거나 할 리가 없으니까."

이미 여름에 황해의 전조를 눈치 채고 소방에게 지시를 내렸다.

…알고 있고, 인정하고도 있는 것이리라. 어사대부로서의 그 사람의 능력을. 어떤 상황에서도 그 사람이라면 언제나 그래왔듯이 어떻게든 해결을 해줄 것이라고, 사사건건 반항해온 수려마저도 그렇게 생각하게 할 정도의 인재이며, 사실 그렇게 생각할 만한 상사라는 것.

사고방식도 사상도 전혀 다르다. 하지만 그 사람이라면 괜찮아. 분하지만 그렇게 생각하게 되는 사람이다.

"—분명히 지금 할 수 있는 최고의 지휘를 하고 있을 거야. 최선의 방법으로 최대한 시간을 벌어주고 있을 거라고 생각해. 규 장관님만이 아니야. 유순 님을 비롯한 사성육부(四省六部)의 모든 대관들이 저마다 온 힘을 다해 힘쓰고 있을 거야. 몇 각(刻) 정도 자료 찾는 데 허비한다고 해도 지금 바로 모든 게 끝인 건 아니야."

수려는 말을 하면서 얼마 전까지의 자신을 떠올리고 쓰게 웃었다. …지금 와 생각하면 작년 다주 돌림병 때의 자신이 얼마나 오만한 정의감을 내세우고 있었던가. 지금도 그리 달라지지 않았을지도 모르겠지만. 그래도 그때… 수려는 분명 마음 한 구석에서 '윗선'은 아무것도 해주지 않는다고 처음부터 일방적으로 단정지어버렸던 것 같다. 그렇기에 누구와도 상의하지 않고 멋대로 극단적인 길로 치달으며 모든 것을 사후승인으로 끝내버렸다. 그 대가를 모두 유순에게 떠넘겨버린 채. 후회는 하지 않지만 지금이라면 혼자서 뭐든지 완벽하게 하지 않으면 전부 끝장이라고 생각하진 않는다.

"괜찮아, 아직 최악의 상황은 아니니까. 그렇게 되지 않도록, 분명 지금쯤 조정과 관리들이 분주하게 뛰어다니고 있을 거야… 특히 유순 님과 규 장관님이 얼마나 무자비하게 사람을 부려먹는지 나도 현지에서 체험해봤지… 그래, 지금쯤 다들 울고 있지도 몰라. 젖 먹던 힘까지 다 짜내서 달릴 수밖에 없을 테니까. 물론, 우우 님도."

우우의 이름에 리앵은 숨을 들이켰다. 그래. 우우도 온 힘을 다해서 버티고 있다—— 말 그대로 목숨을 걸고서.

"…너, 신뢰하고 있구나. 어사대에서 그렇게 혹사당했는데도."

"어사대를 신뢰?! 세상에 그런 기묘한 단어가 다 있었네… 아니, 알고 있을 뿐이야. 조정의 모두가 상쾌한 얼굴로 매진하고 있을 거라고는 도저히 생각이 안 되거든. 그저, 투덜투덜 불평불만을 쏟아내기만 해서는 출세와 수훈에 집념을 불태우며 매진하는 어사대를 막는 건 무리일 거야. 특히 황해는 어사대의 전매특허. 실패하면 얼굴에 먹칠. 응, 절대로 방해 못 해. 전력으로 달리지 않을 수 없을 거야…."

화가 머리끝까지 나 있을 냉혈장관을 떠올리고 수려는 등줄기가 오싹, 했다. 너무 무섭다. 어사대에 있었다면 지금쯤 있는 대로 혹사당하느라 눈코 뜰 새도 없었을 거야. 정말 다행이야, 표가에 와 있어서.

"그러니까 괜찮아, 지금 바로 최악의 상태는 되지 않으니까. 시간은 얼마 없지만 아직 조금은 남았어. 있잖아, 리앵. 그건 네 어머니께서 주신 유예이기도 한 거야. 대단한 분이셔. 박멸방법을 못 찾으면 그걸로 된 거야. 하지만 있으면 가지고 돌아갈 수 있을 정도의 시간을, 그 소중한 시간을 주신 거라고."

종이 세 번 정도 울릴 정도의 침묵 뒤에 리앵은 숨을 내쉬며 끄덕였다.

"사마신⋯ 방제가 아니라 박멸방법을 알고 싶다고 한 것은, 그러니까 겨울이 되기 전에 끝을 보겠다는 것이겠지."

신은 미소를 지었다. 하나를 들으면 열을 깨치는 리앵의 잘 돌아가는 머리와 냉정함이 되돌아와 있었다.

"그래. 겨울이 되면 풀무치는 동면에 들어간다. 본격적인 겨울이 시작되기까지 얼마 남지 않았어. 그때까지 끈기 있게 모든 방제대책을 취한다면 올해의 농작물은 어느 정도 지킬 수 있을 거다. 그것만이라면 지금 있는 방제대책으로 어떻게든 해볼 수 있어. 하지만 내 주인은 그런 임시방편으로는 만족하는 사람이 아니라서 말이지."

마지막 단어에 움찔, 하고 수려와 리앵이 반응했다. **내 주인.**

"아가씨, 무슨 얘긴지 알겠어?"

"⋯대단한 사람인 것 같네요. 황해를 한 번으로 끝내버리려고 하는 거죠? 모든 의미에서 피해를 최소화하려고 하고 있어요. 지금이라면 할 수 있다고 생각하고 있고요."

황해의 가장 무서운 점은 한 번 발생하면 몇 년 동안이나 되풀이해서 발생하는 점이다.

올해를 잘 넘긴다고 해도 풀무치는 봄이 되면 눈을 뜬다. 무리를 지어 날아다니며 대량의 알을 이곳저곳에 낳고, 그 알이 또다시 각지에서 일제히 부화하여 새로운 비황군단이 탄생하는 것이다. 풀무치는 각지에서 무리를 계속 불려가며, 모든 초목과 곡식을 집단비행하며 모조리 먹어치운다.

아무리 방제를 하고 또 해도 또다시 무수한 풀무치가 들끓는다. 결정적인 수단 없이는 결국 곡식은 서서히 바닥나고 만다. 올해의 수확은 지켜냈다고 하더라도 다음 해 봄에 심은 모를 모조리 비황군단이 먹어치운다면 흉작은 피할 수 없다. 다음 해에 흉작이었으면 그 시점에서 그 다음 해에 심을 농작물의 씨앗이나 모종 자체가 없다는 얘기가 된다. 흉작의 악순환이 시작되어 저장작물을 놓고 상인과 각 주가 은닉과 쟁탈전을 벌이게 된다.

그렇다, 황해는 발생하면 그걸로 **끝**이다. 그렇기에 십여 년 전, 당시의 어사대부는 방제대책을 마련하기 위해 동분서주했을 것이리라. 그러나… 이번에는 실정으로 결국 황해가 발생하고 말았다. 그러나.

'그 사람은 전혀 포기하지 않았어.'

아무도 생각지 못한 것을 생각하고 있다. 발생 직후인 지금, 표가에 신을 보낸 '누군가'는.

"…만약 겨울철 동면에 들어가기 전에 풀무치를 괴멸상태로 몰아넣을 수 있다면——**알은 낳을 수 없겠죠.**"

수려는 말을 하면서도 등줄기가 쭈뼛했다.

알을 낳지 못하면 당연히 새로운 풀무치가 태어나는 일도 없다.

그리고 계속 알을 낳아 무리가 불어난다면 발생 첫 해인 지금이 풀무치 수가 가장 적은 시기라는 말이 된다. 싸워야 할 비황 수가 늘어나기 전에, 효과적인 박멸대책을 찾아낼 수 있다면.

그걸로 끝낼 수 있다. 그럴 가능성이 있다고 생각하고 있다. 찾아낸다면 이 방법을 실행할 생각인 것이다.

황해를 한 번으로 끝내려 하고 있는 것이다. 들어본 적도 없는 일을. 사람의 힘으로.

"──굉장한, 사람이에요."

위에 서는 힘, 무언가를 향한 의지를 이런 식으로 느낀 적은 처음이었다.

수려는 아까 괜찮다고 리앵에게 말했다. 아직 최악의 상태는 아니라고, 분명 조정이 최선의 방법을 취해서 시간을 벌어주고 있을 것이라고. 지금 확증을 찾았다. 틀림없이 시간을 벌어주고 있으리라. 이 표가에서 신이 '방도'를 찾아낼 만한 시간을 만들어주고 있는 것이다.

'문하성 장관, 왕계.'

신이 최신 황해정보를 입수하기 위해 왔다면, 주인인 왕계──틀림없이 이 사람이다──에게 그 정보가 필요했기 때문이다. 위임받은 것인지, 아니면 자발적으로 맡았는지는 모르겠지만 황해대책에서 왕계가 어사대부인 규 장관보다 더 큰 권한을 쥐고 있는 것이리라. 황해에 대한 지식과 실적으로는 어차피 두 사람 이외에 적임자는 없다. 그리고 황해문제를 수습한다면 왕계와 규 황의의 평가는 조정에서 단번에 뛰어오를 것이다.

'그리고, 아마도 류휘의 평가는 반대로―…'

황해를 제압한 자야말로 팔선이 수호하는 진정한 왕. 이런 말까지 전해 내려오는 황해다.

수려는 입술을 꽉 깨물었다.

어사대에서 여러 가지 일들을 조사했던 수려는 불온한 분위기를 피부로 느끼고 있다. 그 사람은 언젠가 류휘와 정면승부를 할지 모른다. 어쩌면 신도. 순식간에 풍향이 바뀔 전환점이 바로 이 황해문제 처리일지도 모른다. 그러나, 그래서 어떻단 말인가. 아무것도 하지 않는 길은 선택할 수 없었다.

"…신 씨, 저는 아직 어사입니다. 아직 수수께끼에 싸여있는 신 씨의 다른 여러 가지 계획들은 그렇다 치고―― 이 황해 건에 대해서는 전면적으로 협력하겠어요. 도움이 된다면요."

신은 눈을 가늘게 뜨고 웃었다. 적이네 아군이네, 이해득실이네 줄다리기네, 신의 발목을 잡네, 황해를 완벽하게 제압하면 왕이 힘들어질지도 모르네, 이런 것들은 일절 생각하지 않는다. 이 홍수려라는 소녀는 마지막까지 정확하게 '관리의 일'을 선택한다.

"그럴 거라고 생각했어."

민초를 위한 최선을.

"자, 그럼 우선 서둘러 최근 십여 년 동안의 황해관련 정보가 있는지 살펴보자고."

추영은 리앵이 말해준 방향을 향해 달렸다.

큼직한 함박눈이 소리도 없이 옅은 구름으로 덮인 하늘에서 펑펑 쏟아지고 있었다. 몸의 감각으로는 아침에서 점심 사이인 것 같았지만 흐린 날의 오후 정도로 어두컴컴했다.

신도 자주 혼자서 행방을 감추곤 했지만 신이 수려 곁에 있어 줄 때에는 추영도 홀로 이 표가를 탐색해왔다. '표가'라기보다는 차라리 '영지(領地)'라고 하는 쪽이 맞을 것 같다. 게다가.

"…남가와는 전혀 구조가 달라… 신도 아직껏 헤매고 있을 게 뻔한데."

적이 쳐들어올 위험이 없어서인지, 귀양이나 다른 주도에 흔히 있는 성벽 등은 없다. 지금까지 지내던 고대건물 양식의 광대한 궁도, 손님이나 피난민을 위한 일개 궁전에 지나지 않았다.

귀양처럼 거리가 바둑판 모양으로 정리되어 있으면 어느 정도는 방향을 파악할 수 있는데, 이곳은 몇 개의 산에 걸쳐 이곳저곳에 여러 가지 기능이 분산되어 있다. 만리대산맥에 속해 있는 탓에 산의 경사와 기복이 상당히 험하다. 이곳이 본가인 리앵은 느끼지 못하는 듯했지만, 대무녀의 힘으로 생활할 수 있을 정도로 환경이 조절되어 있다고는 하나, 고산지대라 공기가 상당히 희박하다. 남주 구채강의 고도에 익숙해져 있지 않았더라면 추영도 신도 고산병에 걸렸을지 모른다.

"…강유가 이곳에 왔다면 저엉말 아무 짝에도 쓸모없었겠는걸…"

고산병으로 쓰러져 눕던가, 눈 덮인 산에서 조난당해 죽던가, 양자택일의 인생밖에 없었을 게 분명하다.

리앵이 알려준 오솔길을 뽀드득 뽀드득 걸어가다 돌아보니 지금 막 걸어온 발자국 위에까지 옅게 눈이 쌓이면서 천천히, 하지만 확실하게 흔적을 지우고 있었다. 혹시 몰라 생각날 때마다 나뭇가지에 묶어둔 빨간 헝겊조각이 하늘하늘 보인다. 새하얀 눈의 색깔이 추영의 정확한 방향감각과 거리감각을 조금씩 마비시키고 있는 듯한 느낌이 들었다. 추영은 종이 세 번 칠 정도의 시간 동안 생각한 후 결론을 내렸다.

"……좋아, 이제 돌아갈 일은 생각하지 않기로 하자."

추영은 단번에 속도를 높였다. 길이 완전히 눈으로 뒤덮이기 전에 목적지에 도착하는 것이 우선이다. 길을 알려주는 것은 한 줄기 강과 오솔길. 산 중턱 부근부터 폐쇄구역이라고 했었다.

'…돌아오는 길을 못 찾겠거든 그 감옥이든, 오두막 같은 곳에 우선 몸을 피하자. '간장'이 있으니 신이 데리러 와줄 거야. 그래, 그렇게 하자… 눈 덮인 산 속 오두막에서 주취 님과 조난이라…… 신, 아무래도 조금 늦게 데리러 와줘도 괜찮을 거 같은데.'

어떤 상황에서도 엄청나게 낙관적인 것이 남추영이라는 사내였다.

리앵이 알려주지 않았다면 절대로 발견하지 못했을 오솔길들을 차례차례 이어가며 눈 속에서 산 중턱을 향해 끝없이 걸었다.

'하지만 리앵은 구역이 폐쇄되었다고만 했지 감옥의 위치는 알지 못했어… 그보다도 그 오솔길, 사람의 기척은커녕 최근 사람이 지나간 흔적도 없었는데… 설마 매일 밥을 넣어주는 사람은 있는 거겠지?! 건물 비슷한 것도 없는데—….'

그때 대각선 앞쪽으로 '무언가'가 어른거렸다. 별 생각 없이 고개를 돌려보니 우뚝 솟은 나무에 금줄이 매어져 있다. 그 금줄에 매달려 있는 천 조각들을 의식이 감지한 모양이다.

눈을 밟으며 나무에 다가가 빙글, 한 바퀴를 돌려고 했을 때였다. 무언가를 **넘어섰다.**

허리에 차고 있던 '간장'이 방울을 흔든 듯한 소리를 내며 지잉, 울렸다. 실제로 귀에 들려온 소리라기보다는 머리 안쪽에서 그런 소리가 울린 듯한 느낌이었다.

추영은 아무 말 없이 '간장'을 보았다. 칼집째 빼들어보니 지잉지잉, 손바닥에 약한 울림이 전해져 왔다.

'…에—— 그러니까, 우우 님이 이상한 기척을 느끼면 운다던가, 뭐라던가 했었지…?'

오솔길과 강줄기를 돌아보았다. 이 길을 따라가면 아마 리앵이 말했던 장소가 나올 것이다. 오솔길에서 벗어나 길도 없는 눈 덮인 산 깊숙이까지 감만 믿고 들어가다가는 아무리 추영이라도 길을 잃고 말 것이다. 와본 적도 없는 곳이다.

'…뭐, 길을 잃고 헤맨다 해도 '간장'이 있으면 신이 찾으러 와주겠지.'

추영은 미련 없이 오솔길을 버리고 저벅저벅 '신목(神木)'을 넘어 깊은 산 속으로 걸어들어갔다.

어려운 일이 있으면 신만 믿으면 된다. 아주 오래된 이 습성 때문에 추영은 지금껏 신에게만은 산더미처럼 민폐를 끼쳐왔지만, 당사자인 추영만은 깨닫지 못하고 있었다.

오른손에 쥐고서 대충 걸어보니 '간장'의 진동은 약했긴 했지만, 강해졌다가 약해졌다가 하는 것이 느껴졌다. 추영의 등줄기를 서늘한 무언가가 훑어내리는 듯한 느낌이 들었다.

'불길한 예감'이라 불리는 바로 그 느낌. 리앵이『불길한 느낌이 들어서 별로 들어가고 싶은 생각이 들지 않았어』라고 생각했던 곳도 아마 이 부근일 것이다. 진동이 강한 쪽으로 갈수록, 더욱 강해진다.

"…하아… 대장군님이 계셨으면 '호랑이 새끼를 잡으려면 호랑이 굴에 들어가야지'라고 하셨겠지."

내키지 않는 발걸음으로 추영은 오싹오싹 감겨오는 기척 쪽으로 향했다. 문득 생각이 나서 '간장'을 조금만 뽑아 보았더니 힘들이지 않고 거미줄을 자른 듯한 느낌이 들었다.

"… …뭐를, 벤 거야… 그보다 지금 뭔가가 주변에 들러붙어 있다는 거잖아."

보이면 좋을 텐데, 라고 어린 시절 생각한 적도 있었지만 지금은 안 보이는 체질이라 다행이라고 진심으로 생각했다. 칼날을 부딪쳐 챙, 하는 소리를 내자 불길한 기척이 안개처럼 퍼져가는 것도 보였다. 챙챙, 소리를 내면서 홀로 산 속을 서성이다 보니 뭔가 허망한 생각이 들었다.

"이러다가 주취 님과는 전혀 상관없는 이상한 요괴의 사당이 나오기라도 하면 완전 망하는 건데…."

중얼대던 그때였다. 쿡쿡, 누군가가 웃는 소리가 들렸다.

추영이 천천히 얼굴을 들자 선명한 붉은 우산을 쓴 무녀 복장의 여자가 홀로, 조금 떨어진 곳에서 추영을 바라보며 소매 끝으로 입가를 가리고 웃고 있었다. 우산이 얼굴을 반 정도 가리고 있었지만, 그래도 한 눈에도 알 수 있는 꽃 같은 미모였다. 미소녀와 미녀의 경계선이 있는 나이 정도로 보였지만, 꽃향기마저 풍겨올 것만 같은 뛰어난 미모에 호칭은 아무래도 좋았다.

추영은 씨익, 여성 전용인 비장의 미소를 보냈다. 여자라면 유령이어도 좋다.

"안녕하십니까. 이런 눈 덮인 산 속에서 당신처럼 아름다운 무녀 아가씨를 만날 줄은 몰랐습니다."

"칭찬이 능숙하시네요. 웃어서 죄송합니다. 재미있는 혼잣말을 하시는 분이라는 생각에 그만."

그녀가 우산을 조금 흔들자, 붉은 우산에 쌓였던 눈이 떨어져

내렸다. 그 손놀림은 고이 자란 규수 못지않게 우아했고, 우산 속에서 나타난 작은 얼굴은 말을 잇지 못할 정도로 아름다웠다.

걸음을 떼니, 뽀드득하고 짚신이 눈을 밟는 소리가 들린다. 추영은 조금 눈썹을 치켜 올렸다.

'…얼레, 유령이나 요괴 종류가… 아닌 건가…?'

'간장'을 보니 아까와는 딴판으로 조용하기만 하다.

추영의 모습을 본 무녀는 쿡쿡, 한 번 더 웃었다.

"남가 도련님을 만나는 것도 오랜만이군요… 그리운 얼굴. 변함없이 **그곳**의 도련님은 용모가 출중하고 용감하고, 머리는 좋지만 어딘가 멍한 데가 있고, 여인에게 약하신가요?"

"…네?"

"주취를 만나러 오셨나요?"

아무리 추영이지만 얼굴색이 싸악 달라졌다.

"…그렇습니다."

무녀는 미소를 지으며 빙글, 우산을 어딘지 아이처럼 돌렸다.

"그렇군요. 그럼 따라오시지요. 그러려고 모시러 왔으니까요."

마치 쏟아지는 눈 속에서 아름다운 여우에게 홀린 것 같았다. 완전히 틀린 얘기도 아닐지 모른다. 다리도 있고, 눈을 밟는 소리도 들린다. '간장'은 꿔다놓은 보릿자루처럼 조용해졌고, 눈 덮인 산 속에 홀연히 나타난 고풍스러운 무녀 복장에 붉은 우산을 쓴 백옥 같은 미녀가 한 명. 주취의 이름을 알고 있으며 안내를 하겠다고 한다… 아무리 생각해봐도 하나부터 열까지 이상하다.

그렇기에 추영은 추측을 멈췄다. 가장 이상한 곳으로 가는 것이 대부분의 경우 지름길이기에.

"그럼 잘 부탁드리겠습니다. 추우니 되도록 지름길로. 위험도는 신경 쓰지 않습니다."

무녀는 뚫어져라, 그리운 무언가를 보는 듯한 눈으로 추영을 바라보았다.

"…예전에도 이렇게 모시러 왔던 도련님이 계셨지요. 자, 그럼 따라오세요. 우산은 씌워드릴 수 없네요. 죄송합니다."

뽀드득 뽀드득, 또 눈을 밟는 소리가 난다. 추영은 뒤를 따라가다가 흠칫 놀랐다.

"잠깐. 다른 남자가 나보다 먼저 주취 님을 구하러 온 겁니까?!"

"아닙니다. 예전의 일이지요… 오래 전에도 저곳에 투옥되었던 소녀가 있었거든요."

"에? 한참 동안 쓰지 않았다고 하던데──…!! 설마 그때 감옥에서 숨진 소녀의 유령이 당신이라는 게 결말?! 남자가 구하러 왔을 때에는 이미 늦었다던가."

"전혀 아닙니다. 그 소녀는 지금도 살아있습니다. 구하러 왔던 도련님과 함께 돌아갔지요. 멋대로 죽이지 말아주세요. 정말이지 감이 좋은 건지, 둔한 건지… 하여간 남가의 도련님들은 참."

"뭡니까, 아닌 겁니까… 아아, 그럼 무사히 '시간의 감옥'에서 탈출한 사람도 있단 얘기군요."

리앵이 하도 겁을 주기에 솔직히 추영은 반 이상은 이런저런 각오를 한 상태였다.

가끔씩 변덕스럽게 돌아가던 붉은 우산이 그때만은 쓸쓸한 듯 멈췄다.

"…'감옥'… 그렇군요… 지금은 이제 '감옥'일 뿐이군요. 언제부터인가 표가도 똑같아지고 말았어요. 원래는 그러려고 만든 것이 아니었는데… 전 이제 아무것도 해드릴 수가 없어요… 이렇게 데리러 오시는 분들을 안내해드리는 것이 고작이죠. 하지만 구하러 와주시는 분이 계신 동안에는… 괜찮아요."

우산이 조금 흔들리면서 아름다운 옆얼굴이 추영에게 미소를 지었다.

"…특히 당신은 전에 오셨던 도련님보다도 강운이세요. 이렇게까지 완전무장을 하고 구하러 오신 분도 드문데. 남가의 피인 거죠. 변함없이 그 집안 도련님들은 쓸데없이 강운을 타고 나시는 것 같아요."

추영은 어안이 벙벙했다. …눈신도 없이 달려온 이 꼴이?

"…완전무장이라니… '간장' 정도밖에 가져오지 않았는데요."

"전에 오셨던 도련님은 '사랑'과 '근성'밖에 가져오지 않으셨답니다. 그 정도로까지 맨손으로 무작정 헐레벌떡 달려오신 분도 드물었죠. 어지간히 급하셨던 모양이었어요. 그에 비하면 당신은 강하기도 하고, 사랑에, 남가의 강운, 가슴에 이정표, 자기 자신을 믿는 낙천적인 용기, '간장' 에 '막야' 를 가진 친구 분까지 딸려있죠. 없는 건 '근성' 정도. 있었다면 최고였을 텐데."

최근에 '근성 없다' 는 얘기를 자주 들었던 추영은 발끈해서는 가슴을 펴고 외쳤다.

"아니, 있습니다! 근성, 있다고요. 당연하지요. 의절을 당했을지언정 남가의 사내니까요."

"그래요? 있다고 하셨죠? 그렇다면 죽기 살기로 끝까지 해내실 수 있겠죠?"

"…예?"

무녀가 몸을 홱 돌려 돌아섰다. 투명한 눈빛과 차가운 위엄으로 '간장' 을 바라보았다.

"'간장' … 들으셨죠? 근성이 있다고 하는군요. 그렇다면 문제없겠죠. 뭐, 끄떡없이 이곳까지 오셨고, 남가의 도련님이니 한 번 정도 정기를 빨렸다고 죽지는 않겠죠. 아직 한참 미숙하긴 하지만… 요즘 도련님치고는 훌륭한 편이에요. 잠시 동안 임시 주인이라고 인정해주세요, '간장' . 괜찮겠죠? 한 번만 휘두르게 해줘요. 자, 일어나세요… 그리고 그 아이를 이제 편하게 해줘요."

먼 곳을 보는 눈으로 불쑥, 중얼거린다. 눈보다도 흰 그 미모가 깊은 슬픔과도 닮은 근심으로 그늘졌다.

지금까지 꿈쩍도 하지 않던 '간장'이 순간적으로 대답이라도 하듯 열기를 띠었다.

무녀는 근심에 젖은 눈에 슬픈 웃음을 머금고는 선명한 붉은 우산을 소리도 없이 추영에게 내밀었다.

"드리겠어요, 남가의 도련님. '밖'에서… 주취를 구하러 와주셔서… 고마워요. 여름을 알리는 남서풍, 달고 차가운 물… 그리운 구채강의 바람. 먼 옛날부터 전해오는 약속을 지금까지 제대로 지켜주고 계셨군요. 괜찮아요… 그렇다면 단 한 사람의 심술로 모든 것이 헛되이 되는 일은 없을 거예요. 누군가가 힘을 내준다면 좋은 일이 분명 있을 거예요."

마치 자장가처럼, 노래하는 듯한 부드러운 목소리. 추영은 현기증이 나서 미간을 짚었다.

정신을 차려보니 우산을 받아들고 있었다.

고풍스러운 무녀 복장을 걸친 꽃 같은 미모가 유혹하듯 그윽한 미소를 지었다.

추영은 몽롱해지는 머리를 필사적으로 움직이려 했다.

"…당신의… 이름을… 여쭙질 못했습니다. 저는, 남추영. 당신, 은?"

"좋은 이름이군요. 저는 말이죠… 예전에——라고 불렸던 적이 있었던지도 모르겠네요…."

탁, 하고 추영의 가슴을 무녀의 가늘고 흰 손가락이 쳤다.

딱히 강한 타격을 받은 것도 아닌데, 추영은 뒤로 몇 발자국 비틀거렸다. 아니, 비틀거린 것 같았다. 뒤쪽으로는 지금까지 걸어왔던 눈길밖에 없을 터였다. 그랬는데.

아무것도 없었다.

발이 말 그대로 허공을 디뎠다. 지금까지 한 번도 느껴본 적 없는 공중을 떠다니는 듯한 기묘한 감각.

"————————응?"

쿵, 하고 '어딘가'에 들어갔다. 아니, **떨어졌다**. 정말로 눈 덮인 우물에 빠진 것처럼 주위의 경치가 돌연 암흑에 휩싸이더니, 내던져진 것처럼 몸이 아래로 떨어진다.

"에에에에————————엑?!"

우산을 쓴 채 낙하하는 추영을 뒤쫓아 오듯이 위에서 무녀의 목소리가 떨어져 내린다.

"바라시던 대로 가장 빠른 지름길입니다. 붉은 우산을 쓰시고, 열심히 해보세요. 가지고 오신 남쪽의 따스한 '밖'의 바람으로… 구해주세요."

옥좌에 앉은 류화의 눈이 번쩍 뜨였다. 나른한 듯 턱을 괸다.

"…'시간의 감옥'에 누군가가 들어간 것 같구나."

옆에서 시중을 들던 무녀가, 류화가 눈을 뜬 것에 안도했다가 이어진 말에 얼굴에서 핏기가 가셨다.

"주취를 구하려는 어리석은 자가 있다는 말씀이십니까. 즉시 '암살인형'을————"

"괜찮다, 입향(入香). 내버려 두어라. '암살인형' 따위를 보내
봤자, 시간의 감옥에서 헤매다 죽을 뿐이다."

"하지만 류화 님."

"나는 주취를 내버려 두라고 했느니라. ──그걸로 됐다. 주취
를 살려둔 이유는 있다. 하지만 그보다 먼저 모든 것이 끝났구
나."

그 순간, 입향이라 불린 젊은 무녀의 눈빛이 복잡하게 흔들렸
다. 류화가 드디어 주취에게 무관심해졌다는 것에 대한 안도감
과 기쁨, 어두운 우월감, 동시에 처치할 필요는 없다는 말에 대
한 의심과도 닮은 일말의 불안감과 질투. 이는 류화에 대한 절
대적인 헌신과 경애, 갈망과 같은 뿌리에서 나온 감정들이었다.

주취를 만나본 적은 거의 없었지만, 때때로 이렇게 기묘한 질
투심이 머리를 쳐든다. 입향은 원래는 '난을 피해' 표가의 사당
에 피신해온 '밖'의 소녀로, 표가 일족이 아니었다. 그렇기에
이능이 없는 것은 당연했고, 류화도 처음부터 기대하지도 않았
다. 하지만 주취는 엄연한 표가 일족으로, 처음에는 '무능'이었
지만 후천적으로 '이능'이 발현되었고, 그런데도 '밖'으로 도
망을 간 것으로도 부족해서 이십 년이 지난 후에 제 발로 걸어들
어와서 류화와 만나게 해달라고 호소하고 있었다. 그런 주취의
모든 것을 입향은 용서할 수 없는 모양이었다. 입향이 아무리
원하더라도 가질 수 없는 것을 가지고 돌아온 주취를 부러워하
면서도 미워하는 감정이 느껴졌다.

류화는 문득 먼 옛날을 떠올렸다. 태어날 때부터 절대적이었던 류화의 신력을 부러워하고 시샘하고 증오하면서, 빼앗을 수 없다는 것을 알게 되자 온갖 수단을 동원하여 봉인하고, 유폐시키고, 결국에는 독살하려 했던… 친아버지.

그렇게 처참한 심정이었던 것은 지금까지 그때가 처음이자 마지막이었다.

…이젠 팔십 년도 넘은 옛날이야기.

"…하지만 만일, 주취가 탈옥을 한다면…."

"'시간의 감옥'에서 주취가 탈옥?"

류화는 목 안에서 쿡쿡, 하고 웃었다. 웃으면… 숨이 찼다. 아직 젊은 이 무녀의 몸을 쓰고 있는데도 눈을 깜빡이는 것조차 날이 갈수록 귀찮아지고 있다.

"입향. 그대는 '시간의 감옥'을 알지 못한다. 오랜 시간이 지나면서 일그러지고 말았지만 그곳이 태곳적부터 존재하고 있는 진정한 의미를. 그곳에서 주취가 죽는다면 그것으로 된 거다. 나온다면—— 바라는 바로구나."

쌀쌀맞게 내뱉은 뒤, 심하게 기침을 했다. 입향은 당황하여 류화의 등을 문질렀다.

어렴풋이 느끼고 있었다.

"류화 님… 혹시 주취의 몸을 다음번 육체로 삼으실 생각이십니까?"

"폐인이 된다면. 아직은 신기를 잇달아 깨부수고 있는 바보 녀석을 상대해야만 하니 말이다. 한심한 일이구나. 본래의 나를 담는 그릇, 젊음과 신력이 있었다면 신기가 한두 개 깨졌다 해도 아무렇지도 않았을 것을… 그러나 팔십 년 동안 모두 써버리고 말았다. 빈껍데기밖에 남지 않았어."

류화는 자조적인 웃음을 흘렸다.

내릴 리 없는 눈이 내린다.

이 정도로 자신의 힘이 쇠약해졌다고는 생각지 못했다. 너무 과신했는지도 모른다.

"류화 님… 왜 그러십니까. 구채강에서 깨졌던 거울은 신체가 아니라고 들었습니다."

"그랬지. 하지만 그 뒤, 바보 녀석이 '진짜'를 깨버렸다."

백비탕(白沸湯)을 내미는 입향의 얼굴은 울어버릴 것처럼 일그러져 있었다.

입향의 말대로 구채강에서 '흑랑'이 깬 거울은 딱히 보경도 뭣도 아닌 이혼술에 사용하는 거울이었다. '흑랑'이 어디까지 왕과 딸을 위해 나설 것인지, 예전의 실력을 가지고 있는지 알아보려고 힘을 겨뤄보던 중 '흑랑'도 가짜임을 알고 깬 것이다. 상호 승인 하의 선전포고와 같은 것이었다.

끝나지 않는 장마로 겨우 이변을 알아차렸다. 거울이 깨졌다는 보고가 늦어진 것도 큰 타격이었다.

"…짚이는 자가 있긴 하다. 이 나를 책략에 빠뜨려 이렇게까지 방어에만 급급하게 만들다니… 대단한 솜씨다. 자신은 손가락

하나 움직이지 않으면서 나와 표가를 위기로 몰아넣고 있구나. 이 물에 물탄 듯 술에 술탄 듯한 시절에, 잘도 그렇게 물불 가리지 않는 사내가 태어났어. 젊다고 무시했었지. 한 이십 년 전이었다면 정인으로 삼아버렸을 거다. 정말이지… 늙으면 머리 회전도 녹슬어버리는구나."

　오랜 적수였던 전화가 세상을 떠난 후… 맥이 빠져버렸는지도 모른다. 전화와 소요선 이상의 상대가 있을 턱이 없다. 그렇게 생각하고 바보취급을 했던 건 사실이다. 그랬던 자신이 제대로 싸워보지도 못하고 알지도 못하는 애송이에게 보기 좋게 이용당하는 날이 올 줄이야.

　세월의 흐름을 느꼈다. 그리고 자신이… 확실히 늙었다는 것을.

　"하지만… 아직 갈 때는 아니다."

　탁류와 같은 기세로 신력이 흘러나가는 것이 느껴진다. 류화의 생명이.

　『나의 아가씨.』

　아득한 과거에서, 부드러운 황혼빛 목소리가 들려온다.

　왕가와 표가는 동전의 앞뒤와 같은 것. 어느 한쪽이 없으면 성립할 수가 없다. 표가의 대무녀와 '밖'의 선동령윤(仙洞令尹)의 관계 역시 마찬가지임을, 얄궂게도 신기가 깨져버린 지금 뼈저리게 느끼고 있다.

　여기서 류화가 기력이 다해 죽는다면… 우우도 죽는다. 지금 류화가 막고 있는 만큼의 힘이 모두 우우에게 흘러들어간다. 우우에게는 더 이상 이를 지탱할 수 있을 만큼의 생명의 힘 따윈 남아있지 않다.

류화는 거기까지 곰곰이 생각하다가 스스로 자신에게 부아가 치밀었다.

'…딱히, 우우 따위를 위해서가 아니다. 나의—— 표가의 역할이니 하는 것이야.'

류화와 마찬가지로 우우가 모든 생명의 힘을 다해 **문**을 막고 있는 것을 알 수 있었다. 신기와 신역은 '열쇠'와 같은 것이다. 전부 부숴버리기 전에는 열리지 않지만, 한두 개 부서지기만 해도 그만큼 열기 쉬워지고 틈이 생긴다. 그리고 한두 개 부서진 것만으로 남주는 수해, 벽주는 지진이다.

정사는 '밖'의 인간이. 그 대신 신사는 표가가 관장한다.

이것이 태곳적부터 이어져온 서약.

…내릴 리 없는 눈이 내린다.

끝내야 할 마지막 임무를 끝낼 때까지는 지금까지도 그랬듯이 수단과 방법을 가리지 않을 것이다.

"…그래, 교활하고 약아빠진 여우가 상대면, 수를 읽기 쉽다는 게 그나마 위안이 되려나… 홍수려도 내 계획대로 움직여주고 있다. 그럼 마지막 주사위의 눈은 누가 어떻게 던지느냐로 결정되겠구나… 그때까지 아직 나는 **이곳**에 있어야만 한다… 울 일이 아니다, 입향."

입향은 뚝뚝 울고 있었다.

"제가, 표가의 딸이어서 이능이 있었다면… 지금 당장이라도 이 몸을 드릴 수 있을 텐데."

숨기려고도 하지 않는 한결같은 경외심과 동경은… 류화에게 먼 옛날을 떠올리게 했다. 길고 긴 시간 동안 잊고 있었던 눈빛. 류화가 지켜왔던 것들을.

『나의 아가씨….』

멀고 먼 옛날의 그리운 목소리가 들린다.

파묻혀 있었던… 떠올리지 않았던 기억까지 되살아난다.

"…입향. '시간의 감옥'이 마지막으로 열렸던 때가 언제인지 알고 있느냐."

"아니오… 거의 백 년 전이었다고… 들은 적은 있습니다만."

"정확하게는 말이다… 팔십 년 전이다."

붉은 우산을 쓰고 얼빠진 비명과 함께 멋지게 떨어져 내린 다섯 살 정도 된 소년이 있었다. 우우.

울먹이면서 어둠 속을 둘러보더니 곧바로 류화를 찾아내고는 해님처럼 환하게 웃었다.

『아, 있다아, 아가씨! 모습이 보이지 않으시기에 계속 찾고 있었어요. 그러다가 어느새 길을 잃고 헤매고 있는데 붉은 우산을 쓴 여자를 만나서… '음, 사랑과 근성밖에 가지지 않은 도련님이네요. 이 우산 줄게요'라고 했어요. 모르는 사람한테 사탕은 받으면 안 된다고 배웠지만… 아, 이게 아니다── 모시러 왔어요. 돌아가요, 아가씨. 저와 함께.』

돌아가요.

"마지막으로 유폐되어 있었던 것은⋯ 나였느니라."

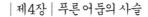

| 제4장 | 푸른 어둠의 사슬

어둠 한 구석에 무언가가 늘 웅크려 있었다.

그 존재를 알아차린 것은 몇 번째였던가 탈옥에 실패하여 감옥으로 다시 끌려왔을 때였다. 아무런 저항도 못한 채 다시 세뇌당하던 그때, 문득 빛이 닿지 않는 어두컴컴한 구석에 **그것**이 있다는 것을 깨달았다.

그때부터 그것은 쭉 주취를 따라오게 되었다. 어둠 속에 녹아들기라고 한 듯이 한쪽 구석에서 끈질기게 웅크리고 있다. 주취가 탈옥을 꾀하면 그림자처럼 딱 붙어 따라온다. 너무 가깝지도, 멀지도 않은 적당한 거리, 하지만 딱 붙어서. 물끄러미 주취를 응시한다. 마침내 이 수갑도, 창살도 없지만 지금까지 경험한 어떤 곳보다도 무서운 장소에 처넣어진 후에도, 그것은 어느새인가 쫓아와 한쪽 구석에 웅크리고 있었다. 어둠밖에 보이지 않았지만 어쩐지, 그곳에 있는 게 느껴진다.

'…아아. 하지만 딱 한 번은….'

류화가 왔던 때만은 그 존재를 잊고 있었던 것 같다.

빛나는 것처럼 성스럽고 무섭고 차가운 눈빛으로, 한 번도 주취를 만나려 하지 않았던 사람.

…그건, 역시 꿈이었던 걸까.

류화가 입으로 옮겨줬던 불같던 덩어리는, 이제는 난폭하게 날뛰지 않게 되었고… 그 대신, 주취를 내부에서 흐물흐물 녹여가고 있었다. 손끝에서부터 '주취'가 녹아서 흘러나간다.

그것도 이 감옥에서 몇 천 번이나 보았던 악몽 중 하나에 불과할지도 모르지만.

' '어머님'…'

울고 있는지 아닌지조차도 주취는 알 수 없었다.

용기를 쥐어짜 말해보았지만, 그런 주취의 말은 어느 것 하나 류화를 움직이지 못했다.

혼자여도 상관없었다. 누군가의 첫 번째가 아니어도 괜찮았다. 하지만… 무엇을 위해서 그렇게 생각했던 것일까. 무얼 위해서 온갖 고난에도, 고독에도 견디려 했던 것일까.

이제는 도대체 자신이 무얼 위해서 이곳에 돌아왔는지조차도 떠올릴 수 없었다.

'이젠——…'

그때 주취가 약해져 가는 것을 끈질기게 기다리고 있던 그것이 드디어 움직였다.

어두컴컴한 구석에서 가만히 웅크리고 있던 것이 천천히 다가

오는 것이 느껴졌다. 주취 곁까지 다가오더니, 녹아가는 '주취'의 끝에 닿았다. 베어서 덥석 먹었다.

녹아내리는 주취를 끝에서부터 덥석 덥석 조금씩 베어 먹어간다.

주취의 뺨을──뺨이 아직 남아 있다면──타고 눈물이 수없이 흘러내렸다. 흐느껴 울고 싶었지만 되질 않는 것 같았다. 그럴 힘은 이제 남아있지 않았다. 이젠 아무것도 없었다.

주취에게는 이제 아무것도 없었다.

언제부터인가 계속 뒤를 따라오게 된 **그것**이 무엇인지, 사실 주취는 알고 있었다. 그런데도 모른 척하고 있었다. 그런 건 인정할 수 없었으니까. 인정하고 싶지 않았다.

자신이 강하지 않다는 것은 알고 있다. 하지만 그렇게 약하지는 않다. 그렇게 믿고 싶었다.

언제부터인가 나타나 어두컴컴한 어둠 속에 웅크린 채 그림자처럼 주취를 따라고 오는 그것이.

──절망이라니.

마음속 어딘가에서 여전히 움찔거리며 역시 무리일지 모른다며 속삭이는 부정적인 생각이 남아있었던 것을 인정하고 싶지 않았다. 소가 님을 위해서 수려 님을 위해서, 주상을 위해서── 소중한 사람들을 위해서, 혼자서라도 제대로 싸우겠다고 돌아온 것이었는데.

사랑하는 사람, 소중한 사람을 위해서조차 힘껏 달리지 못하는 자신을 인정하고 싶지 않았다.

고작 이 정도의 노력으로 류화 님을—— 표가를 바꾸려고 했다니. 류화 님이 관심도 보이지 않고 감옥에 처넣은 채 한 번도 만나러 오지 않는 것도 당연하다.

'어째서 내 마음은 이렇게도 약한 걸까.'

수려 님과 소가 님, 부인마님과 어쩌면 이렇게도 다른 것일까. 언제나 유약함을 떨칠 수 없다. 중요한 때에 언제나 주취는 조금도 제대로 해내질 못한다. 지금도.

결국 '절망'이 다가와 주취를 베어서는 우물우물 먹고 있다. 조금씩 자신이 작아져 간다. 전부 먹히면 '주취'는 끝난다. 부인마님과 소가 님이 주신 '마음'. 혼자가 되어서도 필사적으로 지켜왔던 자기 자신이 이번에야말로 어디에도 없게 된다. 설령 몸은 살아있다 하더라도 이곳에서 '절망'과 함께 언제까지나 멍하니 있게 되겠지.

주취는 그저 눈물을 흘리며 이를 느끼고 있을 수밖에 없었다.

아무리 세뇌를 당해도 버틸 수 있다. 감옥에 묶여있어도 몇 번이라도 탈옥할 수 있다.

하지만 지금 주취를 붙잡아 잡아먹고 있는 것은 다른 어느 누구도 아닌… 그녀 자신의 절망이었다.

『불쌍한 주취. 이곳에서 도망치고 또 도망치면서, 두려워하면서도 지켜온 작은 '주취'도 결국, 너 이외에는 어느 누구도 필요로 하지 않았던 것이다. 인형으로 돌아오면 된다. 그러면 편해질 거다. 아무것도 느끼지 않아도 돼. 무력함도 절망감도 슬픔도 고독도── 형언할 수 없는 조용한 외로움도.』

작아지고 작아져서 마지막 남은 조각에 문득 절망이 와 닿았다.

살며시 속눈썹을 깜빡였다. 마지막 눈물방울이 뺨을 타고 흘러내렸다.

도망친 후부터 언제나 있는 힘껏 감아왔던 자신의 태엽. 소가 님과 부인마님과 수려 님과 왕이 때때로 감는 걸 도와주었다. 살아도 괜찮다는 생각이 들었기에 열심히, 혼자서라도 태엽을 감아왔다.

그렇지만 이젠──.

쩽──하고 태엽이 마지막 소리를 냈다.

『당신을 위해서 내가 항상 여기에 있는데.』

…마지막 순간, 어디에서 불어왔는지 따뜻한 남풍이 뺨을 어루만지고 간 듯한 느낌이 들었다.

얼어붙을 듯한 바람이 코끝을 그치며 묘하게 쉰 듯한 냄새를 남겼다. 오싹할 정도의 냉기에 추영은 눈을 떴다. 잠시 동안, 자신이 왜 기절을 했는지 생각이 나질 않았다.

"얼레…?"

어두컴컴했지만 심연의 어둠은 아니었다. 아주 희미하긴 해도 어딘가에 빛이 비치는 듯했다. 얼마간 눈이 익숙해지면 밤눈이 밝은 추영이라면 주변을 둘러볼 수 있을 정도의 어둠이었다. 어딘지 옅은 푸른빛을 띠고 있는 듯한 이 어둠은 새벽이 오기 전의 시간을 연상케 했다.

눈이 익숙해지는 동안 재빨리 다친 곳은 없는지 확인해봤다. 상처는 없음. 확인이 끝났을 즈음에는 추영도 자신이 수수께끼의 미인에게 우산을 받았고, 어딘가에 밀려 떨어졌다는 것을 기억해냈다.

"…절대로 우물도, 구덩이도 없었는데 말이지… 어떤 '지름길' 이었던 걸까…."

우선 자신의 검을 확인한 후, 별 생각 없이 '간장' 을 만졌다가 깜짝 놀랐다. 살짝 온기를 띠고 있는데다 희미한 어둠 속에서 아주 약하지만 빛을 내뿜고 있는 것처럼 보였다. 분명 그 무녀를 만나기 전과는 뭔가가 달라진 듯이 보였다. 그래── 잠자고 있다가 조금 눈을 뜬 것 같다고 할까.

무녀의 말이 떠올랐다.

『그 아이를 이제 편하게 해줘요….』

한 번만 휘두르게 일어나라고, 그 무녀는 '간장' 을 보며 말했다.

추영의 눈썹이 확, 찌푸려졌다. '간장' 의 손잡이에서 거칠게 손을 뗐다.

편하게 해줘?

"…웃기지 마. 그런 걸 하려고 내가 온 게 아니라고."

품속에서 부채를 한 개 찾아 꺼냈다. 이미 익숙해진 백단향이 은은히 퍼진다.

아름답고 교양 높은 양갓집 규수들 중에서만 엄선된 궁녀들 중에서도 주취는 독보적이었다. 아쉬울 것도 부족할 것도 없는 생활 속에서도 그녀만은 언제나 어딘가 먼 곳을 보고 있었다.

처음 만났던 때, 딱 한 번 그녀의 방을 보았다. 지금도 떠올릴 수 있다. 궁녀 생활에 필요한 최소한의 가구밖에 없었고, 개인적인 사치품 등은 아무것도 없었다. 소박한 가는 꽃병에 흰 동백이 한 송이 꽂혀 있을 뿐이었다. 그 동백꽃도 아마 그녀가 꺾어다가 꽂았을 거라고 생각했었다.

검소하다기보다, 그 한 송이 꽃조차도 자신에게는 과분하다고 생각하는 듯했다.

모든 면에서 그녀는 어딘지 그런 구석이 있었다. 이는 언제나 해님 같은 미소를 띠고 있는 형수와는 하나부터 열까지 정반대였다… 그렇기에 마음이 쓰였는지도 모른다.

매미 허물처럼, 언제나 텅 빈 방을 남겨두고 훌쩍 바람처럼 어디론가 사라져버릴 것 같았다. 국시 후 재회했을 때에도 그 느낌에는 변함이 없었고, 신경이 쓰여 지켜보게 되었다. 그녀는 때때로 후궁을 훌쩍 떠나려 하곤 했다. 한밤중에 맨 몸으로 어둠을 틈타 밖으로 나간 적이 있는가 하면, 갑자기 사표를 썼던 적도 있다. 해당화를 앞에 놓고 꽃이 아니라 단도를 멍하니 바라봤을 때에는 당황했다.

언제나 먼 곳을 바라보는 그 눈빛이 누군가를 사랑하는 눈빛은 아님을, 언제부터인가 느끼게 되었다.

머물고 싶지만 이곳은 원래 내가 있어도 되는 장소가 아니야―― 이런 생각을 하는 듯이 보였다. 그러면서도 가고 싶은 장소도, 머물러도 되는 장소도 찾지 못했기에 오도카니 후궁에 머물러 있었던 것이리라. 마치 처음에 봤던 한 송이 흰색 동백 같았다. 호화로운 방 한 구석에서 머뭇거리며 살짝 서 있는 모습이.

하지만 수려가 귀비로 와 있던 몇 개월 동안만은 사람이 달라진 것처럼 행복해 보였다. 수려가 떠난 후에도 왕의 최고궁녀로 일하며 전보다는 마음이 편한 듯 밝은 얼굴이었는데.

표가의 암시 때문에 결국 후궁에도 있을 수 없게 되어, 사라지고 말았다.

당신은 행복하게 자랐군요. 만났을 때 그렇게 말하며 웃었다. 나는 아무것도 가진 것이 없으니까, 라며.

『행복이 무서워요. 행복해져도 된다는 말을 들은 적이 없거든요. 지금도 무서워요. 누군가를 좋아하게 되는 행복이 '나'에게 허락될까요…? 만약 꿈이라면 깨어났을 때 난 절대로 살아갈 수 없을 거예요…』

모든 걸 가지고 있었고 실연 이외에는 행복하게 자랐던 그 무렵의 추영에게는 도무지 이해가 되지 않았다.

하지만 지금이라면 이렇게 들릴 것이다.

…행복해지고 싶다, 고.

추영은 씁쓸하게 웃었다. 몇 번이나 틀리고, 스스로 모르는 척하면서 먼 길을 돌아왔다.

어차피 홍소가가 아니라고 실망하겠지… 그래도 괜찮다. 새삼스럽게 상처받을 일도 없다.

"모시러 왔습니다, 주취 님."

씩씩하게 보이지만 사실은 약한 것도, 혼자 있는 걸 별로 좋아하지 않는 것도 알고 있다. 수려 님은 감정적으로 보이면서도 상당히 이성적이지만 주취 님은 반대로, 혼자면 위태롭다. 연상이었지만 추영에게는 때때로 연하로 보였다. 몇 번이나 뒤를 돌아보면서도. 그래도 쭈뼛거리며 앞을 보는.

"늦어서 죄송합니다… 돌아가시지요."

어디로 돌아간다는 거죠, 라고 그 뭐라 형언할 수 없는 눈으로 되묻는다면. 대답은 준비해놓았다.

…그때, 주취의 부채가 파직, 하면서 정전기 같은 소리를 내었다.

파직, 파지직하며 불꽃 비슷한 것이 희미한 어둠 속에서 튀었다. 무녀의 말이 다시 떠올랐다.

『전에 오셨던 도련님은 '사랑'과 '근성' 밖에 가져오지 않으셨답니다. 그에 비하면 사랑에, 남가의 강운, 가슴에 이정표, 자기 자신을 믿는 낙천적인 용기, '간장'에 '막야'를 가진 친구 분까지 딸려있죠.』

가슴에 이정표… 가슴에 묻어두었던 것은 바로 이 부채였다.

희미한 어둠에 충분히 익숙해진 눈으로 주위를 둘러보니, 동굴 같아 보였지만 천연동굴은 아니라 인간의 손길이 닿아있는 듯 보였다. 공기는 쾌쾌했지만 고여 있지는 않았고, 바람도 때때로 불어왔다. 귀를 기울이니 희미한 물소리와 빗방울 소리 같은 것이 들려온다. 그리고 그 안쪽에서 뿜어져 나오는 묘한 기척. 어쩌면 종유동(鐘乳洞)과 연결되어 있는지도 모르겠다는 생각이 들었다.

쭉 한 바퀴 얼굴을 돌리며 살펴보자, 조금 떨어진 곳에 어디서 봤는지 눈에 익은 붉은 우산이 하나. 추영은 그 우산을 주우러 가는 도중에 문득 건너편 바위 그늘에 사람 뼈가 아무렇게나 걸려 있는 것을 발견했다. 피곤에 지쳐 잠들었다가 그대로 죽은 것처럼 보였다. 지금 길을 헤매다가 목숨을 잃는 장소에 있다는 것이다. 짧게 남주의 장례노래를 읊조렸다.

'…하지만 종유동과 연결된 것치고는 그리 춥지 않은데…?'

별 생각 없이 붉은 우산을 집어든 때였다. 살짝 따뜻한 바람이 추영의 주변을 맴돌았다.

추영은 이 바람을 잘 알고 있었다. 장마가 끝나고 여름이 왔음을 알리는 남주의 마파람.

『가지고 오신 남쪽의 따스한 '밤' 의 바람으로… 구해주세요.』

어쩌면 주위를 맴도는 이 남풍 덕분에 전혀 추위를 느끼지 못하는 것일지도 모른다.

파직, 파직하며 부채가 소리를 내고 있다. 확실히, 그냥 느낌으로 방향을 알 수 있었다. 이정표.

종유동 안까지 지도도 없이 들어간다는 것은 단순한 자살행위다. 그러나 추영은 걷기 시작했다.

허리의 '간장' 이 살짝 따뜻해진다. 추영은 그 열을 냉랭하게 무시했다.

『그 아이를 이제 편하게 해줘요.』

데리러 온 거다. 무녀 아가씨가 말한 것 같은 그런 결말을 맞이하기 위해 온 것이 아니다. 억지로 질질 끌고서라도… 어떤 상태이더라도 함께 데리고 돌아갈 것이다. 이를 위해 추영이 온 것이니.

시간의 감옥에 붙어있는 그물에 무언가가 걸린 기척이 났다.

류화의 눈꺼풀이 살짝 움직였다. 속눈썹을 들어올리고 눈만 움직여 입향이 곁에 있는지 확인했다.

…없다. 잘된 것인지도 모르겠다. 입향은 요즘 류화가 이혼술을 쓰는 것조차 싫어한다.

주취를 만나고 온 뒤 시간이 얼마나 흘렀는지 계산해보니, 슬슬 '주취' 가 완전히 사라질지 어떨지가 판명될 때가 된 듯하다.

주취가 시간의 감옥에서 완전히 '빈껍데기' 가 되었다면 서둘러 빙의해 몸으로 삼고 싶었다. 많은 사람이 죽은 시간의 감옥에는 안 그래도 좋지 않은 것들이 득실거리고 있다.

텅 빈 살아있는 몸은 요괴들이 앞 다퉈 차지하고 싶어하는 최고의 사냥감이었다. 그리고 또 한 가지.

"…그것 참, 드디어 그물에 걸렸구나. 설마 주취가 있는 곳으로 가려 할 줄이야…"

류화는 눈을 감았다. 예전에는 물을 마시는 듯 손쉽게 할 수 있던 이혼술이지만, 이제는 집중하지 않으면 쓸 수 없게 되었다.

잠시 후, 몸을 벗어던지듯이 소녀 당주의 모습이 되어 시간의 감옥을 향해 날아가기 시작했다.

최근 십여 년 동안의 새로운 황해관련 자료를 뒤지고 있던 수려는 책을 넘기던 손을 멈췄다. 리앵이 내려갈 수 있는 지층계는 이곳이 마지막이었다. 몇 권, 아주 없는 것은 아니었지만 어느 것이나 십여 년 전에서 그리 큰 진보는 없었다. 박멸방법에 관해서는 말할 것도 없었다.

'…그야 그렇겠지… 쉽게 발견될 정도라면, 진즉에 실행되고 있겠지.'

상당히 아래쪽 서고까지 찾아 내려왔기에 몇 백 년 전의 서책도 숱하게 많았다. 문뜩 수려는 황해관련 칸 안쪽에서 얇고 낡은 책자를 발견했다. 먼지를 터니 작고 여성스러운 글자로 '녹모도(鹿毛島)의 비황'이라고 적혀 있다. 수려는 들어본 적 없는 섬의 이름에 고개를 갸웃했다.

"…신 씨, 녹모도라고 알아요?"

"녹모도? 아아. 홍주에서 멀지 않은 동쪽에 있는 무인도잖아. 작고 아무것도 없고, 사람이 살지 않으니까 모르는 게 당연할 거야. 낚시하러 갔다 오는 정도의 섬이니까."

어째서 무인도의 비황을 조사한 것일까, 이 책자를 쓴 사람은? 피해 같은 건 없지 않나?

'뭐, 보통 아무도 조사하지 않으니까 어떤 의미에서는 쉽게 찾기 어려운 정보가 쓰여 있을지도….'

얇으니까, 하며 팔락팔락 읽기 시작했다. 잠시 후.

수려의 눈이 접시만큼 커졌다. 한 번 쭉 훑어본 뒤, 갸웃거리며 고개를 들었다.

"신 씨… 리앵… 이거── 한 번 읽어봐요."

신과 리앵의 반응은 정반대였다. 신은 턱에 손을 대고 눈썹을 찌푸렸다.

"…우──웅, 부제를 붙인다면 '녹모도의 비황, 수수께끼의 떼죽음'이겠군…."

신은 곰팡이 냄새나는 책자를 주의 깊게 읽으며 책장을 넘겼다.

"여기 적혀있는 내용이 맞는다면 소규모 황해라고 볼 수도 있겠군. 무인도라서 아무도 몰랐던 모양이지만. 우연히 낚시를 하러 갔던 사람이 이 이상한 현상을 발견하고 글로 남겼다…라."

"엄청나게 긴 비와 짙은 안개가 계속된 후에 별 생각 없이 낚시를 하러 가보니, 글쎄 대량의 풀무치의 시체가. 게다가 참억새에 줄줄이 앉아 위를 향한 채 바짝 말라 죽었으니, 죽은 이유도 수수께끼…."

무슨 이유에선지 참억새에 기어올라가 꼭대기에서 위를 향한 채 죽어있는 수많은 풀무치 무리의 시체.

──생각하는 것만으로도 섬뜩한 광경이다.

"그야말로 변사(變死)군. 너무 이상해서 꼭 무슨 저주처럼 생각될 정도야… 적힌 내용을 보면, 황해를 일으키는 풀무치 무리만 며칠 동안에 떼죽음을 당했고, 다른 식물이나 작은 곤충들은 평상시와 다름없었다… 죽은 모습을 보면, 너무 무리가 커져서 자멸한 것도 아니고, 다른 생물들이 무사한 걸보면 독성을 띤 샘이 흐르는 것도 아닌 듯한데…."

신은 팔짱은 끼고 눈을 가늘게 떴다.

"…아가씨가 무슨 말을 하고 싶은지는 알겠어. 하지만 말이지, 이것만으로는 원인도 알 수가 없다고. 당시 자연적인 요인이 몇 가지 겹치면서 우발적으로 풀무치에게만 무슨 일이 일어난 것이라면, 어찌해볼 방도가 없어."

"그야 그렇지만. 우──웅, 이거 뭔가를 연상시킨다고 할까."

그때였다. 창백한 얼굴로 잡아먹을 듯이 책자를 읽고 있던 리앵이 중얼거렸다.

"…돌림병이야."

"뭐?"

"돌림병이야. ——아마도 풀무치만이 걸리는."

잠시 후, 신과 수려의 얼굴표정이 싸악 바뀌었다.

"리앵… 그렇다는 건, 이 풀무치 떼의 변사 원인은 병?"

말을 하면서 수려도 납득이 갔다. 그래, 이 '대량의 변사'. 집단으로 확산되고 어느 날 갑자기, 라는 점은 다주의 돌림병과 확실히 비슷했다. 그리고 곤충이라도 병에 걸린다.

"…아마도 그럴 거야. 표가도 선동성도 늘 각지의 정보 수집을 하고 있지. 풀무치나 메뚜기만이 걸리는 질병이 있다고 런… 친구가 말한 적이 있어."

류화에게 이용되고 버려진 '런'. 그가 역병에 관해 여러 가지로 알아보던 무렵 말해준 적이 있다.

"풀무치만이 걸리는 병…."

그렇다면 다른 동식물에는 어떤 피해도 없다.

게다가 돌림병은 집단일수록 이환율이 높다는 것은 수려도 다주에서의 경험으로 잘 알고 있다.

황해만큼 밀도가 높은 집단도 없다. 며칠 만에 떼죽음을 당한 것도 납득이 간다.

——만약 이 병을 인위적으로 일으킬 수 있다면.

"리앵, 할 수 있겠나?"

"우우는… 표가의 문을 열라고 말했어— 황해대책의 일환으로 연구하고 있을 가능성은 있어. 황해는 이 몇 십 년 동안 일어나지 않았으니, 각 사원의 황해대책에 어느 정도 진전이 있었을지는 모르겠지만— 가능성은 있을지도 몰라. 하지만."

"어떻게 해야 할 수 있어?"

"…각 사원과 연락을 취하려면… 역시 고모님의 힘이 필요해…."

신은 머리를 긁었고, 수려도 그만 입술을 깨물었다. 모든 문제가 류화의 벽에 부딪친다. 하지만 뭔가가 마음에 걸렸다. 계속 마음에 걸렸던 것이 있다. 머리 한 구석에 밀어놓았던 것.

*리앵*이 마지막으로 했던, 그 말.

『황해를 어떻게든 해보려거든… 주취를 찾는 게 좋을 거다.』

천천히 수려는 한 번 눈을 깜빡이고는 물끄러미 리앵을 보았다.

"…리앵, 그거 필요한 건 류화 아가씨의 힘이야?"

"어? 그야… 고모님이 아니면 무리야. 대무녀가 아니면."

"그러니까. 필요한 건 류화 아가씨가 아니라, 대무녀의 힘 아니야?"

"응?"

"리앵, 아버지께서 그러셨지. **황해를 어떻게든 해보려거든 주취를 찾으라**고. 그 말, 류화 아가씨를 찾기 위해서 주취를 찾으라는 말이 아닐지도 몰라. 어쩌면 류화 아가씨도 이젠 무리라고, 내릴 리 없는 눈을 보고 그걸 깨달으셨던 게 아닐까? 더 이상 '통로'를 열 만한 힘이 류화 아가씨에게는 없다고—— 그렇잖아, 엄청난 힘이 필요한 거잖아?"

약해져가는 신력. 그래, 예전의 힘은 **더 이상 남아있지 않다**는 증거.

"…화, 확실히, 지금은 우우도 **하나 여는 게** 고작이었어."

예전의 우우라면 류화와 마찬가지로 모든 문을 개방할 수 있을지 모른다. 그러나—— 그래, 힘은 약해지는 것이다. 류화는 이를 육체를 바꿈으로써 보완해왔지만 지금은 그럴 여력도 없다. 그렇다면.

확실히 지금의 류화는 '통로'를 열지 않는 것이 아니라, 정말로 **열지 못하는** 것인지도 모른다.

"하지만 아버지께서는 『황해를 어떻게든 해보려거든 주취를 찾아라』라고 하셨어. 그러니까 그 말은—— 주취라면 차기 대무녀가 될 수 있다, 내지는 적어도 그 정도의 힘이 있다는 얘기가 아닐까. ——주취 혼자서 모든 '통로'를 열 가능성이."

'통로'를 연다면 모든 사원과 연락을 취할 수 있다. ——그리고 대무녀라면 황해와 관련된 여러 가지 지시를 내릴 수 있을 터였다. 류화를 통하지 않고도.

"…아니, 하지만 주취에게 그 정도의 힘이 있다는 건 들은 적이 없는데. 처음에는 '무능'이었고, 후천적으로 '이능'이 발현

되기는 했지만, 그것도 '천리안' 하나라고——."

아니, 하고 신이 턱을 만지작거렸다.

"…분명, 차기 대무녀 후보였던 표영희도 '선견(先見)'의 이능밖에 없지 않았나?"

수려와 리앵은 수상쩍은 눈빛으로 신을 보았다. 정말이지 하나부터 열까지 지나치게 잘 알고 있다.

"…굳이 짚고 넘어가진 않겠지만요, 하지만 정말 나도 다주에게 들은 적이 있는데 '선견'에 대한 얘기밖에 못 들었던 것 같아. 리앵, 대무녀라는 건 어떻게 결정되는 거야?"

"그, 그야 신력의 크기로——."

리앵은 혼란스러웠다. 자신이 '무능'이라 무녀라던가 대무녀에 대해서는 아무런 관심도 생각도 없었다. 고모가 저랬기 때문에 대무녀라는 건 원래 저 정도의 능력을 가지고 태어나는 것이라고 당연하게 생각하고 있었다.

"저기, 리앵, 저번에 류화 아가씨에게 '찾아뵙겠습니다'라고 말했는데… 그거 류화 아가씨가 그렇게 말하게 만든 것 같은 생각이 들어. 나에게, 자신이 있는 곳까지 오라고 말한 게 아닌가, 하는 생각이 이제 와서 들거든."

멍해져버린 수려를 억지로 두들겨 깨우고, 체력과 기력이 회복되었을 즈음, '어사'로 되돌려 놓았다.

입을 막으려고 조정에서 누군가가—힐끗 신을 본다—류화를 죽이러 올 가능성이 있다. 이를 막기 위한 장기 말로 쓰려고 수려를 부르려 해도, 장소를 알려주지 않으면 의미가 없다.

장소를 모르면 수려 일행은 주취의 '천리안'에 의지할 수밖에 없다는 것을 류화라면 진즉에 알고 있었을 것이다. 그래, **주취 가 없으면 안 된다.**

그렇다면 류화가 정말로 수려를 이용해서 시키려 했던 일은.

──주취를 자신이 있는 곳까지 데리고 오라는 것이 아니었을 까.

"고모님이 주취를 도와주라고 한다고? 그럴 리 없을 텐데. 감 옥에 집어넣은 건 고모님이라고!"

"도와주라고 하는 것과는 조금 다를지도 몰라. 우──웅… 뭐 라고 말하면 좋을까… 그래, **나오길 기다리고 있는** 것 같았어. 올 수 있으면 와봐라, 나올 수 있으면 나와라. 그 한 가지 방법으 로 우리를 움직였다는 생각이 들어. 아무리 생각해봐도 우리는 주취의 힘이 없으면 류화 아가씨를 만나러 갈 수가 없으니까."

지독히도 막연한 생각을 말로 뱉으면서 머릿속에서 정리해 간 다.

"…류화 아가씨는 엄청나게 머리가 좋은 사람인 것 같아. 지금 나도, 아마 류화 아가씨의 뜻대로 움직이고 있는 걸 거야. 아무 것도 생각하지 않고 무언가를 하는 사람은 아니라고 생각해. 주 취 일도. 그렇다면 어쩌면 주취를 '시간의 감옥'에 계속 집어넣 어둔 건 우리들이 생각하는 이상의 무언가가 있기 때문일지도 몰라. 그걸 류화 아가씨가 하고 있다는 건── 표가에게 있어서 중요한 일이 아닐까?"

"네, 말씀하신대로입니다."

누군가, 다른 여성의 목소리가 들렸다. 돌아보자 고풍스러운 복장을 한 무녀가 한 명 서 있었다. 밖에 눈이 내리고 있어서인지 붉은 우산과, 무슨 이유에선지 이호(二胡)를 손에 들고 있었다.

'막야' 가 지잉, 하고 한 번 울렸다.

가장 지름길인지는 의심스러웠지만 붉은 우산은 즉각적인 도움이 되었다.

"…동굴 속에서도 비가 오는구나…"

종유동에 들어가자마자 추영은 순순히 붉은 우산을 쓰기로 했다. 석회암 표면에서 물이 끊임없이 흐르는지라 발밑에도 대부분 물웅덩이가 생겨 있었다. 게다가 머리 위로도 뚝뚝 겨울비처럼 차가운 물방울이 떨어진다. 이 우산이 없었으면 지금쯤 쫄딱 젖어서 동사했을 게 분명했다. 수많은 박쥐들이 푸드덕거리며 날아다니는 광경은 환상적이라고 할까, 귀신집 같기도 했지만 박쥐들의 보금자리에 불법침입한 건 추영이기에 불평은 할 수 없었다.

동굴에는 사람의 손길이 가해진 흔적도 남아있고 길 비슷한 것이 있었지만, 종유동에 들어선 뒤로는 길 같은 건 아무것도 없었다. 추영은 그저 부채가 이끄는 대로 충실히 따르며 묵묵히 걸었다.

석순이 마구 자라있는 곳도 통과하고, 막다른 곳이 나오더라도 바위 위쪽으로 지나갈 만한 틈새가 보이면 바위를 타고 올라가 몸을 구겨 넣었다. 그렇게 전진하다 보니 우산이 있어도 흠뻑 젖고 말았다.

"이거야 원, 물방울이 뚝뚝 떨어질 것 같은 싱그러운 미남이라고들 하지만… 그건 가랑비로 조금 젖은 정도니까 남자의 색기가 풍기는 거지, 이렇게 쫄딱 젖은 쥐새끼 꼴은 어째 정란에게 괴롭힘을 당한 후 같은 걸…."

중얼거리며 안으로 들어갈수록, 물속에 흩어져 있거나 땅 위에 널브러진 오래된 시체들을 보는 일이 많아졌다. 물이 많아서 그런지 밀랍처럼 변한 시체도 많았는데, 몇 구인가를 그냥 지나친 후 추영은 양초용으로 조금만 슬쩍 하기로 했다. 그래서 도중부터는 횃불을 켤 수 있었다. 이 정도로 깊이 들어온 만큼 불이 필요했기 때문이기도 했지만, 추영은 기본적으로 무관(武官)인 것이다. 그것도 매우 우수한.

'하지만 이래서야 '간장'이 종유동에 들어온 뒤 계속 울고 있는 것도 당연하네.'

이렇게 으스스한 종유동에 아무것도 없다고 하는 쪽이 말이 안 된다. 어느 새인가 추영의 솜털은 쭈뼛쭈뼛 곤두섰고, 안으로 들어갈수록 어둠이 깊어지는 것 같았다. 희끄무레한 종유석조차도 섬뜩해 보였다. 실제로 몇 번이나 여기저기의 어둠속에서 정체를 알 수 없는 것들이 기어오는 듯한 기척을 느꼈다. '간장'이 있어서인지 일정 거리 이상 다가오는 일은 없었고, 그 부분에 대해서 진심으로 파마의 검에게 고마움을 느꼈다. 이 냉기 속에서 언제부터인지 숨을 죽이고 땀을 닦아내고 있었다. 그 정도로 긴장하고 있었다.

또 한 번, 턱을 타고 흐르는 땀을 닦아냈을 때였다.

요괴의 기척이 썰물 빠지듯 싸악, 물러난다.

'간장'이 조용하게 한 번 울었다. 그리고 구채강에서 들었던 여인의 목소리가 울려 퍼졌다.

"남가 직계라고는 해도 보통 인간 주제에 이렇게 짧은 시간에 백문회랑(百聞回廊)까지 올 줄이야…."

추영은 검의 손잡이에 손을 대고 천천히 뒤를 돌았다. 투명하게 비쳐 보이는 모습. 이혼술이다.

칠흑 같은 머리카락과 피와 같은 입술, 눈 같은 살갗. 아름다운 소녀 당주의 모습이 스윽 떠올라 있었다. 그 모습을 보는 것은 추영에게는 처음이었다. 구채강에서는 주취의 몸에 빙의하여 움직이고 있었으니.

"…표류화, 님이시지요. 일부러 주취 님이 있는 곳까지 안내해 주시려고 오셨습니까?"

오만하게 비웃으리라 생각했는데 류화는 조금 굳은 얼굴로 붉은 우산을 보더니, 이어 추영을 바라보았다.

마치 떠올리고 싶지 않은 과거를 떠올린 듯한, 그런 얼굴이었다.

"잘도 이 경로를 따라 들어왔구나. 혹시 몰라서 한번 들러본 것이다. '간장'도 가지고 있느냐… 그렇다면 생각이 바뀌었다. 그대가 말한 대로, 안내해주어도 괜찮다."

추영은 눈썹을 치켜 올렸다. 아까 만났던 무녀면 또 몰라도, 상대는 표류화다. 믿을 수 있을 리가 없다.

"…이유는? 가둬놓은 건 당신인데 구하러 가겠다는 나를 안내한다는 건 이상하지 않습니까?"

"그도 그렇구나. 그러나 원래 시간의 감옥은 특수한 감옥이니라. 나갈 수 있는 자는 나가도 되고, 나가지 않으면 죽는 곳이다. 그런 감옥이다. 그대가 보아 온 수많은 시체들은 탈옥하지 못한 자들의 말로이니라. 말해두지만, 아직 이곳은 시간의 감옥이 아닐지니."

"어? 정말요?! 아니에요?! 지름길이라고 했는데!!"

류화의 아름다운 눈썹이 살짝 치켜 올라갔다. 마치 누구에게 들었냐고 묻고 싶지만, 듣고 싶지 않다는 것처럼.

"…거짓은 아니다. 보통 인간인 그대가 시간의 감옥으로 갈 수 있는 유일한 경로가 이곳이니. 가장 위험하고 긴 미궁이지만 곧장 최하층에 도달한다는 점을 생각하면 지름길은 맞다고 할 수 있다. 무엇보다도 시간의 감옥에는 이런 너저분한 잡귀들은 없다. 주취가 있는 최하층까지 내려가기도 전에 그대 따윈 정신이 미쳐버리고 말 것이야."

추영은 차갑게 웃는 류화를 노려보았다. '모든 여인에게는 상냥하게'가 신조이지만 반해버린 여인(진심)이 관련된 경우에는 애기가 달라진다. 무엇보다도 류화는 주취를 억지로 폐인으로 만들어 다음 번 육체로 삼을 생각일지도 모른다고 리앵이 말하지 않았던가.

추영의 생각을 꿰뚫어본 듯 류화는 빙긋 웃었다.

"후후, 그러하니라. 주취가 '빈껍데기'가 되면 내가 의미 있게 사용해줄 생각이다. 그러나 목이 떨어져버리면 그도 할 수 없지. 짧게 말하겠다. 쳐둔 그물에 걸렸느니라. 주취의 목을 베어버리려고 시간의 감옥으로 향하고 있는 자들이 있구나."

"──주취 님의 목을 벤다고?!"

"목을 베어버리면 주취의 몸도 쓸 수 없게 된다. 지금의 나는 혼이기에 물리적인 힘은 없구나. 어떻게 해야 할까 생각 중이었다만, 물론 그대라면 주취의 목을 지킬 수 있을 것이니. 그러니 안내해줄 수도 있다고 한 것이다. 자, 어떻게 하겠느냐?"

추영은 여전히 험악한 얼굴로 류화를 보았다. 수려에게 들었던 대로 정말이지, 기지에 넘치는 여인이었다.

"…그물에 걸렸다는 건 주취 님을 미끼로 썼다는 것이군요."

"…글쎄. 후후, 미끼로 쓰고 있는 건 주취만은 아니니 화내지 마시게나."

수려들도 이용하고 있다고 암시한 것이나 마찬가지다. 전혀 기쁘지 않다. 게다가 수려도 추영도 아직 류화의 의도를 이해하지 못하고 있다. 아마도 아직 류화의 손바닥 안일 것이다.

그리고 확실히 류화의 말은 거짓말이 아니었다. '물리적인 힘이 없는' 상태로 주취에게 가려 했다는 것은, 주취의 목숨보다 그물에 걸린 상대의 우선순위가 더 높다는 얘기가 된다. 주취의 목이 떨어지면 그건 그대로 어쩔 수 없다는 각오가 엿보였다.

"…그런데도 주취 님의 '몸'을 쓸 생각은 있다고 당당하게도 말씀하셨네요."

"말했다. 귀중한 것이니. 지금은 특히나. 보호할 수 있다면 그것이 좋겠구나."

"판다가 아니라고요! 한번 보러 들렀다가, 저와 제가 차고 있는 '간장'을 우연히 발견하고는 오고 싶음 안내해줄게라고 한 건, 제가 주취 님을 지키도록 해서 일이 잘 풀리면 몸을 뺏어버리려는 속셈 아닙니까!"

"그게 어떻다는 거냐. 오고 싶지 않으면 안 와도 된다. 주취의 목이 뎅강 떨어질 뿐이니."

그렇다. 알면서도 추영이 받아들일 수밖에 없다는 것까지 계산에 넣고 있다. 이것이 표류화. 전화왕과 소 태사를 상대로 막상막하의 승부를 펼쳤던 여제. 수려 님과… 닮았다.

거짓일지도 모른다. 그러나 이번에는 거짓은 아니라는 생각이 들었다. 류화가 엄청난 거짓을 말할 때도 있을지 모른다. 그러나 추영을 함정에 빠뜨리거나, 주취에게 가지 못하도록 하려는 이유만으로 이런 곳까지 날아오리라고는 생각할 수 없었다. 내릴 리 없는 눈이 내린다. 힘이 약해지고 있는 지금.

그럼에도 해야만 하는 일이 있기 때문에, 굳이 힘을 써가며 온 것이다. 이는 추영이나 주취 때문이 아니다. 류화의 심각한 얼굴을 보더라도 알 수 있다.

'…리앵은 표가 내부에서 뭔가가 일어나고 있다고 말했었지….'

아버지 *리앵*은 표가를 휘젓고 있는 놈들이 있다고도 했다. 뭔가가 일어나고 있는 것이다.

그렇다면 확실하게 추영을 주취가 있는 곳으로 안내해줄 것이다. 답은 하나였다.

"──가겠습니다. 저는 주취 님을 모시러 왔으니까요."

움찔, 하고 류화의 비단결 같은 머리카락이 흔들렸다. 고개를 숙이더니 불쑥, 소녀처럼 중얼거린다.

"…흥. 남자는 제멋대로지. 이곳에서 폐인이 되는 쪽이 차라리 행복할지도 모른다는 생각은 하지도 않으니… 뭐, 좋다. 그럼 안내하겠다. 이 앞쪽의 백문회랑을 빠져나가, 옥음(玉音)의 폭포를──."

류화의 아름다운 눈썹이 확, 찌푸려졌다.

"…좋지 않아. 생각보다 빠르구나. 시간의 감옥의 최하층에 벌써 도착했다. 어쩔 수 없구나… 직접 날아가지. 그 붉은 우산, 빌려주시게."

"네? 날아요?"

"절약이다. 젊은 날에 물 쓰듯 썼더니 이 모양이로구나. 우우처럼 절약했더라면 좋았을 것을. 남가의 '바람'이라니 운이 좋았다. 붉은 우산에도 조금 남아있구나… 음, 빠듯하겠지만 어떻게든 될 것 같다."

…어쩐지 알뜰살뜰 가계부를 적고 있는 수려를 보는 듯하다고 추영은 생각했다.

류화의 손가락이 붉은 우산에 닿았다. 경의를 표하듯이 가지런한 속눈썹을 내리깐다.

살랑, 하고 남주의 따뜻한 마파람이 극한의 종유동에 불어온다.

그 중심에 감싸이면서, 문득 추영은 깨달았다.

류화가 나타난 후부터 그 요괴들과 마물들이 꿈틀거리는 기척은 멀어진 채 한 번도 가까이오지 않았다.

…류화에 대해서는 하고 싶은 말도, 퍼부어주고 싶은 불만도 잔뜩 있다.

하지만 확실히 그녀는 그 거대한 힘으로 이 땅을 지켜온 대무녀인 것이다.

사라지면 어찌 될 것인가, 어쩌면 그녀야말로 누구보다도 잘 알고 있는지 모른다. 그렇기에 도망칠 수 없었던 것일까. 아무리 비뚤어진 형태라 하더라도, 무언가를 희생시키더라도.

그렇다면 분명 그녀야말로 어떤 의미에서 진정한 대무녀인지도 모른다.

어디에선가 흐느끼는 듯한 작은 울음소리가 들려온 듯했다.

쥐어짜는 듯한, 그러면서도 작은 울음소리였다. 부채가 파직, 하고 울었다.

추영은 그 목소리를 알고 있었다. 지치고 괴롭고 슬퍼서. 뒤돌아보고, 또 돌아보면서도 열심히 걸어왔지만, 이젠 못 하겠다고 생각하고 있다. 마음이 아팠다. 어찌해야 좋을지 몰라 안절부절 못하다가 외쳤다.

이젠 사라져버릴 것만 같다. 사라져도 괜찮다고 생각하고 있다. 기다려줘. 조금만 더.

이제 거의 다 왔으니까.

"──주취 님!"

큰 소리로 외치고 나서, 이곳에 온 후 처음으로 소리 내어 불렀다는 것을 깨달았다. 그리고 후회했다. 헛된 수고였을지라도, 이름을 부르며 왔으면 좋았을 것을.

목소리가, 나오지 않는다.

긴지 짧은지 알 수 없을 정도 찰나의 공백이 지난 후, 추영은 어딘가에 내던져지듯이 떨어졌다. 허리의 '간장'이 한층 더 크게 진동했다. 추영도 알 수 있을 정도로, 백문회랑까지 오는 길에 웅크리고 있던 어둠의 종류와는 완전히 달랐다. 내던져진 순간 첨벙, 하는 소리가 들린 것 같았다. 온 몸의 땀구멍으로 뭔가가 기어들어와 잠식해가는 듯한, 끈적끈적한 섬뜩함을 띤 짙은 어둠. 숨이 막힐 정도의 오한과 압박감 때문에 빈혈이라도 일으킨 듯 기분 나쁜 현기증과 귀울림이 계속된다. 온 몸에서 식은 땀이 솟아났다.

이런 곳에, 계속.

낙법을 이용해 벌떡 일어난 후 우선 주취를 찾았다. 휑하니, 마치 옥좌실(玉座室)을 연상시킬 정도로 널찍한 공간이, 기묘하게 아름다운 옅은 푸른색 빛으로 물들어 있었다. 그 속에 꺾인 꽃처럼 쓰러져 있는 주취와 키 큰 남자의 모습. 잠깐 주취를 바라보았다. 이 장소와는 전혀 어울리지 않을 정도로 우아한 동작으로 검을 뽑는다. 목표물은 그 가느다란 목덜미. 목을 베어 버리려 하고 있다.

달려서 열 발자국 거리.

단숨에 좁혔다. 신을 상대로도 좀처럼 쓰지 않았던 보법(步法).

허리의 '간장'이 열기를 띠는 것이 느껴졌다. 그러나 추영은 무시했다. 주취가 상대가 아니더라도, 한 번이라도 뽑으면 뭔가가 끝나버릴 것 같은 생각이 들었다. 또 한 자루, 손에 익은 '꽃창포'의 검을 뽑아들고 사이에 끼어들었다. 사내의 검을 직전에 막아 밀어냈다.

사내는 놀랐다기보다 가볍게 눈썹을 찡그렸다. 끼어든 침입자 때문에 재미있는 놀이가 중단되어 기분이 상한 어린아이의 반응과 조금 닮았다.

추영은 화려한 칼놀림으로 연이어 칼을 휘두르며 눈 깜짝할 사이에 주취를 사내에게서 떼어놓았다. 추영의 검을 다 받아내다니 대단한 솜씨였지만 추영을 능가하는 실력은 아니었고, 대략 정란과 비슷한 수준이었다. 물론 강하지만 제 실력을 발휘할 때의 추영을 상대할 수 있을 정도는 아니다. 이를 사내도 깨달은 듯했다. 점점 더 언짢은 표정을 짓더니 휙, 하고 춤추듯 추영과 거리를 두고 떨어졌다.

추영도 일단 검을 내리고, 사내의 얼굴을 제대로 바라보았다. 나이는 추영보다 조금 위. '암살인형' 같은 홍수도 아니고, 어쩐지 표가의 남자도 아닌 듯한 느낌이 들었다. 고양이 같은 눈, 느슨하게 파도치는 긴 머리카락, 우아하고 아름다운 얼굴이었지만 어딘지 퇴폐적인, 권태로운 공기가 떠돈다.

한 번도 본 적 없는 얼굴이었다. 그러나 얼굴이 닮은 누군가를 알고 있는 듯한 생각도 들었다.

"──멋진 솜씨구나, 남추영. 대단해. 칭찬해 주겠다."

류화가 스르륵 내려앉았다. 류화는 사내를 응시하며 붉은 입술을 끌어올렸다. 무시무시한 미소였다. 비웃음도 뭣도 아닌, 분노만으로 이렇게나 요염한 미소를 지을 수 있는 것이 놀라울 정도의 노여움이었다.

"…올 줄 알고 있었다만, 이곳에서 주취를 노린 것이냐. 참으로 신중한 책사(策士)로구나. 남추영, 당장 이 자의 목을 베어라. 이걸로 귀찮은 일들의 반은 정리가 되느니."

"허?!"

주취를 보고, 추영을 보고, 이어 류화를 본 긴 머리 사내의 표정이 돌변했다.

고양이 같은 눈을 가늘게 뜨고는 빙긋 웃은 것이다.

"심한 말을 하는군. 남추영이 상대면 승산은 없지. 아쉽군. 돌아가겠다."

그것이 그 사내가 처음 내뱉은 말이었다.

말을 끝낸 사내는 발길을 돌려 푸른 어둠 속으로 녹아들듯이 사라져갔다. 그것이 어떤 주술인지, 아니면 그 부근에 길이 있는지, 추영조차도 판별할 수 없을 정도로 기묘한 기척만을 남긴 채.

류화가 혀를 차는 소리가 들렸다.

"…어쩔 수 없는 노릇이군. 확인한 것만으로 충분하다 해야겠지. 이제… 대충 감을 잡았다."

추영은 되묻지도, 사내의 이름을 묻지도 않았다. 어차피 알려주지 않을 테니.

"…데리고 와주신 것에 감사드립니다… 그런데?"

추영은 류화 쪽으로 돌아섰다. 등 뒤의 주취를 보호하려는 듯한 자세로.

류화는 추영이 아니라, 그 등 뒤에서 꼼짝도 하지 않고 엎드려

있는 주취를 보고 있었다. 아무런 감정도 깃들지 않은 차가운 눈빛으로. 그러나 냉정하게 관찰하고 있는 것 같기도 하다.

"…나도, 그대 덕분에 쓸데없는 힘을 너무 많이 썼노라. 시간이 다 되었다… 남추영, 한 가지 충고를 해주겠다. 데리고 나갈 생각 말고, 가능한 한 빨리 주취를 '간장'으로 죽여라."

"뭣——."

"이런 상태가 된 주취에게 좋지 않은 것들이 들러붙게 되는 것은 이제 시간문제. 표가의 여인은 그릇으로 더할 나위 없으니. 보통은 죽은 사람밖에 움직일 수 없는 것들까지도 살아있는 채로 받아들일 수 있지. 안에서 생기를 빼앗으면, 닥치는 대로 주변 사람들을 죽이고 잡아먹게 되는 법… 편하게 해주시게."

그리고 류화의 모습은 희미하게 사라져 갔다.

모두 사라진 후, 무서울 정도로 조용해진 가운데 추영은 주취를 돌아봤다.

꺾어진 한 송이 꽃처럼 쓰러져 있는 주취를 살짝 팔로 안아올리자, 가느다란 팔이 인형처럼 축 쳐졌다. 고동도 있다. 체온도 낮긴 하지만 확실히 있었다. 더러워진 얼굴을 손수건으로 닦아주고, 헝클어진 앞머리를 가지런히 정리해주고, 차가운 달걀형 뺨에 손을 댔다. 가볍게 흔들어본다.

"…주취 님… 모시러 왔습니다. 일어나십시오."

작은 얼굴을 품에 안고 속삭이자 반짝 눈을 떴다.

내려다보던 추영의 얼굴이 일그러졌다. 깜빡, 깜빡, 지독히도 천천히 눈을 깜빡인다.

그, 먼 곳을 바라보는 눈빛이 사라지고 없었다.

그 눈동자에 비치는 것은 이제 아무것도 없었다. 다른 것들은 모두 그대로인데.

마음만이 없었다.

"주취 님…."

류화가 말해주지 않았더라도, 주취가 잠들어 있는 것도 아니고, 의식이 없는 것도 아니라는 것은 짐작하고 있었다. 그 흐느끼는 듯한 울음소리를 들었을 때부터.

추영은 주취의 작은 머리에 얼굴을 묻었다. 얼굴이 엉망으로 일그러졌다.

꺾인 꽃 같은 몸을 꼭 끌어안자 눈물이 쏟아졌다.

너무 늦고 말았다. 언제나 그랬듯이.

"함께 돌아가시지요. 주취 님… 돌아가면 앞으로 계속 곁에 있겠습니다."

깜빡, 하고 주취의 눈이 인형처럼 깜빡이더니—— 달라졌다.

번쩍, 하고 그 눈이 뱀 같은 홍채로 붉게 빛났다. '간장'이 열기를 띠며 희미하게 반짝였다.

인간의 것이라고는 생각할 수 없는 울부짖음과 동시에 엄청난 힘으로 주취가 추영을 뿌리치고 달아났다.

그때 '꽃창포'의 검이 휙, 하고 뽑히며 주취의 손에 들렸다.

추영은 뒷걸음질을 치며 류화의 말을 떠올렸다── 좋지 않은 것들이 들러붙는다.

'간장' 이 마치 뽑히길 기다리고 있는 듯이 열기를 띤다. 파마(破魔)의 검. 아마 뽑는 순간, 멋대로 주취 님을 죽이려고 움직일 것이다. 또 한 자루 지니고 있던 '꽃창포' 의 검은 주취가 가지고 있다.

주취가 검을 손에 들고 빈틈없는 자세로 추영에게 다가온다.

깜빡, 하고 주취가 눈을 깜빡이는 것이 보였다. 반사작용인지, 그 눈에서 눈물이 한 줄기 흘러내렸다.

그 순간 추영은 피하지도, 덤벼들어 제압하지도 않기로 마음을 정했다.

뇌리에 류휘의 얼굴이 스쳐지나갔다. 아무리 추영이지만 왕을 떠올린 그 순간만은 돌아가야 한다는 무의식이 작용한 것인지, 아무것도 안 할 생각이었는데도 몸이 멋대로 반응했다. 그만 방어를 하면서 바닥에 밀려 넘어졌다. 필사적으로 낙법은 구사하지 않으려고 노력했다.

주취가 덤벼들어 아무런 주저 없이 검을 내리꽂는다.

'용서하십시오, 주상──.'

그렇더라도, 그것만은.

검이 내리꽂히는 둔탁한 소리가 들렸다.

…추영은 눈을 깜빡이며 주취를 바라보았다.

칼끝은 어깨를 지나 바닥에 꽂혀 있었다.

주취는 그 자세 그대로 꼼짝도 하지 않고 있었다. 긴 머리카락이 흘러내려 추영의 가슴에 부드럽게 쏟아진다. 추영은 그 머리카락을 한 줌, 손가락에 감아 살며시 잡아당겼다.

"…주취 님?"

주취의 눈이 한 번 크게 흔들렸다.

주취는 뚝뚝 눈물을 흘리면서 똑바로 추영을 보고 있었다.

"…째서… 피하지 않은 거예요…."

추영은 그때 벼락을 맞은 듯한 기분을 느꼈다. ──설마.

추영은 살짝 양팔을 뻗어 주취의 뺨을 어루만지며 끌어당겼다. 눈을 들여다보니 그 어딘가 쓸쓸한 그늘이 있는, 뭐라 표현해야 좋을지 모를 젖은 눈. 추영이 언제부터인가 쫓고 있었던 그 눈이었다.

무슨 말을 해야 할까 망설이며.

추영은 바람둥이라는 별명이 무색할 정도로 얼빠진── 하지만 한 조각 거짓도 없는 진심을 말했다.

"…울고 있는 여인에게는, 죽임을 당하더라도 무조건 항복하는 것이 제 양보할 수 없는 신조라서요."

주취는 '꽃창포'의 손잡이에서 손을 뗐다.

얻어맞는가 싶어 눈을 감은 추영의 뺨에 찰싹, 하고 작은 소리가 났다. 맞기는 했지만 상당히 부드러운 따귀였다.

"…나중에, 제대로 때려주겠어요… '꽃'이란 자각이 없군요…

주상이 또 우시겠어요… 하지만… 고마워요… 저기, 저기 말이
에요… 물어보고 싶은 게… 있는데."

　추영은 미소 지으며 주취를 부드럽게 끌어안았다. 주취는 저
항하지 않았다. 이거 가망이 있다고 생각했다.

　손가락 끝으로 눈물을 닦아주고, 비장의 감미로운 목소리로
귓가에 속삭였다.

　"…네, 뭐든지 물어보세요. 뭐죠?"

　"…먹을 것과 물… 있어요?"

　꼬르륵, 주취의 배가 울렸다.

　마지막 남은 한 조각에 그 어둠이 덥석 손을 뻗은 순간.

　따뜻한 바람이 주취를 스르륵 감쌌다. 마치 위로하며 끌어안
듯이.

　『당신을 위해서 내가 항상 여기에 있는데.』

　…누구? 그런 말을… 누군가 내게 해준 적이 있었던가?

　바람을 타고 그리운 향기가 코끝을 간질였다. 백단향. 주취가
좋아하는 향기. 이와 함께 파리릿, 하고 주취의 가슴에, 손이 닿
았을 때 일어나는 정전기 같은 느낌이 와 닿았다.

　누군가의 목소리가 주취를 부른다.

　『모시러 왔습니다, 주취 님.』

주취가 지금 막 버리려 하던 이름을.

'…모시러… 왔다?'

다른 누구도 아닌… 나를?

『늦어서 죄송합니다… 돌아가시지요.』

그 선명한 목소리의 주인이 누구인지 깨달았을 때.

──주취의 눈이 크게 뜨였다.

'자, 잠깐, 설마 남추영?! 엑, 거짓말이지?! 어떻게 여기에?! 어째서 아무데서나 아무 때에나 불쑥불쑥 튀어나오는 거야, 저 장구벌레 남자는? 그보다 표가에는 어떻게 온 거지?!'

오랫동안 후궁 전선에서 싸워왔던 주취에게 남추영의 이름은 멍해있던 머리에 활기를 주고, 반사적으로 태엽이 되감기는 효과를 가져오기에 충분했다. 하여간, 저 남자만 나타나면 주취가 편히 쉬어본 역사가 없었다. 반드시 뭔 일이 일어난다. 자, 생각을 해보자고.

질문── 음─ 지금, 지금은 언제고 어디고, 또 뭘 하고 있었던 거지? 난?

답── 시간의 감옥에서 죽어가고 있었다. 감각적으로는 벌써 백 년은 지난 느낌.

잠시 후.

움찔, 손가락이 움직였다. 잠깐, 잠깐만. 기다리라고, 이 바보 근위장군.

'말도 안 돼! 표가 일족도 뭣도 아닌 일반인이 정말로 '시간의 감옥'에 들어오려는 거야?! 죽을 게 뻔하잖아! 나도 이 꼴인데 무슨 생각을 하는 거야, 저 남자는! 윽, 하지만 그런 바보 같은 짓을 아무 생각 없이 저지를 수 있는 게 저 남자지. 아, 하지만 괜찮아. '무능'에게 이 최하층으로 통하는 '문'은 열리지 않으니까… 하지만 분명, 구출과 탈출용으로 누구나 드나들 수 있는 경로가 있지 않았나…? 그러니까, 분명히… 대미궁…'

침묵. 보통은 불가능하지. 하지만 그 남자라면 해낼지도 몰라.

어둠이 조금씩 옅어지고 있었지만 주취는 알아차리지 못했다.

'…잠깐… '지도'… 없지… 백 년이나 갇혀 있었으니, 있다 하더라도 백 년 전의 '지도' 따위 무슨 소용이 있겠어. 종유동 같은 데는 물 때문에 지형이 수도 없이 바뀌는데. 그럼 어떻게 이곳까지 오겠다는 거야?! 설마, 맨 주먹 전법?! 그 사람 정말 장군 맞아?! 머리가 좋은 건지 바보인 건지 정말 알 수 없다니까!'

맨 손으로, 일반인이, 아무런 단서도 없이 자연이 만들어낸 대미궁인 종유동에서 대모험.

자살희망자던가 바보던가, 둘 중 하나밖에 없다.

주취는 자신의 깊숙한 안쪽에 굳게 봉인된 이능을 찾아보았다. 위급하면 초인적인 힘이 발휘된다고, 손이 닿지 않는 깊은 곳 어딘가에 봉인되어 도무지 어디에 있는지 짐작도 할 수 없던 '눈'을 찾아냈다. '눈'의 '상자'에는 자물쇠가 걸려있었지만 다급한 마음에 주취는 자물쇠가 부적이라도 되는 듯 확 잡아뜯었다.

'천리안'을 열었을 때 조금 어색함을 느꼈다. 전과는 뭔가 다른 것 같은 느낌이 들었지만 개의치 않고 '보았다'.

사방팔방으로 시야를 넓혀가다 보니, 엄청나게 선명한 붉은색이 바로 눈에 띄었다.

'……! 남 장군! 저, 정말로 왔네….'

무시무시한 속도로 종유동을 통과하고 있다. 박쥐를 보고 불평을 늘어놓고 있지만 '암살인형'이라도 불가능한 속도로, 온갖 난관을 차례차례 돌파하고 있다. 지금까지 어느 정도 강할 거라고 짐작은 하고 있었지만── 상상을 초월했다. 주취가 전력을 다해 덤벼들어봤자, 어린아이 팔 비트는 정도로 간단하게 제압당하고 말 정도의 신체능력이었다.

추영은 지금까지 한 번도 본 적 얼굴을 하고 있었다. 구채강에서 왕을 가장 먼저 구해냈을 때도 그런 기색이 보여서 조금은 다시 봤는데, 지금은 그때보다도 더 심각한 얼굴을 하고 있다. 필사적인 얼굴.

어떻게 아는 걸까. 정말로 주취가 있는 곳으로 똑바로 달려오고 있다. 똑바로.

『모시러 왔습니다, 주취 님.』

돌아가시지요──.

거기까지가 한계였다. 힘이 다해 '천리안'을 닫기 직전에, 추영이 문득 주취 쪽으로 얼굴을 돌린 것은 보지 못했다.

'천리안'을 썼더니 단번에 기력도 체력도 바닥나고 말았다.

이를 꿰뚫어본 듯이 꿈틀, 하며 물러나 있던 무언가가 다시 기어오는 것이 느껴졌다.

주취는 손가락 하나 움직일 수 없는 몸으로 웃으려 했다. 너무나도 오랫동안 웃지 않기에 빰이 움직이지 않는다.

'남 장군… 당신, 엄청난 속도로 오고 있지만… 돌아갈 건 전혀 생각하지 않고 있죠….'

너무나 바보스러워서 웃음이 나온다. 남추영은 절대로 '돌아가는' 건 생각하지 않는다.

아니, 생각한다 해도 무의미하다. 이곳에서 '무사히 돌아가는' 방법은 한 가지밖에 없다. 하지만 이는 추영에게는 불가능한 일이다… 아마도, 그도 알고 있을 텐데. 그런데도 들어왔다.

곁눈질도 하지 않고 주취에게 가려는 것밖에는 생각하고 있지 않다.

…그렇게 주취를 위해서 한 순간이라도 모든 것을 내어준 사람은 없었다. 소중한 사람에게는 언제나 세상에서 가장 소중한 사람이 있어서, 주취는 누군가의 '첫 번째'가 된 적이 없었으니까.

『당신을 위해서 내가 항상 여기에 있는데.』

꿈틀꿈틀, 하며 무언가가 모공으로 기어들어오는 느낌이 든다. 아무리 초인적인 힘을 발휘했다고는 해도, 주취가 '빈껍데기'가 되기까지 얼마 남지 않았다는 데에 변함은 없었다. 마지막 한 조각 정도, 거침없이 들어와 먹어버리면 순식간에 사라져버릴 것이다. 그러고 나면 어둠 속에서 웅크린 채 기다리고 있던 잡귀들이 줄지어 들어온다.

주취는 눈을 감았다… 그 '절망'도 마물이었는지 모른다.

'…남 장군이… 무사히 이곳에서 나갈 수 있는 방법이 있다면… 한 가지밖에 없어… 그를 죽일 수는 없어… 왕이… 울어버릴 테니까….'

한참 동안 만나지 못했던 왕, 외로움을 많이 타던 왕을 생각하면 조금 눈물이 났다. 이런 곳에서 '꽃' 중 한 사람을 주취 때문에 죽게 할 수는 없었다. 그리고 또 하나, 알게 된 것이 있다.

'남 장군이 오직 나 때문에 표가에 왔을 리는 없어… 수려 님이—— 표가에.'

주취 안의 텅 비어버린 '공간'을 차례차례 점령하며, 달라붙어 먹어치우려 한다.

주취는 눈을 감았다. 그때 마물에게 지배되어버릴 정도로 약해져 있던 마음에 결심이 섰다.

…어디에선가, 그리운 이호의 음색이 들려왔다.

"…정말로… 밥 있냐, 이겁니까, 주취 님…."

끌어안게 해준 것도 그저 '배가 고파서 밀쳐낼 힘이 없어서'라는 지극히도 원초적인 이유 때문이었다니, 알고 싶지 않았다.

추영은 쫓아다니는 쪽이 된 뒤부터 수려 님에 대한 왕의 다양한 기분들을 이해할 수 있게 되었다. 전에 재미있어하며 웃거나 해서 정말 잘못했다고 생각한다.

그 자리에서 움직이지 못하는 주취를 위해서 자신의 웃옷을 차가운 돌바닥에 깔고 주취를 앉혔다. 기대올지도 모른다고 생각했지만, 가뿐히 다리를 모으고 앉는다.

"죄송해요. 정말이지 지쳐버려서… 아, 말린 밥이네, 반가워라."

지쳤다? 아무튼 무관이기에 소량이기는 하지만 비상식량을 늘 가지고 다니는 추영은 주취를 위해 이를 내놓았고, 오는 도중에 대나무 통에 받아놓았던 물도 내밀었다.

주취는 우물우물, 천천히 조금씩 말린 밥은 베어 먹으며 기쁜 듯한 얼굴을 했다. 야전식량이라 영양은 있지만 맛도 없고 딱딱한 건조식품인데도 맛있다는 듯이 먹고 있다. 그 얼굴은 방금 전까지의 넋이 나간 인형 같던 얼굴과는 전혀 달랐다. 몸짓 하나 하나, 표정에서 손끝에 이르기까지 눈을 사로잡는다. 눈을 떼는 것이 아쉬워서 손끝이 근질근질했다.

이런 촌스러운 이야기는 하고 싶지 않았지만, 어쩔 수 없다.

"…주취 님, 무슨 일이 있었던 건가요? 전 정말로… 각오하고 있었습니다."

주취는 천천히 물을 마시면서 대답할 말을 찾았다. 무슨 일이 있었냐.

"…말로 하기는 어렵지만… 그러니까… 굳이 말하자면, 방금 전까지 저는 두더지 잡기 비슷한 걸 하고 있었는지도…?"

"…네?"

"덤벼드는 놈들을 하나하나 때리고 피하고 물리쳐서 조용히 만든다고 할까요… 아까는 죄송했어요. 그놈이 마지막 한 마리였거든요. 엄청나게 끈질겼어요."

"??? 그러니까——…."

추영은 뭐가 뭔지 잘 이해는 되지 않았지만, 추영이 열심히 종유동을 박쥐 떼와 함께 달리고 있을 때, 주취도 어딘가에서 이상한 두더지 군단과 사투를 벌인 것이라고 생각하기로 했다. 포악한 두더지들을 때리고 때리고, 또 때린 끝에… 아슬아슬하게 돌아온 것이다.

주취를 안아 일으켰던 추영은 알고 있었다… 그때의 주취를 보고 정말로 각오했었다. 어떤 상태건 간에 데리고 돌아가, 평생 돌봐줄 생각이었다. 하지만 두더지 대왕을 이겨내고, 그 직전에 돌아와준 것이다. 이는 주취의 말처럼 간단한 일은 아니었으리라.

추영은 주취의 손을 잡았다. 말라서 가냘픈 손은 추영의 손 안에 쏙 들어왔다.

중요한 것만 물었다.

"…이젠… 괜찮으십니까?"

주취는 언제나 뿌리치기만 했던 손을 바라보았다.

몇 가지, 광경이 보였었다.

『…주취 님… 모시러 왔습니다. 일어나십시오.』

솔직히 추영이 '간장'을 뽑는다면… 그것도 좋다고 생각하고 있었다. 그러면 순식간에 모든 것이 정리된다. 주취가 마지막 두더지를── 그 뱀처럼 끈질기던 요괴를 자신 안에서 물리치려 하자, 날뛰면서 몸을 빼앗아 추영에게 덤벼들었다.

'간장'을 뽑을 거라고 생각했었다. 어쩔 수 없다. 하지만 추영은 뽑지 않았다. 정말로 마지막까지 뽑지 않을 생각임을 깨달았을 때, 뽑기는커녕 싸울 마음조차도 내던진 것을 알았을 때, 정말로 그를 죽여버리게 되리라 생각했기에.

…그 마지막 순간에 돌아올 수 있었던 것이다.

"네, 이젠 괜찮습니다… 그렇지만요, 도대체 도망치지도 않는 건 뭐예요, 당신!! 내가 돌아오지 못했으면 정말로 죽었다고요. 뭐가, 여자의 눈물 앞에서는 무조건 항복이에요!!"

"돌아와요? 어, 그러니까, 그것도 있지만… 결심했었거든요."

"뭘요!"

"항상 당신에게서 도망만 쳤으니까, 이젠 절대로 도망치지 않겠다는 결심을 하고 왔었거든요. 구하러 와놓고서 당신을 죽이다니, 말도 안 되죠. 당신이 울고 있다면 이번에는 곁에 다가가 제대로 안아주겠다고 생각하고 왔는데, 내가 죽게 생겼다고 방침 변경, 하면서 도망치다니 꼴사납잖아요."

주취는 눈을 깜빡였다.

어쩌면 주영은 주취가 '죽어도 상관없다'고 생각하고 있던 것을 그때 눈치 챘는지도 모른다. 웃기지 마, 말도 안 된다며 검을 내던지고서. 기다렸다.

추영을 죽이지 않기 위해서는 '정 안 되면 죽으면 그만'이라고, 어딘가에 남아있던 마지막 부정적인 얇은 껍질까지 남김없이 버릴 수밖에 없었다. 문득 그 뱀을 떠올렸다… 어쩌면 가장 끈질겼던 그 뱀은 그런 부정적인 생각을 먹고 자라는 종류의 요괴였던지도 모른다.

마지막 순간까지 '죽어도 상관없다'는 마음의 틈새마저도 추영은 용납하지 않았다. 약한 마음을 먹을 때마다 추영이 나타나 툭, 하고 바꾸어 주었던 것은 확실하다. 본인은 전혀 자각하지 못하겠지만 결과적으로는 추영이 두 사람 모두를 구한 것인지도 모른다.

그래도 주취는 뭔가 석연치 않은 기분으로 추영의 뺨을 다시 한 번 찰싹 때렸다.

"…음, 그러니까, 이번의 작은 따귀는?"

"그러고 싶은 기분이거든요. 그렇지만, 뭐 당신이 바보 같은 짓만 해준 덕분에 나도 끙끙대고 고민만 하다가는 안 되겠기에 죽을힘을 다해서 힘써봤더니 돌아올 수 있었던 거니까… 지금 여기 이렇게 있을 수 있는 건 당신 덕분일지도 모르겠어요."

문득, 후궁에서 보냈던 나날이 떠올랐다. 뭐랄까, 그때도 이런 식이었던 것 같기도 하다.

"—그건 그렇고, 남 장군님. 이곳을 나가기 전에, 어째서 당신이 표가에 있는지까지 포함해서 전부 알려주세요. 당신이 저를 만나러 이곳에 올 때까지 일어난 일들을요."

…추영의 이야기를 들은 후, 주취는 오랫동안 눈을 감고 있었다.

"…알았어요. '어머님'이 계신 곳을 알기 위해 제 '천리안'이 필요한 것이군요."

"…주취 님."

노려보는 추영을 향해 주취는 조금 웃었다.

"비꼬는 게 아니에요. 지금 당장 가자고요. 여러 가지로 그럴 필요가 있어요―― 저도, '어머님'을 만나러 가야 해요. 한시라도 빨리. 만나서… 이번에야말로."

갑자기 말이 끊겼다.

"우선은 수려 님들에게 가야죠… 기다려요."

주취는 눈을 감았다. 살랑, 하고 부드러운 바람이 일어났다.

추영은 그때 알아차렸다. 이곳에 가득하던 마음을 짓누르는 불쾌한 공기가 어느 새인가 사라져 있었다. 그 힘은――.

마지막에 목소리가 들려왔다.

"그리고 보니, 제가 말씀드렸던가요. 데리러 와주셔서 고마워요. 하지만… 당신과 계속 함께 있을 수는 없어요. 제가 돌아갈 장소는―― 이미 정해져 있으니까…."

| 제5장 | 칠현금이 울려 퍼지는 밤

　높고 낮게, 호수의 수면처럼 투명하고 아름다운 이호의 음색
이 공기를 애절하게 흔들었다.

　수려는 '정적의 방'으로 돌아와 이호를 켜고 있었다. '간장'과
반응하고 있는 것인지, 신이 가지고 있는 '막야'도 작게 떨리고
있다. 신은 처음으로 들어보는 수려의 음색에 말을 잃었다.

　"…아가씨에게 이렇게 굉장한 특기가 있을 줄이야… 리앵, 도
움이 되나?"

　"아마도. 이강유 때에도 해봤지만 소리는 길을 알려주는 이정
표가 되거든. 흥겨운 음악소리가 들리면 그쪽으로 가보게 되잖
아. '간장'과 '막야'도 연결되어 있고, 그리고… 표가의 '신악
(神樂)'이 이호야. 하지만 이 소리라면… 쌍검이 없더라도 들릴
지 몰라."

　리앵도 수려의 이호는 몇 번인가 들은 적이 있지만 전보다도
훨씬 능숙해진 것 같았다.

더 깊어진 느낌이다. 그리고 불안정했던 표가 전체가 이 이호의 음색이 울려 퍼지면서 상당히 안정을 되찾고 있는 듯한 느낌도 들었다.

"…그런데 말이지, 리앵. 그 붉은 우산 쓴 언니… 사람 맞아?"

"아니, 유령. 그 복장을 볼 때 우리 선조인 고위 무녀 중 한 사람인 것 같아. 여기에선 그리 드문 일이 아니거든. 둔갑한 여우 같은 것도 아무렇지 않게 들락거리고, 말도 하고, 밥도 멋대로 먹고 가고."

"자유롭군… 요괴 퇴치가 일 아니었나?"

"그건 나쁜 짓을 하는 녀석들. 인간에게 쫓겨 도망쳐온 요괴들도 표가에서 보면 약자라고. 유령은 인간과 달리 거짓말을 하지 않으니까, 그 여인이 한 말은 맞을 거라고 생각해."

붉은 우산의 무녀는 '시간의 감옥'의 원래 목적에 대해 말한 후, 수려에게 이호를 건네주었다.

『'주취'를 위해서 부디 이호를 켜주세요. 당신의 이호라면 충분히 길잡이의 음색이 되어주겠지요. 분명 도움이 될 것이니… 제가 할 수 있는 일은 여기까지만이지만.』

쓸쓸한 미소를 지으며 마치 진짜 인간처럼 우아한 발소리를 남기며 사라져간 무녀.

'…그 정도로 인간처럼 보이고, 무엇보다도 이호를 '들 수 있다'는 걸 보면, 생전에는 상당히 직위가 높은 무녀였겠어… 혹시, 어느 시대인가의 대무녀였던 건가?'

곰곰이 생각하고 있는데 스윽, 누군가가 리앙 곁에 다가와 우아하게 앉았다.

별 생각 없이 옆을 본 리앙은 놀라 입이 쩍 벌어졌다. 턱을 괴고 마치 자기 방인 양 편안하게 의자에 앉아 이호를 듣기 시작한 은발의 그 얼굴은.

'아, 아버님――?! 오십 년이나 방에만 틀어박혀 있었던 뼛속까지 인간혐오증인 아버님까지 불러내다니.'

이거야 틀림없이 주취에게도 들릴 게 분명하다고 리앙은 생각했다. 그렇다고 해도 아버지가 주저 없이 리앙의 곁에 오다니. 뭔가 묘한 기분이었다.

*리앙*은 눈을 감고 수려의 이호를 들었다. 예전의 자신이 '장미 공주'에게 가르쳤던 이호.

…모든 것을 남겨둔 채 도망쳤다고 생각했는데.

이호 소리만은 가지고 갔던 모양이다. *리앙*은 속으로 서글프게 살짝 웃었다.

그녀를 위해서 배웠던 이호만은.

이는 *리앙*의 마음에 불가사의한 감각을 불러일으켰다.

"아버님."

아들의 목소리에 한쪽 눈을 살짝 뜨자, 리앙이 앞을 본 채 긴장한 얼굴로 말했다.

"…주취 일을 알려주셔서 감사합니다."

*리앙*은 대답하지 않고, 가지런한 속눈썹을 내렸다. 평소보다

는 기분이 좋은 듯이.

  …이윽고 신의 '막야'가 지잉, 하고 울었다.
  부드러운 바람과 함께 두 명의 인간이 나타났다. 한 사람은 남
추영. 또 한 사람은──.
  주취는 미소를 지으며 이호를 켜고 있는 수려를 보았다. 그리
운 이호. 마님의 음색.
  수려의 얼굴을 보니 어떤 일이라도 다 날려버릴 수 있을 것 같
았다. 따스한 마음이 북받쳐 올라온다.
  "…오랜만에 뵙습니다, 수려 님."
  수려는 이호를 내동댕이치고 달려갔다. 얼굴이 마구 일그러졌
다.
  "주취!!"
  울면서 달려오는 수려의 모습에 주취는 활짝 웃었다.

  표가의 당주는 수려가 이호를 내동댕이친 시점에서 아무 일도
없었다는 듯이 돌아가버렸다.
  주취가 상처를 치료하고 목욕을 하고 식사를 하는 동안, 수려
는 문득 어떤 변화를 느끼고 창문을 열었다. 그리고 눈이 휘둥
그레졌다. 그렇게 폭설이 쏟아지고 있었는데, 지금은 간간히 흩

날리는 정도였다.

"눈이…꽤 그쳤네. 그리고 기온도 조금 회복되었어. 그렇다는 건─."

"본가에 주술사나 무녀가 많으면 안정된다는 얘길 들은 적이 있는데…."

너무 극적이다. 설마, 하고 리앵은 주취를 보았다. 주취는 턱을 끌어당기듯이 끄덕였다.

"…시간의 감옥에서 나왔으니, 반 정도는 벌써 **그런 것** 같습니다."

"그럼 역시 '시간의 감옥'은──."

"…네, 원래를 **그걸 위한** 장소였던 것 같습니다. 몇 백 년 동안이나 이상한 용도로 사용한 탓에, 상당히 일그러지고 말았지만…."

딱 한 번, 시간의 감옥을 찾아온 류화를 떠올렸다.

어느 정도의 각오가 있냐고 묻는 듯한 차가운 눈이었다.

그 의미를 지금이라면 알 수 있다.

주취가 어느 정도 안정이 되기를 기다렸다가 수려는 간추려서 이야기를 들려줬다. 황해, 폐쇄된 '통로' 저편에 있는 사원들 중 박멸방법을 가지고 있는 곳이 있을지도 모른다는 것도. 주취는 이야기를 다 듣고 난 후, 끄덕였다.

"그럼 우선 그 박멸방법이 있는지 여부를 각 사원에 확인하는 일부터 처리해야겠네요. 수려 님, 제가 '통로'를 몇 개 열겠습니다. 전부는 무리지만… 아마 몇 개 정도는 어떻게 될 겁니다."

"…할 수 있겠어?"

리앵이 놀란 듯 되물었다. '통로'는 평상시에 많은 주술사와 무녀가 사용한다. 하지만 이는 열쇠가 걸려있지 않은 문을 여는 것과 같아서, 별로 힘을 필요로 하지는 않는다. 그러나 지금은 류화가 단단히 자물쇠를 채워놓았다. 우우조차도 하나를 여는 것이 고작이었을 정도로 튼튼히.

"네, 아마요… 지금이면 할 수 있을 것 같습니다. 하지만 모든 '통로'를 열 수 있는 것은 대무녀밖에 없으니, 즉시 류화 님을 만나러 가야 한다고 생각합니다."

수려가 움찔, 반응했다. 그리고 옷매무새를 가다듬고서 주취와 마주보았다.

"주취── 그와 관련된 건데, 부탁이 있어."

"알고 있습니다. 류화 님이 계신 곳은──."

"아니야, '천리안'으로 류화 아가씨가 계신 곳을 봐달라는 것만이 아니야. 가능하면 류화 아가씨 대신, 지금 바로 대무녀의 자리에 취임해줬으면 해서. 이쪽 사정 때문이기는 하지만, 대무녀가 바뀌면 류화 아가씨가 아니라 직접 당신과 이야기를 할 수가 있어. 황해에 대해서도 '통로'에 대해서도── 마지막 결정을 류화 아가씨의 판단에 맡기지 않아도 되는 거지."

표가에서는 무슨 일을 하건 간에 마지막은 '표류화'에 부딪쳐 중단된다. 류화가 그리 쉽게 수려나 리앵의 말을 들어줄 것이라고는 기대할 수 없었다. ──그렇다면 대무녀를 바꾸면 된다. 류화의 힘이 약해지고 있다는 얘기를 들었을 때부터 수려는 이 방법에 대해서 생각하고 있었다. 주취라면, 이라고.

"하지만 이 때문에 남 장군께 부탁을 드린 건 아니야. 이능이 건 대무녀건, 그런 건 모두 나중 문제야. 거래가 아니니까 거절해도 괜찮아. 하지만 생각해주길 바라."

"…수려 님… 저도 류화 님을 한 번 더 뵐 생각으로 돌아왔습니다."

주취는 자신의 조금 가늘어진 양팔을 내려다보고는 결의에 찬 눈으로 그렇게 대답했다.

말하지 않아도 벌써 그럴 결심을 했다는 것을 수려는 알아챘다.

무섭지만, 견딘다면 무언가를 바꿀 수 있는 그 장소로.

…하지만 무언가 마음에 걸렸다. 주취가 확실하게 좋다고도, 싫다고도 대답을 하지 않았기 때문일지도 모른다. 그럴 때는 대체로 주취가 수려에게 뭔가 숨기는 일이 있는 경우──.

"…주취, 리앵, 대무녀라는 건 어떨 때 바뀌게 되는 거야? 은거도 그 조건이 돼?"

리앵은 흠칫, 놀란 얼굴로 눈을 피했다. 주취는 조용하게 그 사실을 말했다.

"대무녀는 한 번에 두 명은 나오지 않습니다. 대가 바뀌는 것은… 당대의 대무녀가 죽었을 때뿐입니다."

저도 모르게 수려는 주취의 팔을 잡고 있었다. 수려 몰래 뭔가를 결정한 듯한 주취의 얼굴.

"주취, 나는 시간이 없다는 핑계로 류화 아가씨를 바꾸는 것보다 대무녀를 바꾸는 쪽이 빠를 것이라고 생각해서 그런 얘길 했지만, 만약 당신이 그 때문에 뭔가를 짊어지게 된다면 난 그런 건 바라지 않아. 그래야 한다면 내가 하나부터 열까지 류화 아가씨를 끈질기게 설득해서 바꾸는 쪽을 선택하겠어."

리앵도 전에 고모님을 죽이면 가장 쉽지 않을까, 하는 생각을 하다가 이를 간파당했던 기억이 떠올라 눈을 내리깔았다. 지금도 사실은 마음 한구석에 작게 남아있다. 그렇기에 잠자코 있었다. 그러나 이에 대한 수려의 대답은 이런 것이다. 분명 리앵이 상대였다 하더라도.

주취는 기쁜 듯하면서도 슬픈 듯한 얼굴을 했다. 수려는 정말로 안이한 방법은 용납하지 않는다. 하지만.

"…수려 님, 대답은 드릴 수 없습니다. 이번만은 제 생각대로 하게 해주십시오."

수려는 주취와 서로 쳐다보았다. 그리고 보니 어느 새인가 사마신이 홀연히 자취를 감췄다.

주취는 아직 '천리안'을 쓰고 있지 않고, 류화의 거처도 '보지' 않았다. 그러나——.

"…리앵, 류화 아가씨의 거처를 아는 사람이 표가에 한 명도 없을 리는 없을 거야. 아주 가까운 사람은 알고 있어. 혼자서 모든 걸 처리할 수는 없을 테고, 시중을 들 사람은 반드시 필요하니까."

"어? 아아. 어디에 있는지는 모르지만…"

신은 표가에 대해 너무나도 자세하게 알고 있었다. 비연 아가씨가 황해 외에도 표가에 대해 어느 정도로 자세한 정보를 서한으로 보냈는지는 알 수 없다. 그러나 신이 진즉에, 아니── 어쩌면 처음부터 류화의 처소를 알고 있었을 가능성은 있다. 그저 **지금까지 때를 기다리고 있었을 뿐.**

수려는 입술을 깨물었다. 만약 예감이 맞는다면.

"──주취, 한 가지 부탁이 더 있어. 박멸방법을 알고 있을 가능성이 있는 사원의 '통로'를 열고나면, 남 장군님과 함께 가줬으면 하는 장소가 있어. 이쪽은 나와 리앵, 둘이서 할게."

수려와 리앵은 주취들을 배웅한 후, '통로'의 방이라 불리는 방에서 기하학문양의 빛줄기가 나타나기 시작한 방진을 마주보았다.

이는 선동령군과 감찰어사의 일이었다.

리앵은 '통로'의 방진 하나에 손을 뻗고서 낮게 물었다.

"선동령군인 표리앵입니다. 대사원계열의 수장께 황해에 대해 여쭤보고 싶은 것이 있습니다."

모든 표가계 사원 중에서도 이 대사원계열이 황해대책에 상당히 힘을 쏟고 있었다.

학술연구전에도 자주 찾아와 연구를 했던 곳이다. ──예의 책자의 저자를, 수려와 둘이서 닥치는 대로 명부의 목록과 대조한 결과⋯ 역시 이 대사원계열이었다.

잠시 후, '통로'에서 목소리가 들려왔다. 나이 지긋한 남자의 차분한 쉰 목소리.

『⋯아이구, 이제야 '통로'가 열렸군요. 도대체 본가에서 무슨 일이 일어나고 있는 건지⋯ 묻고 싶은 마음입니다만── 우선은 질문에 답을 드리겠습니다. 무엇이 알고 싶으신지요?』

"황해를 박멸하는 방법에 대해서입니다. 대량 발생한 비황을 비롯한 풀무치를 인위적으로 괴멸상태로 몰아넣을 가능성이 있는지 여쭙고 싶습니다. ──예를 들면 녹모도처럼, 전염병 등을 이용해서."

놀란 듯한 침묵이 감돌았다. 마치 그런 것을 알고 있으리라고는 생각지 못했다는 듯한.

『──있습니다.』

하지만, 하고 말을 잇는다.

『지금, 저희들이 움직일 수는 없습니다── 류화 님의 명령이 없는 한은.』

왕계는 그제야 모든 서한을 전부 훑어본 후, 붓을 놓았다. 밖

을 보니 어느덧 한밤중이었다. 구양옥은 이미 왕계보다 먼저 우림군의 정예들을 이끌고 벽주로 출발했다. 이제 일이 모두 정리되었으니, 왕계도 내일 아침에는 출발할 수 있다.

'…자, 이제 어쩐다…'

왕계는 선동성 쪽을 보았다. 전에 우우 님께서 시간이 있으면 거문고를 연주해달라고 부탁하신 적이 있다. 시간이 날 때 자택에서 몇 번인가 연주했던 적은 있지만 최근에는 도무지 그럴 여유가 없었다. 그러나 바쁜 가운데에서도 잊혀지지 않은 채, 늘 마음 한 구석에 자리 잡고 있었다. 우우 님은 재미로 아무 말이나 하는 사람이 아니었고… 무엇보다도 그 후로 우우 님의 모습을 보지 못했다.

공기가 이상했다. 어디가 어떻게 이상한지는 말하기 힘들었지만, 별로 좋은 느낌이 아니다.

이럴 때는 부탁받지 않았어도 공연히 거문고를 타고 싶어진다. 왕계는 한밤중의 정원에 나가 스스로 준비를 했다. 그래봤자 필요한 건 세 가지뿐이다. 거문고를 놓을 작은 탁자와 의자, 그리고 칠현금이다. 칠현금은 쟁(箏)과는 달리 쉽게 들어 옮길 수 있는 크기인 점이 좋다.

촛대는 놓지 않았다. 정원의 등롱에 불이 들어있고, 달과 별도 반짝이고 있다. 왕계의 실력정도면 손끝을 볼 필요도 없다. 이제 준비는 이걸로 끝났다. 꼼꼼하게 거문고를 조율하고는 우선 손을 풀기 위해 짧은 곡을 타기 시작했다. 그리고 두 번째 곡이 끝날 무렵, 불현듯 손가락을 멈췄다.

"이처럼 깊은 밤에 홀로 행차를 하시다니, 칭찬해드릴 수 없군요. 폐하."

어떻게 할까 망설였던 것은 확실하다.

노대(露臺)에서 살짝 나왔을 때 말을 걸려고 했지만, 기회를 놓쳐버렸다. 우물쭈물하는 사이에 안으로 들어가버려, 더더욱 어쩔 줄 모르고 있었다. 그런데 생각지도 못했던 왕계가 정원으로 나온 것이다.

척척 뭔가 준비를 하나 싶었더니 거문고를 들고 나온다. 왕계가 거문고를──그것도 흔히 보지 못하는 칠현금을──연주할 수 있다니, 몰랐다. 또 우물쭈물하고 있는 사이에 거문고 음색이 흘러나오기 시작했다.

평온하고, 다채롭지는 않았지만 한없이 맑고 청명한 소리였다.

왜 그런지 류휘는 그 소리가 그립게 느껴졌다. 먼 옛날에 어디선가 들었던 것도 같았다.

어느 새인가 두 번째 곡의 중반, 류휘의 발걸음이 거문고 소리에 끌려가고 말았다.

칭찬할 수 없다는 냉정한 말에 류휘는 목을 움츠렸다. 그러면서도 버텨봤다.

"저기… 조금만 더 들어도 괜찮겠나?"

왕계의 한쪽 눈썹이 치켜 올라갔지만, 화가 났다기보다는 어이가 없어서 그랬다는 편이 더 맞을지 모르겠다.

잠시 후, 그러시지요, 라고 왕계는 말했다.

"좋으실 대로. 제 의자는 연주에 필요하기 때문에 권해드릴 수 없습니다만."

"…화내지 않는 건가? 그럴… 시간이 있냐, 라던가?"

"용건이 있으면 누구라도 언제라도 찾아오라고 아뢴 것은 저입니다. 폐하라도 마찬가지입니다. 용건이 있으시면 머무르십시오, 없으시면 돌아가셔야겠지요."

류휘는 일 초 정도의 침묵 뒤, 끄덕이고는 왕계 곁으로 다가갔다. 의자가 없었기 때문에 털썩, 땅바닥에 그냥 주저앉았다. 그때 왕계는 예법이 어쩌고 하면서 화내지는 않았다.

다시 거문고의 선율이 낮고 높게 출렁이기 시작했다.

귀에 착 감기는 신비로운 소리. 류휘는 소리에 이끌리듯이 눈을 감았다.

아주 오래 전, 이 소리를 들었던 적이 있다. 누군가가 류휘에게 들려줬던 적이 있다.

'…그럴 리가 없지.'

류휘 곁에 있어준 것은 청원 형님뿐이었다. 달리 아무도 없었다.

…그럴 텐데. 그런데도 그 소리는 류휘의 마음을 조용히 달래주었다.

꿈속을 거니는 동안 한 곡이 끝났다. 여운을 음미하며 기다리는데 좀처럼 다음 곡이 시작되지 않는다.

쳐다보자, 꼼꼼히 조율을 하고 있다.

"…한 곡이 끝날 때마다 조율을 하는가?"

"네, 조금이나마 음정이 흐트러지게 때문에."

타고난 호기심이 발동한 류휘는 일어나 탁자 주위를 이리저리 맴돌았다.

"이것이 고악(古樂)에서 사용되는 칠현금인가. 연주할 수 있는 사람이 좀처럼 없다고 해서 짐도 가까이서 보는 건 처음이다. 쟁과는 상당히 다르구나. 기러기발이 없어. 현도 일곱 줄인가."

왕계는 왜 그런지 침묵했다. 류휘는 헉, 하고 입을 막았다.

"…와, 왕답지 않았나?!"

"그런 게 아니라, 예전에도 완전히 똑같은 말을 하신 적이 있기에."

예상치 못한 대답에 류휘는 놀랐다. 예전?

"뭐어? 전에도 짐이 그대의 칠현금을 들은 적이 있었더냐?"

조율을 하던 왕계의 손이 문뜩 멈췄다. 그리고 그 물음에는 대답하지 않았다.

"…시험 삼아 한번 타보시겠습니까?"

"괜찮겠나?"

"가르쳐드리지요. 조율부터."

윽, 하고 류휘는 겁부터 먹었다. ──조율부터?!

'대충 현을 튕기게 해주는 게 아니라, 조율부터?!'

그러나 사냥감을 놓치지 않으려는 매와 같은 왕계의 매서운 눈빛이 쏘아보자, 저항도 못 해보고 지고 말았다.

"……자, 잘 부탁드리겠습니다."

왕계가 자신이 앉아있던 의자에 앉도록 했다.

"원래는 현을 거는 방법부터── 아니, 칠현금의 제작방법부터 가르쳐드리고 싶습니다만."

"……허? 제작방법?"

"네, 시간이 있다면 지금부터 좋은 오동나무를 찾으러 가고 싶을 정도군요. 거문고는 연주자 자신이 깎아서 만드는 악기입니다. 이 칠현금도 제가 만들었습니다. 그것이 진정한 거문고 연주자인 것이지요. 예전에는 거문고 연주자라면 자신의 마음에 드는 거문고를 만드는 것이 당연한 일이었습니다. 남이 만든 거문고 따윈 이단(異端)입니다."

차라리 조율이 낫지, 거문고 연주의 역사에 대한 강의부터 시작한다. 대체 이게 무슨 일이람.

하지만 왕계가 몸소 들판에 나가 오동나무를 찾아, 조금씩 깎아서 거문고를 만드는 모습은 도무지 상상이 되질 않았다. 그러나 확실히 눈앞에 놓인 작은 오동나무 거문고는 정성스럽게 손질이 되어있었고, 길이 잘 들어있는 아름다운 거문고였다.

"우선 오현칠휘(五絃七徽)의 옥음(沃音)을 맞추고, 이어 칠

현을 조절──."

귀를 기울이면서 왕계의 말에 따라 순서대로 일 현부터 칠 현까지의 음정을 맞춰간다.

"이것이 전통적인 금곡(琴曲)을 연주할 때의 조율법입니다. 다음으로 연주에 대해 말씀드리자면, 여기에 열 세 개의 표시가 나란히 늘어서 있지요. 이것이 '휘(徽)'라는 표시입니다. 일 휘부터 십삼 휘까지. 왼손으로 현을 누를 때의 기준점이 됩니다. 왼손으로 현을 누르고 오른손으로 뜯는 것이 칠현금입니다."

쟁처럼 기러기발이 없는 대신, 거문고에는 점 같은 표시가 열세 개 찍혀 있다.

"앉는 위치는 사 휘와 오 휘 사이. 눈은 언제나 왼손만을 보도록. 오른손은 감으로 뜯습니다."

"감?!"

"눈으로 보면서 뜯는 것이 아니라, 감각으로 위치를 기억하는 것입니다. 그렇기에 현을 뜯는 오른손은 보지 않습니다. 누르는 왼손만 보는 것이지요. 금곡은 악보도 없으니, 선율도 귀와 감으로 외우셔야 합니다."

또 감이다. 예전에 송 태부에게도 비슷한 지적을 받았던 것 같기도 하다.

『눈으로 상대의 움직임을 쫓는 게 아니라니까── 감과 몸이 저절로 기억하게 해야 한다.』

…왕계도 사실은 적당주의형 인간인 게 아닐까.

류휘는 이해가 빠르고 음감도 나쁘지 않기 때문에 평소에 사용하지 않는 손가락을 쓰는 것이 서투른 것만 빼면 요령을 파악하는 것도 빨랐다. 어설프나마 간단한 곡을 끝까지 천천히 연주해 냈을 때 왕계는 박수를 쳐주었다.

스스로도 생각해도 형편없었는데 박수를 쳐준 것이 류휘는 기뻤다.

"…왕계 님."

류휘는 주먹을 쥐었다. 마음속에서 불현듯 지금까지 느낀 적없는 감정이 북받쳤다.

자신도 모르게 류휘의 입에서 말이 흘러나왔다.

"…짐으로는 안 되겠는가, 왕계. 어떻게 해도?"

왕계는 달빛과 등롱의 희미한 불빛 속에서 류휘를 바라보았다. 조용한 눈빛이었다. 그리고 그 이상도 그 이하도 아니었다.

그런 말로는 왕계의 마음은 꿈쩍도 하지 않는다는 것을 류휘는 깨달았다.

"…싫어하는 것이 있으십니까? 폐하."

"…싫어하는 것…?"

"말을 바꿔보지요. 당신은 분명, 좋아하는 것을 위해서 왕좌에 앉으신 것이라고 생각합니다."

왕계는 탁자를 사이에 두고 류휘의 정면에 서면서 다시 거문고를 조율했다.

"…딱히 비아냥거리는 것은 아닙니다. 누군가를 위해서, 무언

가를 위해서 왕좌에 앉는 것은 결코 나쁘지 않습니다. 그렇죠…
자신을 위해서 왕위에 오르는 것보다는 훨씬 더 낫습니다."

조율을 하는 척하면서 아름다운 음색을 튕겨낸다. 류휘는 문
뜩 이유도 없이, 마지막 한 마디는 죽은 아버지, 전화왕을 향한
것일지도 모른다는 생각을 했다.

왕계는 그대로 선 채 천천히 거문고를 연주하기 시작했다.

"홍수려만이 아니라, 당신을 지켜봐 왔던 홍소가, 남추영과 이
강유, 자무관… 그런 소중한 사람들을 위해서이기도 하겠지요.
당신의 중심은, 잃어버리고 싶지 않은 소중한 것들을 지키기 위
해서, 좋아하는 사람들의 소망을 이루기 위해 존재하고 싶다는
마음이 아닐까, 하는 생각이 듭니다."

그 말 그대로였다. 그리고 그것이 잘못된 것이라고는 류휘는
생각하지 않았다.

그러나 지금의 자신은 확실히 뭔가를 그르치고 있다. 한 발 더
나아가면 더 크게 그르칠 것 같아서, 어떤 비난을 받더라도 옴
짝달싹조차 할 수 없는 상황에 빠져 있었다. 그렇기에 류휘는
잘못되지 않았다고 생각하면서도 이를 말할 수 없었다. 류휘의
턱 끝이 희미하게 떨렸다.

왕계는 못 본 척 거문고를 계속 탔다. 부드럽고, 밤의 숲처럼
고요한 음색.

"…그러나 폐하, 저는 다릅니다."

밤바람에 나무가 술렁거리고, 먼 등롱의 불빛이 흔들렸다.

"저는 싫어하는 것들 때문에 여기까지 왔습니다."

"…싫어하는, 것?"

왕계는 한층 더 크게 거문고를 뜯었다.

"──저는 당신의 아버님이 싫었습니다."

그 소리는 마지막의, 간과할 수 없는 한 마디 위에 내려앉아 지워버리려 하는 것 같았다. 그러나 무예에 능한 류휘의 귀에는 틀림없이 들려왔고, 왕계도 이를 알고 있을 터였다. 그래, 류휘의 귀에만 들리도록.

류휘는 눈을 부릅떴다. 지금껏 아버지를 싫어한다고 말한 사람은 없었던 것 같았다.

선왕 전화. 피의 패왕이라 불리며 창현왕의 재래라 칭송받던 영웅왕. 형인 청원도 사랑하고 존경하던 아버지.

왕계의 손가락이 현을 뜯었다. 그 소리는 차례차례 밤바람을 타고 어디론가 날아간다.

"싫었습니다. 약한 자를 되돌아보지 않고, 방해꾼은 모조리 살육하며 절대적인 힘 앞에 모든 것을 복종시켰지요. 저는 그 사람을 인정할 수가 없었습니다… 인정하고 싶지 않았습니다. 저는 당신처럼 사랑하는 사람을 지키기 위해서가 아니라, 싫어하는 것과 싸우고, 바꾸기 위해서 여기까지 왔습니다."

송 장군에게 들은 적이 있다. 마지막까지 아버지를 상대로 싸워냈던 장군 중 한 명이 왕계였다는 것을. 그 말 그대로.

"싫어하는 것은 산더미처럼 많지요. 전쟁과 기근, 돌림병… 어디를 가더라도 시체가 쌓여있고, 그런 것이 '일상'이었고, 저는 그런 '일상'이 싫었습니다. 바꾸고 싶었습니다. 영지와 장원에서 조금이라도 많은 백성을 고용하여 흉작에 강한 작물을 재배토록 하고, 빈민 구제에 힘썼습니다. 아직 국시제도도 없었고, 대부분의 귀족과 관리는 학문을 등한시 했습니다. 의미 불명의 이상한 한시(漢詩)따위나 지으며 퇴폐적인 연회에 찌들어 있던 나날들. …알고 있었는지도 모르겠습니다. 이제 곧 뭔가 무시무시한 것이 온다는 걸, 파멸의 날이 온다는 걸 알고 있었으면서도 그저 현실에서 눈을 돌리려고만 하다가 자멸했던 것이지요."

썩어 떨어지기 직전의 과일과 같았다. 이제 떨어질 일만 남았는데, 기묘하게 달짝지근한 썩은 냄새.

"…당시의 저는 지금의 당신보다도 나이가 적었고, 젊었고, 힘도 없었지요… 그래도 위에 설 귀족과 관리가 바뀌지 않으면 안 된다는 것만은 통감하고 있었습니다. 제가 각지의 귀족들의 자제를 지도하여 관직에 내보내는 것은 그 때문입니다. …그러나 당시의 저는 힘이 없었고, 아무것도 바꿀 수 없었습니다. 그러던 중 전화 왕자가 일어섰습니다. 그는 귀족이나 관리에게는 어떤 기대도 하지 않았죠. 일족은 송두리째 멸문지화(滅門之禍)를 당했습니다. 당신의 아버지는 바꾸는 것이 아니라, 인정사정없이 쓸어버리는 방법을 선택했던 겁니다. …즉위 후에도 그 방식은 변하지 않았지요. 이는 당신도 잘 아실 겁니다."

류휘는 눈을 피했다. 그랬다. 다섯 명 있던 형님 중 유배되었던 청원을 제외하고는 이제 류휘의 육친은 누구 하나 남지 않았다. 왕자의 난으로 암살된 형님도 있지만, 결국 마지막에는 아버지의 명령으로 남김없이 처형되었다. 남은 왕자도, 비빈도, 그 일족도. 가담한 귀족과 관리도. 한 명도 남김없이.

그때의 류휘는 이를 알면서도 별다른 감정도 느끼지 않았다. 애당초 형님들이나 비빈들을 좋아하지도 않았고, 탄원을 하려는 생각도 없었다. 처형되었다는 소식을 들어도 자신과는 관계없는 먼 세계의 일이라고밖에 생각되지 않았다. 아버지의 방식이 잘못되었다고 생각한 적도 없었다. 그럴 만한 이유가 있었겠지. 연민조차도 느끼지 않았다.

별안간 류휘는 과거의 자신에게 한기를 느꼈다. 아버지가 형들과 계모들을 차례차례 처형해 가는데도 **아무 느낌도 없었던** 십대 후반의 자신이, 처음으로 비정상적으로 느껴졌다

"…아버지…가… 잘못했다고, 말하는 것인가?"

이제와 새삼스레 물어봤자 아무런 의미도 없다는 것은 알고 있었다. 의미 없는 대화.

거문고를 뜯던 왕계의 손가락이 멈췄다. 끊겨버린 곡의 파편이 밤의 어둠 속으로 사라져 간다.

"…내가 하지 못한 일을 그분과 소 재상은 해냈습니다. 엄청난 피가 흐르고, 많은 사람이 죽었습니다. '어쩔 수 없었다'고 다들 한결같이 말하지요. 전쟁을 끝내려면 어쩔 수 없었다고. 그런데 참 이상한 일이지요, 당시의 전화왕과 소 재상만은 한 번

도 그 말을 입에 담은 적이 없었습니다… 한 번이라도 말했다면 내가 당당히 잘못했다고 말할 수 있었으련만."

더 나은 방법이 있었다고, 허울 좋은 소리들을 늘어놓으며 규탄할 수 있었다.

그러나 끝까지, 어떤 변명도 하지 않았다. 내게 기대하지 말라. 언제나 그렇게 비아냥거리며

멋대로 살았고, 죽었다. 훗일은 자네 좋은 대로 하게. 그 말만 남기고서.

자신이 잘못했다는 생각을 하는, 그런 기특한 사내가 아니다. 그러나, 그렇다고 옳다고도 생각하지 않았다. 그저 많은 방법들 중 그 방법을 선택했을 뿐이었다. 그리고 그 결과는 어땠나.

"…인정합니다. 많은 유능한 인재를 신분을 불문하고 등용하고, 국시제를 시행하여 널리 문호를 열고 인재를 키우고… 전보다 훨씬 풍요로운 나라가 되었지요. 무엇보다도… 바닥없는 늪과 같던 전쟁을 종식시켰습니다. 제가 하지 못했던 일을 해낸 두 사람의 방법이… 틀렸다고는 말할 수 없습니다. 아직은."

틀렸다고는 말할 수 없다. 그래도 인정할 수는 없었다. 분명 더 나은 방법이 있었다. 이를 평생에 걸쳐 증명하기 위해 지금까지 달려왔던 것인지도 모른다. 왕계는 때때로, 그런 생각을 한다.

"…싫어하는 것들 때문에 여기까지 왔습니다. 당신처럼 '좋아하는' 것을 위한다는 생각 따위는 해본 적도 없습니다. 백성이

나 누군가의 바람을 이루어주자는 생각 따위도. 그런 것이 정사의 역할이라고 생각해본 적도 한 번도 없습니다. 그런 건 그저 자기만족일 뿐이지요."

"…뭐?"

"…제가 폐하께 이런 말을 아뢰는 것은 이번이 끝이라고 생각해주십시오── 적어도 저는 신하나 백성의 '바람'을 하나하나 이루어주는 것이 아니라, 백성들이 '싫어하는 것'을 **줄이는** 것이 정사라고 생각하고 여기까지 왔습니다. 기근이나 가뭄, 수해, 돌림병, 자연재해에 대한 대비와 대처, 편견, 차별, 부정, 근거 없는 미신의 타파… 줄여야 하는 '싫어하는 것들'은 산더미처럼 많아서 뭘 해야 좋을지 몰라 고민할 새도 없었습니다. 옳고 그름을 따지기 이전에 정사로 처리해야만 하는 일들입니다. 이에 대한 타인의 평가를 신경 쓴 적도 없거니와, 이를 할 때 신하와 백성의 신망을 얻을지 잃을지 고민한 적도 없었습니다."

류휘의 앞머리가 살짝 흔들렸다.

싫어하는 것이 있으십니까, 라고 처음에 왕계는 물었다.

그 의미.

"저는 정사가 '좋아'서 이 일을 하고 있는 것이 아닙니다. 규황의도, 손능왕도 그렇습니다… 그리고 아마도 홍 관리도"

류휘는 핫, 하고 놀랐다. 홍 **관리**라고 왕계가 말했다. 그가 수려를 그렇게 부르는 것은 처음 듣는 것 같았다.

"그녀도 막연하게 관리가 '좋아서' 뜻을 둔 것은 아닐 겁니다.

좋아한다는, 변하기 쉬운 감정만으로 그렇게까지는 못 하지요. 무슨 일이든 그렇습니다. 괴로워도 계속 해나갈 수 있는 건 그 이상의 이유가 있기 때문일 수밖에 없지요. 먹고살기 위해서, 가족을 부양하기 위해서가 될 수도 있습니다, 두 번 다시 보고 싶지 않은 광경, 맛보고 싶지 않은 감정이 있다, 보고 싶은 세상이 있다… 그런 식으로."

처음 만났을 때 수려는 류휘에게 말했다. 이제 두 번 다시 그런 감정은 느끼고 싶지 않다고──.

『사람의 힘으로 어떻게든 되는 일도 아주 많다고요.』

그래서 관리가 되고 싶다고 했다.

류휘 자신이 먹이를 던져주듯이 쉽게 줬다가, 한순간에 빼앗아버린 '소망'.

강한 말과는 반대로, 신기하게도 신랄하게 들리지는 않았다. 그저 조용했다. 왕계는 거문고를 손톱으로 튕겼다. 무슨 이유에선지 그가 고른 것은 아이를 달래는 듯한 자장가처럼 부드러운 선율의 곡이었다. 언젠가, 어디선가 들어본 듯도 했지만 기억이 나질 않았다.

"…저는 폐하가 운이 좋다고 생각하지도 않고, 사랑하는 것들을 위해서 옥좌에 머무르는 것이 잘못되었다고 말하지도 않습니다. 그것도 한 가지 길이겠지요… 적어도 저처럼 싫어하는 것들과 악전고투하고 있는 동안, 어느 새 사랑하는 사람들을 계속해서 잃어버리는 어리석음은 범하지 않을 수 있으니."

마지막 한 마디에 놀라 되물으려 고개를 들자 왕계의 깊은 눈빛과 부딪쳤다.

"…하지만 저는 후회하지 않습니다. 고민하고 망설이면서, 그래도 스스로 결정하여 걸어온 길입니다. 잘못되었다고는 생각하지 않습니다. 그렇기 때문에 더욱, 폐하, 저는 믿을 수 없는 것입니다."

똑바로, 왕계의 눈이 류휘에게 향했다.

"싫어하는 것들 때문에 여기까지 온 저는 사랑하는 것들을 위해서 옥좌에 앉은 당신을, 그 방법을 믿을 수가 없습니다. 좋아하지 않는 것은 뒷전으로 밀려 찬밥신세가 됩니다. 저희 문하성에게 그러셨던 것처럼… 폐하, 당신이 무시하셨던 동안에도 저희들은 그곳에 **있었습니다.** 당신을 모시기 위해서 신하의 한 사람으로서 곁에 있었습니다… 항상."

존재하고 있었는데, 큰 소리를 부르고 있었는데, 없는 것이나 마찬가지 취급을 받았던 세계의 반쪽.

그것이 얼마나 위태로운 것인지.

"사랑하는 것이 변하면 당신도 변하고, 그걸 잃으면 깊게 절망하지요. 내일도, 모레도, 세계는 돌아가는데 분명 당신은 어제와 같은 당신일 수 없을 겁니다. 청원 왕자 때도 그랬지요. 당신의 아버지처럼 어제와 같은 얼굴로 태연하게 조의에 나올 수 있는 강인함도 없습니다. 그 상냥한 마음 때문에."

류휘는 무엇 하나 반박할 수가 없었다.

왕이 되고 싶지 않다고 후궁에 틀어박혀 있던 이유는 오직 형님 때문이었다. 생각해보면 자신은 그때와 아무것도 달라지지 않았다. 여인등용도, 결혼하고 싶지 않다고 도망쳐다닌 것도, 사랑하는 소녀를 위해서. 남주에 간 것도, 원래 목적은 '남추영을 데리고 돌아오기 위해서'였다.

　왕계는 그 모든 일에 언제나 문제를 지적하고 반대했다. 그러나 류휘는 어느 것 하나 받아들이지 않았다.

　그랬다, 류휘는 왕계가 불편했다. 그의 엄격함은 딱히 애정도 뭣도 아니란 것을 알고 있었기 때문인지도 모른다. 그저 그의 '업무'의 하나일 뿐이고, 류휘의 자세를 탐탁치 않아한다는 것도 느껴졌다. 그런 왕계를 류휘도 피하려고 하게 되었고, 이야기를 제대로 듣지 않게 되었다.

　『당신은 왕입니다. 이 나라를 널리 통치하시고, 만민을 어깨에 짊어지고 계십니다. 단 한 번의 실수가 참사를 부를 때도 있습니다… 그때 후회하셔도 소용없습니다.』

　하지만 왕계는 달랐다. 류휘를 좋아하지 않더라도 사적인 감정은 배제하고, 언제나 정면으로 상대하며 필요할 때에 필요한 충고를 해주었다. 성실하게 자신의 '업무'를 수행했다. 좋고 싫고로 사람을 뽑았다가 모든 것을 망쳐버린 건 류휘였다. 지금 그 대가가 전부 되돌아오고 있는 것뿐이었다.

　"당신과, 당신의 사고방식이 나쁘다고는 생각지 않습니다. 그저 저와는 도저히 양립될 수 없을 뿐이지요. 좋아하는 것을 위해서 존재하고, 그를 위해서 살아간다면 세상은 언제나 편하겠지요. 싫어하는 것은 되도록 생각하고 싶지 않아하는 것도 당연합니다. 하지만 이 조정만큼은, 왕만큼은 그래서는 안 됩니다. 그것이 저의 신념이자 삶의 방식입니다. 앞으로도 굽힐 생각은 없습니다… 당신으로는 안 되겠냐는 질문에, 이것이 답입니다."

류휘는 얼굴을 찡그렸다.

당신으로는 안 된다, 라고. 더 이상 확실할 수 없을 정도로 확실한 의사표시였다.

"폐하, 제게는 보고 싶은 세계가 있습니다. 전화왕과 소 태사 시대의 유산이 아직 남아있는 동안에 해야만 하는 일이 있습니다. 지금이 아니면 할 수 없는 일들이 남아있습니다… 하지만 당신으로는 도저히 무리겠지요. 당신은 지금이 인생최악이라는 얼굴을 하고 계시지만, 제가 아는 한, 지금이 가장 정상적인 좋은 시절입니다. 그래도 당신에게는 너무 무거웠지요. 어쩔 수 없는 일입니다. 옥좌는 차갑고, 무자비하고, 고독한 장소입니다. 그런데 당신은 그 고독을 가장 견디기 힘들어하는 분이지요. 견뎌야겠다고 생각할 수 있을 만한 이유를 아직 찾지 못했기에… 아닙니까?"

"……!"

"괴로우시면 도망치셔도 괜찮습니다."

왕계가 조용히 말했다. 지금까지, 한 번도 말하지 않았던 말을.

류휘의 눈이 확 커졌다. 잠긴 목소리로 멍하니 되묻는다.

"…도망, 쳐도, 괜찮다…?"

"네, 이제── 제가 조정을 비울 동안이야말로 당신에게 지금
까지 중 가장 괴롭고, 모든 것이 무겁게 짓눌러오는 시기가 될
것입니다. 솔직히 당신이 견뎌내시리라고는 생각하지 않고 있
고, 견디라고도 더 이상 말하지 않을 겁니다. 당신이, 이젠 무리
다, 어찌할 방도가 없다고 생각하시게 되면 남주 때처럼 어디론
가 먼 곳으로 도망치시면 됩니다… 단, 그걸로 끝입니다. 그때
와는 달리, 두 번 다시 옥좌에 돌아오는 날은 없다고 생각하시
길."

그때 류휘의 마음에 형언할 수 없는 격한 감정이 밀려왔다.

북받쳐 오르는 뜨거운 덩어리는 분노와 닮아있었지만, 분함과
슬픔, 자괴감과 같은 감정들이 뒤섞여 몸속을 소용돌이치고 있
었다. 지금까지 들었던 어떤 비난보다도, 규탄보다도, 엄한 말
보다도, 가장 타격이 컸다. 도망쳐도 된다, 힘내지 않아도 된다
는 말에 눈앞이 캄캄할 정도로 격한 감정에 휩쓸리리라고는 생
각지 못했었다. 정말로 이제 왕계는 안 된다고 생각한 것이다.
무슨 말을 해도 쓸데없는 일, 돌아오지 않으리라고. 류휘에게
기대하는 일도 이제 두 번 다시 없으리라고.

정말로 왕계를 멈추게 할 만분의 일의 가능성도 없다는 것을
마음속 깊은 곳에서 깨달은 순간, 저도 모르게 눈물이 흘러내리

고 있었다. 쥐어짜듯이 뜨거운 눈물이 넘쳐흐르며 멈출 줄 몰랐다. 참으려 해봤지만 아이처럼 점점 더 크게 흐느껴 울었다.

별안간 깨달았다. 혹시 수려도 이런 생각을 했던 건 아닐까. 류휘가 관리를 그만둬달라고—— 관리가 아니어도 된다는 말을 한 것이나 마찬가지였던 그날 밤, 어떤 마음으로 '좋아요'라고 말한 것일까. 어떤 마음으로 류휘에게 미소를 지은 것일까.

어이없다는 듯한 침묵 후, 눈앞에 하얀 손수건이 들이밀어졌다.

손수건을 받아들고 보니, 비단도 뭣도 아닌 아무 가게에서나 살 수 있을 법한 흰색 면 손수건이었다. 옷차림은 단정했지만 관복의 옷감도, 손가락이나 귀의 장신구도 그리 고가의 것들이 아님을 류휘는 알아차렸다. 왕계에게 주의를 기울이게 된 지금에서야. 그래, 좋아하는 것밖에 보지 않았기에.

언제나 류휘는 너무 늦었다. 깨달았을 때에는 모든 것이.

"…당신이란 분은… 제 앞에서 펑펑 잘도 우십니다. 거의 감탄할 지경입니다."

"미, 미안하다… 이, 이런 식으로 울 생각은 없었는데."

이어질 말을 류휘는 삼켜버렸다. 무엇이 잘못되었는지 알 수 없을 정도로 갈피를 못 잡고 있었지만 이것만은 알고 있었다. 지금부터는 이야기를 듣겠다, 라는 말로는 왕계의 마음은 티끌만큼도 바뀌지 않으리라는 것을. 이야기를 듣는 상대가 수려에서 강유, 유순, 그리고 왕계로 바뀔 뿐이다. 그런 태도야말로 아

마도 그가 등을 돌리게 된 가장 큰 이유인 것이다. 그리고 지금
의 류휘는 다른 어떤 말도 가지고 있지 않았다. 왕계도 이를 알
고 있을 터였다. 그렇기에 당신으로는 이제 안 된다고, 조용히
선고한 것이다. 단순한 사실로서. 기한이 끝났음을.

왕계가 류휘의 눈물방울이 몇 방울 떨어진 거문고를 손질하는
기척이 났다. 한숨을 쉰다.

"…당신은 정말이지 변하지 않는군요. 외람된 말씀이지만, 어
떻게 그런 부모에게서 당신 같은 왕자가 태어났나 싶어, 지금도
신기합니다."

벅벅 손수건으로 얼굴을 닦고 있자니, 아름다운 거문고 소리
가 들려왔다. 전혀 모르는 곡인데도 왜 그런지 언젠가, 어디선
가 들었던 느낌이다. 먼 옛날, 형님이 왕궁에서 홀연히 모습을
감추고, 소가와도 아직 만나기 전이었던 무렵. 혼자서 후궁을
배회하던, 공백의 일 년.

어디선가 들려오는 거문고의 음색을 자장가삼아 혼자서 잠들
곤 하던 때가, 있었다.

'그건.'

그 거문고를 타고 있던 건 어쩌면.

류휘의 오열이 멎을 즈음에 그 곡도 끝났다. 제대로 된 곡이 아
니라, 아무데서나 끝낼 수 있도록 되어있는 즉흥에 가까운 곡이
었던 것 같았다.

"…슬슬 돌아가 주십시오, 폐하. 이제 날이 밝습니다. 몇 각 후

에 하늘이 밝아오면 저는 홍주로 떠납니다. 시간이 아까우니 인사는 드리지 않고 가겠습니다. …이것이 마지막이겠군요. 작별입니다, 폐하. 다음에 만날 때에는——."

왕계는 말을 끊고, 다음을 잇지 않았다. 그러나 류휘도 예감하고 있었다. 다음에 만날 때에는 두 사람 모두, 모든 것이 지금과는 달라져 있겠지요. 류휘와 왕계가 표면상으로나마 유지해 왔던 것에 끝이 온다. 이렇게 만나 말을 하는 것도 이것이 마지막일지도 몰랐다.

영원히 이 의자에 앉아있고 싶었다. 그러나 류휘는 천천히 의자에서 일어섰다.

어렴풋이 밤의 어둠이 옅어지고 있었다. 동쪽 하늘이 칠흑에서 남색으로 옅어져 간다. 이를 보고 있다가, 입술에서 마지막 말이 흘러나왔다.

"…왕계 님, 홍주를 부탁한다. 구해주게…."

마지막으로 한 번 더, 왕계의 얼굴을 보았다. 똑바로. 이런 식으로 정면에서 왕계를 본 적은 손꼽을 정도밖에 없었다는 것을 지금에서야 알았다.

기묘한 침묵이 맴돌았다. 아니, 기묘한 눈빛으로 왕계는 한참 동안 류휘를 응시하고 있었다. 어쩌면 왕은 지금까지 나눈 대화의 어떤 말보다도, 사실은 이 단 두 마디를 하기 위해 왕계의 저택을 찾아왔을지도 몰랐다. 결여된 부분이 메워지면 자신보다도 왕에 적합할 것이라고 말했던 홍소가.

왕계는 눈을 감고는 스윽, 양손을 맞잡고 고개를 숙였다. 왕에 대한 예.

"──알겠습니다."

류휘는 끄덕이고는 멍한 얼굴로 발길을 돌려 사라졌다.

왕의 모습이 보이지 않게 될 때까지 지켜본 후, 왕계는 깊이 깊이 숨을 들이마셨다. 날이 밝기 전, 차갑고 맑은 달콤한 공기가 폐를 가득 채웠다.

처음에 느꼈던 탁하게 가라앉은 기분 나쁜 공기는 어디론가 사라져버린 후였다.

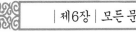

|제6장| 모든 문이 열릴 때

불현듯 류화는 어떤 변화를 느꼈다.

류화는 천천히 눈꺼풀을 들어올렸다. '문'을 통해 유유자적 들어오는 사내를 향해 비아냥거리듯 웃었다.

그가 찾아오리라는 것을 예상하고 있었다는 듯이.

"흥… 어디선가 본 얼굴이로구나. 돌아간 것이 아니었느냐."

"하나, 잊고 간 물건이 있어서."

사내는 노래하는 듯이 말하고는 스윽, 칼을 뽑았다.

"그 주름투성이 목을 하나."

마치 나무줄기라도 자르는 듯이 휙, 하고 검이 정확하게 목덜미를 향해 번뜩였다.

그야말로 류화의 목이 떨어지려는 그 순간이었다.

직전에 끼어든 칼이 아슬아슬하게 막았다── 다른 방향에서 날아온 두 자루. '간장'과 '막야'.

막아내면서 한 사람이 검을 튕겨내고, 또 한 사람은 사내를 차서 날려버렸다.

예상대로 피하지 못하고 흥수는 맥없이 나가떨어졌다.

추영은 신을 보았다. 이때를 노리고 류화를 누군가가 죽이러 갈지도 모른다는 얘기를 듣고 주취와 달려왔지만── 예상 외였다. **신이 류화를 구하다니.**

신은 어이없다는 듯이 함께 끼어든 추영을 보았다. 설마 이곳에 올 줄이야.

"…아가씨가 보낸 건가? 하여간 점점 머리가 좋아진다니까."

"수려 님은 반 정도는 네놈일 가능성이 있다고 했어."

"딱 맞는데── 반 정도는 나였을 가능성도 있어. 하지만 나머지 반은 류화를 살려두라고 했거든. 감시하고 있었는데, 정말 왔군…."

신의 발차기에 당했으면서도 고통 따윈 느끼지 못한다는 듯이 흥수는 벌떡 일어났다. 추영은 놀라 눈을 부릅떴다. 대미궁에서 주취의 목을 베려했던 그 흥수였다.

신은 흥수를 향해 '막야'를 겨눴다. 마치 흥수의 얼굴을 알고 있는 듯했다.

"류화가 해줘야 할 일이 남아있어서 말이지. 아직 네놈에게 죽게 놔둘 수가 없다고."

흥수는 시시하다는 듯이 어깨를 움츠리는 시늉을 했다. 그 바람에 물결치는 긴 머리카락이 흔들렸다.

그러더니 선선히 발길을 돌렸다. 신이 뒤쫓지 않았기에, 추영도 그 자리에 머물렀다. 신과 류화와 주취만을 남겨두는 쪽이 훨씬 위험했다.

류화는 미간에 주름을 잡았다.

"홍수려는 기특하게도 약속을 지키느라 자기 대신 남추영을 보낸 것인가. 그런데… 당신이 올 줄이야, 신. 괜찮은가, 나를 구하다니."

"알고 있겠지. 당신이 아니면 할 수 없는 일이 아직 하나 정도는 남아있어. 그러니 살려두는 쪽을 선택한 거다. 뭐, 이걸로 내 역할은 끝. 나머지는 이 녀석들에게 맡기겠어."

신은 추영을 보았다. 추영도 신을 보았다. 이 표가에서는 잠시나마 어린 시절로 돌아갈 수 있었던 것 같았다.

존재할 수 없는 시간이었다. 그러나 이걸로 끝이다.

시선이 얽혔다가, 신이 추영에게 '막야'를 던졌다. 발길을 돌린다. 시간이 된 것이다.

"돌려줄게. 내가 들고 돌아가면 곤란하잖아… 자, 그럼 이만, 추영."

선택한 주인을 배신하는 일은 없다는 것을 두 사람 모두 잘 알고 있었다.

" '어머님' …."

신과 엇갈리듯이 주취가 천천히 류화의 옥좌로 걸어왔다.

류화는 냉랭하게 바라본다.

──이 대무녀의 옥좌에 직접 '통로'를 연결하여 남추영을 보낸 신력.

홀로 도망쳤다가 '밖'에서 돌아온 계집.

모든 사람이 류화를 버리고 떠나는 가운데, 이 계집만은 돌아왔다.

마치 먼 옛날, 거대한 홰나무까지 도망쳐놓고도 돌아왔던 그때의 류화와 같은 눈.

'시간의 감옥'에서 일천 각 동안을 제정신으로 버텨내고, 류화가 나누어준 힘을 전부 그릇 안에 채운 채 돌아왔다.

"…흥, 아슬아슬하게 시간을 맞춘 듯하구나, 주취. 당대의 대무녀는 한 명뿐이니. 두 사람은 있을 수 없다. 나를 죽이고, 대무녀가 되겠느냐?"

예전의 자신처럼.

주취는 세 계단 정도 옥좌를 향해 천천히 올라가, 정면으로 류화와 마주섰다. '암살인형'이자 '바람의 늑대'이기도 했던 주취라면, 간단히 목숨을 빼앗을 수 있는 거리. 추영은 조금 떨어진 곳에서 물끄러미 바라보고 있었다. 표가의 문제이니, 몸으로든 입으로든 추영은 끼어들 수 없었다.

"─아닙니다, 어머님. 말씀드리지 않았습니까. 저는 바꾸기 위해서 돌아온 것입니다."

문뜩, 류화의 눈이 흔들렸다. …십수 년 전, 같은 말을 하며 시집을 왔던 계집이 있었다.

"인정할 수 없는 부분에 대해서는 얼마든지 어머님과 싸우겠습니다. 하지만 저는 죽이기 위해서 돌아온 것이 아닙니다. 바꾸기 위해서… 돕기 위해서 돌아온 것입니다. 어머님께서 혼자 끌어안고 오느라 조금씩 모양이 변하고, 무거워지고 있던 것을 원래대로 돌려놓고, 짐을 대신 짊어지기 위해서."

똑바로, 류화를 올려다보던 계집.

이능을 봉인당한 채 세뇌당하고, 시간의 감옥에 내던져졌는데, 풀고서. 한 번 도망쳤지만 다시 돌아왔다. 바꾸기 위해서라는 그 목적마저도 똑같았다. 하지만 결국에는 모두를 숙청하려 했던 류화와는 다른 길을, 주취는 선택하겠다고 한다.

"어머님… 리앵 님과 감찰어사인 홍수려 님이 기다리고 계십니다. 이번 재해와 관련해 표가 일문의 모든 지식을 풀어, 구제에 나서주시기 바란다고 정식으로 요청하셨습니다. 어머님… 오랫동안 쭉, '밖'으로 닫혀있는 문을 열어주소서. 표가의 본래의 모습으로."

"…애송이 주제에 잘도 말하는구나."

신기하게도 주취는 이제 류화의 냉정한 말에도 웃을 수 있었다.

주취는 '귀'를 열었다. '시간의 감옥'에서 나온 후부터 주취는 많은 이능을 사용할 수 있게 되었다.

'귀'를 기울이니, '통로'의 방에서 수려와 사원 간의 대화가 들려온다.

"이곳은 제가 막겠습니다. 어머님, 표가계 모든 사원은… 수십 년 동안 발생하지 않았던 황해가 발생한 것을 알아차리는 건 늦었지만, 늦게나마 확인하여 이미 모든 사원이 이번 황해를 표가의 제1급 재해라고 인정하고, 각각 대응하며 모든 지원준비를 끝내놓았다고 합니다."

"…모든 준비가 끝났다고? 중위 이상은 하나같이 그럴 여유는 없었을 텐데."

"준비를 한 것은 이능이 없는 일족과, 대대로 '밖'에서 신사를 모시던 자들입니다. 표가 본가와 선동성과 연락이 차단된 상태에서도 황해가 발생했음을 알아차리고 각각의 독자적인 판단으로 움직이며 준비를 해놓았습니다. 예전에 류화 님께서 알려주신 지식과 함께 보내주신 자료를 토대로—."

"…기억이 나지 않는다."

류화는 중얼거렸다. 그랬다, 정말로 기억에 없었다. 요즘 뭔가를 기억하기가 힘들어진 것은 사실이다. 모든 것들이 순식간에 머릿속의 안개 속으로 사라져 간다. 그러나 그 때문은 아니다.

기억하지 않는다. 이것이 모든 원인이라는 생각이 든다. 과거의 자신과의 차이가. 황해보다도 먼저 해야 할 일이 있다며 손가락 하나 까딱하지 않았다… 과거의 자신이라면 달리 지시를 내렸을 것이다. 언제나 항상, 준비를 게을리 해서는 안 된다고 지시했던 과거의 자신—— 그래. 그 홍수려와 같았던 무렵의 자신이었다면.

"그렇지만 대무녀 표류화의 하명이 아니면 듣지 않겠다며, 전체 사원이 리앵 님의 설득도, 홍 관리의 설득도 거부하고만 있습니다. 어머님께서 무사하신 것을 알기 전에는 절대로 움직이지 않겠다고."

리앵의 이름에 류화는 살짝 반응했다. 무능인데도 동분서주하며 황해에 마음을 쓰던 조카. 무능이라도 할 수 있는 일이 있다, 류화와 리앵이 못 한다면 자신이 하겠다고—.

이를 류화는 '듣고' 있으면서도 무시했었다… 하지만 표가계 전 사원은 준비를 끝내놓고 있었다.

잘못 봤던 것은 류화 쪽이었을지 모른다. 약한 자란 아무것도 할 수 없는 자라고 언제부터인가 생각하고 있었는지도 모른다.

"표가계 전 사원, 모든 준비가 되어있습니다. 이제 남은 건 어머님의 명령뿐입니다. 부디 납시어 주소서, 제가 보필하겠습니다. 모든 '통로'도 제가 열겠습니다. 이곳을 떠날 수 없었기에 움직일 수도 없었다고 하신다면, 지금은 다릅니다. 제가— 막아 보이겠나이다."

내릴 리 없는 눈. 그러나 지금은 완전히 개었을 것이다.

이는 류화의 존재 때문이 아니었다.

대무녀가 될 만한 모든 자격과 신력을 가졌으면서도 류화의 얼마 남지 않은 수명이 끝나기 전까지는 보필을 하겠다고 하는, 눈앞의 젊은 대무녀의 신력 때문이었다.

"어머님, 모든 사원들은 칠십 년이라는 긴 시간 동안 어머님을 모셔왔습니다. 그들에게는 '대무녀'도 '대무녀 후보'도 아무런 의미가 없습니다… 지금 그들에게 필요한 것은 오직 어머님의 말씀뿐입니다."

신이 말했던, 류화만이 할 수 있는 마지막 일. 살려둔 이유. 류화는 턱을 괴었다.

"자, 그렇다면 일은 해야지. 넘겨주겠노라. 견디어라."

한층 매정하게, 류화가 손을 한 번 휘둘렀다.

──턱, 하고 주취의 온 몸에 엄청난 부하가 걸렸다. 숨이 막힌다.

격류처럼 몸에서 힘이 빠져나가는 것이 느껴진다.

비틀거리고, 무릎을 찧으며 간신히 무릎을 꿇고 앉아 호흡을 고른다. 눈앞이 번쩍거렸다.

'…이, 이런… 것을, 팔십 년 간── 계속.'

혼자서 견디며.

"빠져나가는 흐름을 스스로 조절하여 배분을 해야 할 것이야. '예의 신궁'이 망가진 벽주를 우선적으로 배려하도록. 내친 김에 '통로'도 남김없이 열어주어야겠다. 준비해두어라."

다른 의미로 머리가 어질어질해졌다. 류화가 여러 주술을 동시에 구사하는 것은 당연하다고 생각해 왔는데── 말도 안 되는 소리였다. 이런데 어디 사는 누군가는 죽자고 신기까지 부숴놓았지── 이런 분탕질을 쳐놓았으니 류화가 노발대발하는 게 당연하다. 주취도 열 받는다. 까불지 말라고.

"…신기를 부숴놓은 얼간이를 찾아내면… 제대로 패대기를 쳐주겠습니다…."

"나는 죽일 생각이었다. 무르구나."

류화는 쌀쌀맞은 한 마디를 남기고 소녀 당주의 모습으로 '통로' 속으로 사라졌다.

조금 웃고 있는 듯 보였던 것은 기분 탓이었을까.

"그러니까! 한시라도 빨리 열라고 하잖아?! 왜 못 알아먹는 거야, 이 망할 놈의 수염 영감탱이가!!"

'리앵… 상당히 성격이 나빠졌네'라고 지금의 수려는 말하지 않았다.

완전 동감이었다. 이 망할 놈의 수염 영감탱이들. 얼굴은 보이지 않지만 망할 놈의 수염 영감탱이가 틀림없다.

"그래요! 선동령군과 어사가 정식으로 요청을 하고 있다고요. 일각을 다투는 일이라는 건 아시잖아요. 우물쭈물하다가는 우리 냉혈 강시 장관이 그쪽 사당에 쳐들어가서 풀 한 포기 남기지 않고 아주 싹 쓸어버릴 거라고요?! 그때 가서 후회해봤자 소용없어요!!"

별별 수단을 다 써보다 결국에는 거의 될 대로 되라 식의 '협박'까지 해보았지만, 정말이지 씨도 안 먹힌다. 게다가 두 사람이 부탁하기도 전에 이미 황해에 관한 모든 대책준비는 거의 끝나 있다는 것이 판명. 이제 가기만 하면 되는 상황이면, 바로 가

달라고 요청을 해도 누구 하나 듣질 않는다. 아무래도 본가와의
연락이 차단되었던 탓에, 류화에게── 표가 본가에 무슨 일이
생겼다고 생각하는 듯했다.

'으으, 무, 무슨 일이 생긴 건 맞지만!'

해볼 수 있는 모든 설득은 실패로 끝나고, 수려는 어깨를 늘어
뜨렸다.

"…리앵 아저씨가 말한 게 정말이었네. 정말로 이거, 리앵에게
아버지가 당주자리를 물려주었더라도 별 차이 없었을지도. 오
히려 리앵이 류화 아가씨에게 뭔가 나쁜 짓을 해서 당주가 되었
다고 멋대로 억측해서 쓸데없이 일만 더 꼬였을지도 몰라."

별 생각 없이 한 말이었지만, 리앵은 눈을 크게 떴다. 정말 그
렇다. 안 그래도 2대 연속 평판이 나쁜 남자 당주인데, 거기에
리앵이 아버지에게 자리를 물려받았더라면 다른 일로 표가에서
갈등이 폭발해 황해대책이고 뭐고 없었을지도 모른다.

지금은 물려줄 수 없던 아버지는 혹시 이를 알고 있었기에
그렇게 말한 것일까.

"류화 아가씨의 처소에 주취가 가췄는데, 괜찮을까 몰라…"

리앵은 아무 말 없이 다시 한 번, 홀로 열려있는 '통로'로 다가
갔다.

기하학문양의 '통로'의 방진이 희미하게 빛났다. 말을 걸기
전에 목소리가 들려왔다.

『리앵 님, 거기 계십니까?』

귀에 익은 쉰 목소리는 처음에 말을 나눴던 노인이다. '밖'의 표가계 사원 중에서도 손꼽히는 대사원의 총괄자로, 표가 일족이지만 이능이 없었기에 별일 없이 나이를 먹어 일흔을 넘겼을 터였다.

"아아… 있어."

『망할 놈의 영감탱이들이 고집불통이라 미안합니다. 저희들은 예전의 류화 님을 알고 있는지라.』

리앵이 문득 얼굴을 들었다. 수려는 무언가를 눈치 채고는 다가오지 않았다.

『리앵 님, 당신의 말에 따를 수 없는 것은 아닙니다. 솔직히 놀랐습니다. 외람되지만, 얼마 전까지 그 말수 적던 당신과는 같은 사람이라 생각할 수 없을 정도로 변하셨군요.』

칭찬이 아니라는 것은 알고 있었다. 있건 없던 아무래도 좋은 존재**였다**, 는 것이다.

"…고모님께서는 계속 쌓아오신 것이 있고, 나는 아무것도 한 것이 없기 때문인가?"

『그러합니다. 설령 그것이 몇 십 년 전의 공적이라 하더라도, 우리들을 지켜온 것은 류화 님이시지 당신이 아니지요. 부친도 마찬가집니다. 표가는 약한 자, 힘도 없고 어떻게 해야 좋을지도 모르는 사람들이 마지막으로 찾아오는 피난처입니다. 류화 님만이 그곳을 쭉 혼자서 지켜주셨습니다. 리앵 님, 당신이 무슨 말을 하고 싶은지는 알고 있습니다. 과거의 고모님과는 다르다──는 것이겠지요.』

"⋯⋯."

『다를지도 모릅니다. 신사(神事) 쪽에서 무슨 일이 일어나고 있는지는 확실하지 않지만 제1급 황해임에도 문을 닫고 지금껏 아무런 지시도 없다는 것은⋯ 이제 예전의 류화 님은 아닐지도 모릅니다. 과거 수십 년 동안 표가의 공기는 조금씩, 무겁고 탁하게 변해 갔습니다. 그분께서 마침내 변하고 말았다는 것을 직접 확인하고 싶었는지도 모릅니다. 그러면 앞으로 나아갈 수 있습니다. 류화 님께서 변하셨더라도 젊은 날의 류화 님께서 우리들에게 주신 것은 변함없으니.』

"노옹(老翁)⋯."

『리앵 님⋯ 부친께서는 거의 아무것도 하시지 않는 분이었습니다. 따를 턱이 없지요. 하지만 앞으로 당신이 어떤 모습일지는⋯ 모르겠습니다. 그 무시무시한 대무녀를 거스르더라도 도우러 나오라고 하시는 모습은 류화 님을 연상케 합니다⋯ 그래서 리앵 님, 결정했습니다── 저는 당신을 따르겠습니다. 우선 이번 한 번은.』

리앵은 천천히 눈을 휘둥그레 떴다. ⋯──뭐?

『황해는 제1급 재해. 알고 있습니다. 수십 년 동안 발생하지 않았지만 과거의 마지막 황해를 저는 직접 겪었습니다. 떠올리고 싶지 않은 십 년이었습니다. 류화 님을 기다리며 언제까지 꾸물거리고만 있을 수는 없습니다. 제 판단으로 대사원계열의 모든 문을 열도록 하겠습니다. 물론 예의 박멸방법도… 예전의 류화 님께서 그렇게 해주셨던 것처럼.』

그때였다.

"——그 말대로다."

냉엄한 얼음의 목소리가 울려 퍼졌다. 호통을 친 것도 아닌데 부르르 떨려오는 위엄.

리앵이 위를 올려다보자, 류화가 스르르 내려앉고 있었다. 수려도 핫, 하고 몸을 일으켰다.

"류화 아가씨!"

힐끗, 류화가 수려를 보았다.

"…한낱 어사 따위가 이 나를 움직이게 할 줄이야. 홍 어사."

"네."

등을 곧게 펴고 양손을 낮게 모은 대등한 상대에 대한 예(禮).

일개 어사와 표가의 대무녀가 대등하다고? 건방지구나.

그러나 결국 류화를 끌어냈다. '밖'에서 주취를 변화시키고 리앵을 변화시켜서는, 그 두 사람을 표가에 보낸 장본인은 이 계집이라 할 수 있었다. 울먹거리던 주제에, 결국에는 표가에 숨겨져 있던 비장의 황해 박멸방법까지 찾아내서는 대사원계의 협력까지 끌어냈다.

"나를 불러내다니 배짱 한번 좋구나. 만나러 온다던 건 그대가 아니었더냐."

"으, 죄, 죄송합니다! 황해를 해치우는 게 먼저라는 생각에."

십악 중 최상위인 모반(謀反)보다도 먼저, 수만 명의 사람이 순식간에 목숨을 잃는 황해를 선택했다.

…대사원의 노옹의 말과 맞물리면서 기억이 떠올랐다. 그런 일을 한 적도… 있었는지 모른다.

이 계집은 류화마저도, 아마도 아주 조금일지언정, 바꾸어 놓았다. 아니, 억지로 기억을 떠올리게 한다.

처음이었다면 완전히 무시했을 것이다. 최소한 그냥이 아니라, 흥정 끝에 생색을 내며 **해 줬을** 것이 분명했다. 예를 들면 구채강에서의 사건은 잊고, 쓸데없는 의혹 따윈 갖지도 말라는 식의 거래를. 처음에는 당연히 그럴 생각이었다.

이 표가의 최종 결정권은 류화가 쥐고 있다. 수려나 리앵이 아무리 분주하게 뛰어다녀봤자 언제나 마지막에는 '표류화'라는 벽에 부딪치게 되어있다. 자신이 움직이지 않으면 무엇 하나 이루어질 수 없다. 마지막 열쇠는 언제나 류화의 손바닥 위. 어떤 거래가 되었든 받아들일 수밖에 없다. 그렇게 생각하고 있었다. 그러나──.

대사원의 노옹과 연결된 '통로'를 보았다.

『그래서 리앵 님, 결정했습니다── 저는 당신을 따르겠습니다. 우선 이번 한 번은.』

…어쩌면, 그런 거래 따윈 걷어차서라도 이 계집과── 리앵은 모든 바람을 이루었는지도 모른다. 그리고 얄궂게도 대사원의 노옹을 움직인 것은『과거의 류화』인 것이다.

문뜩, 머리에 안개가 낀다. 기억이 사라지려는 순간 류화는 미간에 힘을 주고 안개를 걷어냈다.

지금도 그런 거래는 얼마든지 끌어들일 수 있다. 당초의 계획대로. 그러나 이는 황해로 인한 수만 명의 사망자와, 조정과의 거래를 태연하게 저울에 올려놓고 있었다는 의미이기도 했다.

"주취에게 이야기는 들었다— 홍 어사, 그대의 요청, 조정의 정식 요청으로 간주하겠노라."

류화의 등 뒤로 모든 '통로'가 차례차례 기하학문양을 그리며 하나도 남김없이 열려간다.

류화가 류화이기에 품고 있던 긍지가 무엇이었는지, 이 계집이 상기시켰다.

그런 의미에서 홍수려는 류화를 뒤흔들어 놓았다. 아무 조건 없이 류화가 그 말을 하게 할 정도로.

"——받아들이겠노라, 홍 어사. 표가는 신사를 담당하는 가문이나, 이는 본질이 아닐지니. 태곳적 홰나무의 서약에 따라 약한 자의 옹호자, 최후의 요새야말로 표가의 존재 의의. 누구라도 도움을 청하는 자의 손을 뿌리치는 일은 있을 수 없으리니. 그것이 표가의 온전한 긍지, 절대의 불문율이라."

류화의 그 말을, '통로'의 반대편에 있는 표가계 모든 사원의 수장들이 들었다.

"나의 말이 없으면 움직일 수 없다고? 허튼 감상 따위 판다에게나 줘버리는 게 좋을 것이야. ——명하겠노라. 표류화의 이름으로 지금 당장 표가 문중 및 표가계 모든 사원의 문을 열라."

'통로'의 저편이 떨리는 듯한 위엄에 압도된 것을 알려주는 침묵.

"모든 사원은 즉시 문호를 열고 한 곳도 남김없이 조정과 백성을 돕기 위해 나서라. 조정도 이 십 년 동안 조금씩 비축을 해왔다만, 급한 불을 끌 정도밖에는 없을 것이다. 각 사원에 비축해 놓은 남선단, 식량, 의약, 지식, 방제와 박멸방법을 모두 풀도록 명하노라. 특히 백 년 분의 비축식량 방출을 허가하노라."

수려는 눈을 부릅떴다. 마지막에 뭐라 한 거야?!

"백 년?!"

"…아아, 있어. 고모님의 지시로 의약과 식량은 항상 백 년 분. 주술을 걸어서. 모든 표가계 사원은 총 수천 개인데 밭과 산도 있어. 대부분이 치외법권이고 세금도 싸. 그래서 가능한 거야. …모든 주에게 어떻게든 뜯어내려고 혈안이 되어있는데, 지금 이때에 내놓지 않으면 의미가 없지."

류화는 문뜩 리앵을 보았다. 리앵은 눈을 피하지 않았다. 그러나 이런 식으로 똑바로 고모가 자신을 보는 것은 어쩌면 처음일지도 몰랐다. **아버지의 아들**이 아닌, 자신을.

"…그렇다. 모든 것은 이럴 때를 위해서였노라. 황해 퇴치를 위한 새잡이도 모조리 내보내라. 바람을 읽고, 하늘을 읽고, 기후와 토지를 읽으며 살아온 표가니라. 각지의 풍향, 습도, 기온, 풍토, 모든 것을 계산에 넣고 조정과 함께 대처하도록 명하노라── 알겠는가, 그대들이 각 사원을 거점으로 쌓아올려 왔던 것들의 진가가 평가되는 때가 온 것이다. 마을로 내려가 사람을 구하라. **──표가의 긍지를 잊지 않도록 하라.**"

마지막 한 마디에, '통로'의 저편에서 일제히 무릎을 꿇고 절하는 소리가 들려왔다.

"──알겠나이다, 류화 님… 다시 그 말씀을 들을 수 있는 날을 기다리고 있었습니다. 기쁘옵니다."

속삭이듯, 누군가가 그렇게 중얼거렸다. 대사원의 노옹의 목소리 같기도 하다.

──길고 긴 시간 동안, '밖'과 차단되어 굳게 닫혀있던 표가의 문이 모두 열린다.

… '통로'가 닫힌 후, 수려는 류화를 올려다보았다.

이번에는 무릎을 꿇고 존경의 인사를 올렸다.

"…주상을 대신하여 진심으로 감사드립니다. 표가의 대무녀, 표류화 아가씨."

주상이라는 말에 류화가 돌아보았다.

"…그대, 어디까지 눈치 챘느냐."

"…글쎄요, 우선은 표가의 요체인 당신을 이 황해니 재해니 하는 혼란을 틈타 살해하고, 표가 전체의 약화를 노리고 있던 사람이 있다는 것, 이겠죠."

표정 없는 얼굴로, 류화는 뒤를 재촉했다.

"주취의 목을 베려던 자가 있었다는 이야기는 들었습니다. 그

때 주취를 노렸다면, 목적은 '대무녀가 될 가능성이 있는 소녀를 한 발 먼저 없앴다' 던가, '표류화가 빙의할 수 있는 몸을 줄인다' 는 것이 아닐까요. 제가 몇 번이나 살해될 뻔했던 이유도 '표류화의 다음번 몸이 될 가능성' 때문이라 생각하면, 흉수의 목적은 하나로 연결됩니다… 즉, 당신이 대무녀이길 원하지 않는 사람이 있다는 것이지요. 그래서 표가의 심장인 당신을 직접 공격해왔던 것이겠죠. 목을 베면 빙의할 수 없다고 들었습니다."

"그러하다. 몸이 죽으면 혼도 죽느니. 아무리 그대의 몸이 탐난다 해도 목이 떨어지면 불가능하다. 조정에서 내 입을 막기 위해 누군가 올 것이라 예상은 하고 있었다. 빌려 쓰고 있는 몸을 죽여봤자 나는 원래의 몸으로 '피난' 하면 그만이지만, 사용할 수 있는 몸이 없어지면 원래의 몸으로 돌아가 죽는 수밖에 없는 것을. 수를 줄이는 것도 효과적이겠지. 두 번째는 무엇이냐?"

"저를 공격한 것은 '암살인형' 이었습니다. 당신의 충실한 부하라고 알고 있는."

"……."

"리앵도, 내부에서 무슨 일이 일어나고 있다고 말했습니다. 누군가, 정신없이 표가를 휘젓고 있는 놈이 있다는 이야기도 들었습니다. 즉, 표가 내부에 조정의 '누군가' 와 연결되어 있는 내통자가 있습니다. 일족 중에 불씨가 있었던 것이지요. 그 불씨가 퍼지면서 당신은 표가의 일 때문에 동분서주할 수밖에 없게 되었습니다. 그렇기에 저에게 신경을 쓸 여유도 없었죠. 해야 할 일을 수행하면서 내통자를 찾아내야 했으니까요."

류화는 수려를 보았다.

"이번에는 그대가 나를 불러들였지만, 원래는 그대가 내게 찾아오기로 되어있었다. ——오늘 밤, 옥좌에서 기다리겠노라. 주취가 열 수 있을 것이야. 뒷이야기는 그때 듣겠다."

그날 밤——.

류화는 전보다 훨씬 편하게 움직일 수 있게 된 팔을 바라보며, 부지런히 움직이는 젊은 무녀를 불렀다. 류화가 대무녀로서 요구되는 역할의 대부분에서 해방된 것을 의외로 기뻐하고 있었지만, 그 대신 그 일을 주취가 맡고 있다는 것을 알게 되자 복잡한 표정을 짓기도 했다. 정말이지 알기 쉬운 아이다.

"…입향. 이쪽으로."

"네."

류화에게 이름을 불린 것이 정말 기쁜 듯, 입향은 다가와 발밑에 무릎을 꿇었다.

스윽, 손가락을 뻗어 그 갸름한 턱을 들어올렸다. 입향은 조금 얼굴이 빨개졌다.

"…그대였더냐?"

"예?!"

"그놈과 내통하며 '암살인형'을 멋대로 빌려주고, 안내를 하고, 정보를 흘린 것이?"

중위 이상의 무녀와 주술사가 모조리, 각지의 신기를 지키기 위해 파견되면서 사람이 부족해지자 '무능'인 입향은 류화 곁에서 상당히 내밀한 정보를 장악하는 위치에 서게 되었다. 류화는 괜한 힘을 쓰는 일을 되도록 줄이기 위해, '눈' 대신 입향에게 정보를 관리하도록 했다. 이쪽에서 모든 연락수단을 차단하더라도, 저쪽에서 일방적으로 정보가 들어오도록 되어있다.

입향은 당황한 듯한 표정이었다.

"내통이라니요…."

"처음은 남주였느니라. 그대, 그놈에게 남주의 신기에 대해 말을 했더냐?"

짚이는 구석이 있는지, 입향의 얼굴이 굳어졌다.

"가짜를 깼다는 이야기에 흥미가 동해, 아마도 그 후, 그놈은 사람을 시켜 시험삼아 보경(寶鏡)을 깼을 것이다. 그래서 표가와 벽가에서 난리법석이 났다는 것도 말했겠지. 얼마 후 남주에서 기묘한 장마가 그치지 않고 있는 것도, 그놈이라면 충분히 알고 있었을 게다. 그리고 벽가의 '예의 신궁'이 무참하게 부러졌다. 그놈에게 술이라도 따라주면서 이야기하지 않았느냐?"

"다주에 대해서는… 아무것도…."

"다주 일은 그놈이 더 잘 알고 있으니."

류화는 나른하게 말을 이었다. 화가 난 것 같지는 않았기에 입향은 용기를 쥐어짰다.

"그러니까… 말을 했는지도 모르겠지만, 어쩌다 보니 나온 말이었습니다. 이야기를 해봤자 보통 사람은 헤매기만 하고 이해를 하지 못한다고 하기에. 그분은 보통 사람이신 거죠?"

"…글쎄다, 어떨는지. 무엇보다 보통 사람처럼 보여도, 속까지 보통 사람이라는 보장은 없으니."

스스로 말해놓고도 참 묘했다. 저런 부류가 나타난 것은 실로 오랜만의 일이니까. 뒤에 **어떤 것**이 들러붙어 있든 간에, 요성(妖星)을 갖고 태어난 드문 인간이다. 별자리마저도 휘저어 놓아 판단을 그르치게 만든다. 설상가상으로 마물과도 같은 두뇌.

"그대라고 확신한 것은 '시간의 감옥'에 주취를 노린 침입자가 들어왔기 때문이다. 한걸음에 주취의 목을 베러 왔었지."

'시간의 감옥'에 주취를 구하기 위해 누군가가 들어왔다, 내버려두라고 입향에게 말한 후였다.

"…그놈은 말이다, 알고 있었다. 내가 '내버려두라'고 한 장소에 사냥감이 있다는 것을. 그대는 내가 '살아있건 죽어있건 상관없다'고 한 말을 '죽어도 좋다'고 이해하고, 시간의 감옥으로 가는 최단경로를 알려줬겠지."

입향은 입술을 깨물었다. 그건 그 말대로였다. 또 류화의 골칫거리가 되고, 죽이는 게 후환을 없애는 길이라고 생각했기 때문이기도 했다. 죽어서 빈껍데기가 된다 해도 주취의 몸에 류화가 들어가는 것은 조금도 기쁜 일이 아니었기에… 목을 잘라버리면 된다고.

입향의 턱에서 뺨으로 손가락을 쓸어올린 류화는, 문득 달콤한 한숨을 내쉬었다.

"…입향, 그대는 그놈에게 완전히 조종되었지만, 표가나 나를 배신할 마음이 있었다고는 생각하지 않는다. 나의 명령이라 속이고 '암살인형'을 홍수려에게 보낸 것도, 홍수려가 나를 체포할 생각이라는 둥, 그런 이야기를 들었기 때문이겠지. 몸을 남겨두려 하기보다 말살을 선택한 이유. 내 명령을 거스르더라도… 그렇지 않느냐?"

입향은 끄덕였다. 이때서야 비로소 류화가 조용히 분노하고 있음을 알아차렸다.

"입향, 알지 못하겠느냐? 그놈은 손가락 하나 까딱하지 않고, 모든 것을 그대에게— '표가'에게 떠넘겼다는 것을? 그것이 그야말로 나와 표가의 목을 조르고 있었다는 걸 알아차렸어야지."

"류, 류화 님."

"일족 중에 놀아난 건 그대만이 아니다. 이번의 신역과 신기에 관해서는 주술사의 힘이 어느 정도 필요하다. 젊은 주술사들 중에는 남주의 신기가 부서진 걸 기뻐한 자들도 있는 듯하더구나. 지금 표가는 정쟁에서 밀려나 무시당하고 있지만, 이걸로 표가의 지위도 높아진다… 이런 생각인 모양이다. 그래서 벽주의

'예의 신궁'이나 다주에 동행한 자가 있었느니라. 보고가 왔다. 어리석게도 각주를 돌며 신기를 부순 것은 다름 아닌, 우리 표가의 한 사람이었다는 것이야."

장마도 지진도, 표가 인간의 짓이라는 것이 알려지면 완전히 반대상황이 될 것이라는 것은 생각지 못했던 듯하다. 게다가 그도 누군가의 계획에 의한 것이라는 건 지금도 눈곱만큼도 모를 것이다.

입향은 움찔, 놀랐고 류화는 그 모든 몸짓을 빠짐없이 관찰했다.

"…불만은 싹트기 쉬운 것. 일족의 젊은 것들이 그랬듯이, 그대도 그런 꼬드김에 넘어가 순순히 정보를 흘렸겠지."

그렇지만, 하고 입향이 드디어 중얼거렸다.

"그렇지만, 저는 표가 일족도 아니고, 주술도 없고, 몸도 드릴 수 없고, 달리 무엇 하나 류화 님께 도움을 드리질 못합니다. 류화 님이 이혼술로 '밖'에 나가시게 되면서, 뭔가 할 수 있으면 좋겠다는 생각에——."

사실 그것만은 아니었다. 밖에 난리가 나면서, 드디어 그런 입향도 류화를 곁에서 모실 수 있게 되었다. 시중을 들고, 이름을 불리는 시간이 조금이라도 길어지면 좋겠다고, 마음속 어딘가에서 생각했던 것도 사실이다.

표가를 위해서, 류화를 위해서라는 말에——.

"그만—— 그 사람——."

"입향."

딱 잘라버리는 류화의 싸늘한 호통에 입을 다물었다.

"──그 이상은 됐다. 알았느냐, 앞으로 평생 동안 두 번 다시 그 이름을 입에 올리지 말라."

류화는 입향을 내려다보았다. 입을 굳게 다물고 뚫어져라 류화를 올려다보고 있다.

…내 잘못이다. 그 눈빛에서 류화는 그걸 받아들였다. 오랫동안 입향이나 일족을 보지도 않았다. 그 대가가 이런 형태로 단번에 되돌아온 것이다.

류화는 화내지 않았다. 그저 조용히 손가락을 떼고 가볍게 손을 저었다.

"…끌고 가거라. 죽이지 말고, 어딘가에 가두어 놓도록."

'암살인형'이 나타나 입향을 양쪽에서 붙들었다. 그때 처음으로 입향의 공포가 얼굴을 뒤덮었다.

이 장소를── 오래 전, 유일하게 자신을 받아들여줬던 장소를, 류화를 잃는 공포.

"류화 님!! 부탁입니다, 여기 있게 해주십시오!"

류화는 대답하지 않았다. 하지만 여느 때처럼, 도중에 눈을 감거나 하지 않고 입향의 눈을 끝까지 바라보았다.

자박, 하고 구석의 어둠에서 작은 발소리가 들렸다. 모습을 나타낸 수려를 보고, 류화는 턱을 괴었다.

"이름을 듣고 싶었던 것이냐?"

"그야 그렇지요."

"알면 입향도 그대도 목숨은 없다… 그런 상대니 각오해야 할 것이야."

"그렇더라도 이 이야기의 끝에는 묻지 않을 수 없는 이름입니다."

류화는 늙은 귀부인 같은 눈으로 수려를 바라보았다.

"…그렇다면 무슨 이야기를 하겠느냐."

무슨 이야기를 하겠냐는 말에, 수려는 조금 생각한 후 선택했다.

"남 장군과 함께, 사마신—— 신 씨가 '누군가'의 명령으로 표가에 왔습니다."

"그런 것 같더군."

"구채강에서 신 씨는 당신과 함께였습니다. 그때, 신 씨는 '누군가'가 당신에게 일시적으로 빌려준 상태였죠. 주취도 그랬던 것처럼, 여름까지는 이해가 일치하면 가끔 손을 빌려주기도 했죠. 신 씨의 '주인'은 전에 말했던 조정의 '대관'이지요?"

그렇다고도, 아니라고도 말하지 않았다. 류화는 달리 물었다.

"그대, 사마신이 선택한 주군은 알고 있느냐?"

수려는 숨을 들이마셨다. 리앵의 어머니에 관한 이야기에서, 그 사람이라고밖에 생각할 수 없었던 이름을.

"…문하성 장관 왕계 님, 이시지요."

류화는 웃었지만, 여전히 그렇다고도 아니라고도 하지 않는다. 신중한 사람이다.

"사마신이 '누구'이고, 어떤 목적으로 왔는지는?"

"생각하고는 있습니다. 맞는지는 모르겠습니다만."

"사마신은 말이다. 반은 나를 죽일 셈이었다."

수려는 눈을 동그랗게 떴지만, 잠자코 이어지는 이야기를 기다렸다. 수려도 반 정도는 그 가능성을 생각하고 있었다.

"나는 힘을 집중시키기 위해서 모든 '통로'를 차단했느니라. 이를 왕계가 어찌 생각했는지는 알 수 없지. 봉쇄의 이유를 알아내기 위해서, 이번 황해에 대해 표가가— 내가 어떻게 움직이는지, 또는 움직이지 않는지를, 박멸방법 조사도 겸해 신에게 명한 것일 게야."

그 말에 수려의 눈썹이 반응하는 것을, 류화는 흥미 깊게 지켜보았다.

"왕계는 이렇게 일렀겠지. '류화와 표가가 움직일 마음이 있는지 어떤지를 확인하라. 표가의 인간 중 황해가 발생한 것을 알고, 자체적으로 움직이는 자가 있으면 도와줘도 상관없다'."

수려는 리앵에 대한 신의 태도를 떠올렸다. '적은 아니다. 지금은'이라며 도와줬던 것도. 그리고 수려에게도 협력해주었다.

"왕계는 호락호락한 자가 아니야. '아무도 움직이지 않는다면, 네가 움직이게 만들어라. 그 대가로 류화가 뭔가를 거래하려 한다면, 협상은 네게 맡기겠다. 그러나 잘 안 풀리면 본래의 몸이 있는 곳을 찾아내서 인질로 잡아서라도 협박하라. 안 먹히면 죽여라. 우우 님에게 일시적으로 표가의 전권을 이양시키겠다. 아무것도 하지 않을 거라면 살아있는 쪽이 더 성가시다'는 명령 정도는 했을지도 모르지. 단——."

"…하지만 '그걸 확인하기 전까지는 류화 아가씨는 죽이지 말라' …?"

그렇지 않다면 이상하다. 신은 표가의 원래의 존재목적도, 과거의 류화가 재해대책에 능했던 것도 잘 알고 있었다. 그렇다면 류화가 죽어서 쓸데없는 혼란을 일으키느니, 마지막 순간까지 류화가 나오기를 기다리는 쪽이 상책이라고 생각했을 게 분명했다. 그렇다는 건 역시——.

"…당신이, 죽이러 올 것으로 예상했던 홍수는, 신 씨가 아니지요."

류화는 입을 다물었다.

"그렇다는 건, 신 씨의 주인인 왕계 님의 명령도 아니겠군요. 그럼 달리 있다는 건데. 당신을 바로 죽여버리는 게 더 좋다고 생각하는 사람. 아마도 입향 씨의 배후에 있던 '고관'인 이 사람은 왕계 님이 아니라는 거죠."

"홍수려."

류화는 입향의 말을 잘랐던 것처럼 낮은 목소리로, 거듭 물었다.

"정말로 여기서 더 나갈 생각인 것이냐. 그대가 후궁에 들어가게 된 것도 그 때문이다. 괜히 막대기로 덤불을 들쑤셔 뱀이 나오게 할 필요는 없으련만."

"나오게 하는 것이 제 일입니다."

"나오면 머리부터 잡아먹힐 것이야."

수려는 기시감을 느꼈다. 잡아먹힌다. 전에 누군가에게 비슷한 말을 들은 적이 있는 것 같다. 누구였는지는 생각나지 않았다.

"이 이야기가 끝나기 전에 묻지 않을 수 없는 이름이라 말씀드렸습니다… 묘했거든요. 신 씨와 함께 있으면서 언제나 뭔가 들어맞지 않는다는 느낌이었습니다. 하지만 두 사람이라면——이제 알겠어요."

방금 류화는 일부러 먹이를 던졌다. 신이 온 것은 봉쇄의 이유를 알아보기 위해서라고——.

"신 씨— 왕계 님은 '봉쇄의 이유를 모른다' 고 하셨죠. 당신에게 신 씨를 빌려줄 정도의 관계는 되는데, 그 이유에는 관여하지 않았다는 거네요. 적어도 깊숙이는. 그렇다면 입향 씨를 꼬드겨 표가를 휘저어 놓은 '누군가' 는 왕계 님과는 다른 인물. 그러니 목적도 다르겠죠."

신을 보낸 것은 황해문제로 표가의 힘을 이용할 수 있을 만큼 이용하자는 것이다. 안 되면 류화를 죽이는 패도 가지고는 있었지만, 목적은 아니다. 그러나 또 한 사람은 다르다. 표가를 휘저어 놓고, 내부에 갈등의 씨앗을 뿌리고, 마지막에는 류화를 처치해버리겠다는 그 수법.

"목표는 표가의 발을 묶고 약화시키는 것. 당신의 힘을 완전히 없애버리는 것이라고밖에 생각할 수 없어요. 이용할 수 있는 부분은 이용하지만 용건이 끝나면 바로 표가도 당신도 애물단지 취급, 한동안 방해가 되지 않도록 치워버리죠… 그래서 당신은 자신을 죽이러 누군가가 올 것이라고 확신하고 있었어요."

류화는 화내지 않았다. 진즉에 자신도 알고 있던 것이리라.

"순순히 죽어줄 수는 없었다. 적어도 그때는 말이지. 몇 가지 방법은 강구했었다. 그대에게 주의를 돌리게 하는 것만으로도 꽤 달라졌지… 이제 와서는 죽이러 올 필요도 없었을 것을."

그 말 그대로다. 상대는 목적을 거의 이루었다. 류화는 대무녀의 자리를 물려줘야 할 정도로 궁지에 몰렸고, 이능이 거의 바닥을 드러내고 있다는 것도 드러났다. 어쩌면 새로운 몸으로 옮겨갈 신력조차도, 남아있지 않을지도 모른다. 그렇다면 아무것도 하지 않아도 류화의 수명은 이제──.

"…주취가 대신해주고는 있다만, 많은 재해와 신역의 이변에 대처하느라 당분간은 공식적인 정사에 관여할 여유는 없느니라. 게다가 신기 문제는 어쩌면 아직도──."

류화는 문득 눈썹을 찡그리고, 더 이상 말을 잇지 않았다.

"또 한 가지… 마음에 걸리는 점이 있습니다. 당신과 '고관' 은 이해가 일치할 때에는 힘을 서로 빌려주는…듯이 보였습니다… 당신은 구채강에서 왕에게 **'왕에 적합하지 않다. 더 적합한 자는 따로 있다. 인정하지 않는 것은 표가만이 아니다'** 라고 말하셨다고 들었습니다."

역시 류화는 대답하지 않았다.

인정하지 않는 것은 표가── 류화만이 아니다.

"…아마도, **그럴 것**이라 생각합니다."

이 반년 동안 어사대에서 맡아왔던 안건들을 끼워 맞춰가다 보면 나타나는 그림.

그리고 신은 수려 앞에서 더 이상 '주군'이 왕계라는 것을 감추려고 하지 않았다. 수려에게 알려져도 이젠 상관없다. 이젠 숨기지 않아도 문제가 되지 않는 상황까지 온 것이다. 그런 생각이 들었다.

수려는 짧게 숨을 들이마셨다.

조금씩 조금씩 둘러쳐오던 계책들이 황해를 계기로 마침내 움직이기 시작한 듯한 느낌이었다.

아마도 류화가 생각하는 왕에 적합한 자와, 왕계의 생각에는 차이가 있으리라. 그곳에 이를 때까지는 협력한다. 하지만 그 후는 어찌될지 모른다. 그리고 류화가 추월당한 것이다.

딱 하나, 묻고 싶었던 것이 있었다.

"…어째서 류휘는 안 되는 것이었나요? 당신이 '적합한 자는 달리 있다'라고 한 말은 반 이상은 그저 **생각에 불과한** 것이 아니었나 싶은데요."

류화를 알게 된 후, 점점 더 그 생각이 강해졌다.

정말로 그녀가 왕을 갈아치우려 생각했다면, 좀 더 무자비하게, 온갖 수단을 동원하여 책모를 세웠을 것이다. 지금 다른 누군가가 하고 있는 것처럼.

그런데 너무나 류화의 방법은 어중간했다. 중립이라는 표가의 불문율을 깨뜨리더라도 하겠다는 의지가 보이지 않는다. 망설이고 있다기보다는, 마음은 내키지 않지만 협력은 할 수 있다, 이런 식으로 느껴졌다. 그랬기에 이번에 이렇게까지 위태로운 상황으로 내몰리는 빈틈이 생겼다는 생각이 든다.

류휘가 왕에 적합하지 않다고 생각하는 것도, 달리 적합한 자가 있다고 생각하는 것도 사실일지 모른다. 그러나 류화의 방식에는 맞지 않았다.

류화는 수백 개라도 이유를 댈 수 있었다. 그러나 결국은 가장 본심에 가까운 이유를 중얼거렸다. 아마도, 두 번 다시 누구에게도 말하지 않을 말을. 류화를 망설이게 만든 그 이유를.

"…그 남자의 아들이라는 것에 나도 모르게 얽매여 있었는지도 모르겠다."

자전화. 신사를 담당하는 표가가 옥좌를 좌지우지해서는 안 되는 일. 그것이 류화의 신조였다. 그러나 그 남자만은 어떤 이유에서 도저히 인정할 수 없었다. 그러나 아무리 정당한 이유라 하더라도 불문율을 스스로 짓밟았던 그때부터, 류화는 조금씩 변해가기 시작했는지도 모른다. 가끔, 생각난 듯이 손을 빌려주었던 것은, 가끔 그 남자의 아들이라는 것을 떠올리는 것과 같은 빈도였는지도 모른다. 그런 어중간한 마음이었으니, 그 남자의 계략에 넘어간 것도 당연했다.

"적어도 그 젊은 왕보다, 왕에 적합하다고 생각되는 자가 있는 것은 확실하다. 그리고 모든 면에서 더 나은 것이 사실이고. 그래, 모든 면에서. 혈통까지도."

그때만은 수려도 말을 잃었다… 혈통?

"무슨 일이 있어도 반드시, 라는 다른 자들과 같은 강한 의지는 내게는 없느니라. 그러나 인정은 하고 있다. 그 자가 왕이 되어도 나쁘지는 않다고 생각하는 마음이 조금은 있었기에 손을 빌려주었다. 개인적으로는 그 자가 적합하다고 생각한 것은 아니지만… 된다 하더라도 표가에 이의(異意)는 없으니."

류화가 이렇게까지 말한다면, 다른 관리는.

실제로 황해문제로 수려도 조금씩 생각이 달라지고 있었다.

그렇다 하더라도.

"류화 아가씨, 말씀해주십시오. 이번에 표가를 함정에 빠뜨린 자―― 또 한 명의 이름을."

수려의 얼굴을 보고, 류화는 턱을 괴었다. 그리고 한 사람의 이름을 중얼거렸다.

그 이름을 들은 수려는, 고개를 숙이고, 오랜 시간이 지난 후에 조용히 얼굴을 들었다.

"――알겠습니다. 류화 아가씨… 치외법권인 이곳에서 나오시면 저는 당신을 체포하겠습니다. 이 영지에서 이제 두 번 다시—이혼술이라 할지라도— '밖' 으로 나오는 일이 없도록 해주십시오."

그것이 류화를 지키려 한 것인지, 어사의 일을 한 것인지, 판별이 서지 않았다.

그러나 한 번이라도 류화가 '밖' 에 나온다면, 말한 대로 할 것은 분명하다. 그것은 옳은 일이었다. 그렇기에 만류했다.

" '밖' 으로 돌아갈 것이냐?"

이는 몇 가지 의미를 가진 말이었다.

수려에게는 그 몸으로, 라고 말하는 것처럼 들렸다.

"그 이름을 듣고, 이 영지에서 나가면 수명보다도 빨리 죽게 될 것이야. 이 표가에 있으면 변을 면할 수 있다. 안 그래도 그 몸으로는 오래 버틸 수 없느니라. 표가에도 일은 듬뿍 있다. 주취와… 동생은 울면서 기뻐할 텐데. 내게는… 이제 새로운 육체는 필요하지 않다."

차기 대무녀가 이제 와주었으니.

하얀 관의 소녀들에 대해서는 말하지 않았다. 대답도 들었다. 류화와 마찬가지로, 취향은 다르다.

그렇기에 대답도 알고 있었다. 취향이 다르기 때문에.

"돌아가겠습니다. '밖' 으로. 황해 때문에 바쁘게 움직이지 않으면 안 됩니다."

수려는 웃었다.

"아직 해야 할 일이 남아 있습니다."

류화는 짧은 순간, 같은 말을 했던 과거의 자신을 떠올렸다. 아직 해야 할 일이 남아있는데.

그때 류화는 울면서 '하얀 소녀'들의 몸을 사용했다. 그러나 이 소녀는 자신인 채로 웃으며 나간다.

류화는 대략 수명을 계산해 보았다. 그러나 말하지는 않았다.

"조금만 더 힘내보겠습니다."

류화는 고개를 갸웃하며 물었다. 생각하고 있던 일은 아니었다. 갑자기 굴러떨어진 듯한 질문.

"무얼 위해서."

"──저를 위해서."

"그러하냐."

류화는 눈을 감았다. 또 한 가지 떠올랐다. 예전에는 그렇게 말한 자를 표가에서 보내주었다.

자신의 길을 찾아냈던, 작은 행운을 누린 자들이 향하는 여행길.

"그렇다면, 보내주는 길밖에 달리 방법이 없겠구나… 행운을 빌어주겠다."

수려는 발길을 돌려 방에서 걸어나왔다.

| 종장 |

　붉은색이 부드럽게 어둠 속에서 퍼져 나온다. 고풍스러운 무녀 복장을 걸친 여인은 붉은 우산을 우아하게 접더니, 영원의 적막 속을 미끄러지듯이, 잠들어 있는 류화의 곁으로 다가왔다. 류화의 곁에는 언제나 그녀를 지키는 '암살인형'이 대기하고 있을 터였지만, 웬일인지 이때에는 아무도 오지 않았다.

　무녀는 류화의 목 언저리에 손을 대었다. 잠시 동안 그 자세로 있었지만, 결국 손가락을 떼고 류화의 늙은 머리카락을 달래듯 쓰다듬었다. 류화의 날카로운 얼굴이, 조금 부드러워진 듯 보였다.

　"…류화, 지금까지 참으로 잘 해왔어요… 일족의 초대당주인 나 다음으로 길고… 긴 시간을, 모든 시간을 한 번도 도망치지 않고… 당신 자신이 망가져가면서까지."

　무녀는 하늘을 올려다보며 눈을 감았다. 보통 때는 홰나무 신목에서 얕은 잠에 빠져있는 그녀였지만, 때때로 자신을 뒤흔드는 강렬한 의지로 인해 잠에서 깨어 지금처럼 '모습'을 가질 때도 있었다. 이는 대부분 누군가가 도움을 청하는 때. 아무것도 할 수 없는 주제에 이리저리 배회하고 만다. 류화를 언제나 지켜보고 있었다. 표가의 응어리를 모두 짊어진 채, 류화가 조금씩 변하며 일그러져 가는 모습을.

류화의 변모는 누구에게서도 사랑받지 못했기 때문이었을까, 고독 때문이었을까. 아니면 오른손으로는 사람을 구하면서 왼손으로는 무자비하게 피의 숙청을 단행하며 많은 목숨을 죽여야 했던 모순 때문이었을까… 그 모든 것 때문이었을까.

우우가 나간 후 류화를 멈추게 할 사람이 없어지자, 강대한 신력과 고독은 서서히 그녀의 정신을 좀먹었다. 피로 이어진 남동생이라면 언젠가는 자신을 사랑해줄지 모른다. 그런 '희망'으로밖에 정신의 균형을 맞출 수 없게 되면서, 언제부터인가 모든 것이 *리앵*을 중심으로 돌아가게 되었다. 일족과 '밖'에는 등을 돌리고 점점 안으로만 파고들었고, 마치 구불구불 꺾인 고리처럼, 모든 것이 멈춰서고 말았다.

그러나 지금 잠들어 있는 류화는 마치 악귀를 떨쳐버린 듯한 얼굴을 하고 있었다. 이는——.

"——누구십니까!"

주취의 목소리에 무녀는 뒤돌아보며 미소 지었다.

그래, 류화에게 변화가 나타나기 시작한 것은 이 소녀가 표가에 돌아온 때부터. 무서워하면서도 혼자서 자신의 의지로, 류화

에게 돌아온 소녀. 몇 번이나 거절당하면서도 류화를 만나려고
했다.

　홀로 표가를 지켜온 류화의 고독은 주취로 인해 변하기 시작
했다. 높은 긍지는 류화를 몇 십 년 동안의 고독에서 지켜줄 수
없었다. 그러나 마지막에 류화를 제정신으로 돌려놓은 것은 얄
궂게도 지난 날, 그녀를 그녀답게 만들었던 긍지. 홍수려와 리
앵 때문에 떠올리게 된 것이다.

　"… '시간의 감옥'에서 잘 나왔어요, 주취. 류화가 갇혔던 때가
떠올랐답니다."

　주취는 붉은 우산을 보고 조금 수상쩍다는 얼굴을 했다. 수려
와 추영에게서 붉은 우산을 가진 무녀의 이야기는 들었다. 유령
종류는 표가에는 드문 것도 아니었다. 그러나 어딘가 다른 것들
과는 **다르다**는 느낌이 들었다.

　"주취, 표가는 약한 자를 보호하는 마지막 보루. 그곳의 대무
녀는 신력만으로는 될 수 없어요. 아무리 힘들더라도 절대로 도
망치지 않는 강인함이 필요합니다. 대무녀가 한 번이라도 도망
친다면, 필사적으로 도움을 구하며 이곳까지 온 '아이들'을 저
버리게 되기 때문이지요."

　주취는 놀란 듯 무녀를 보았다. 그리고 곤히 잠들어 있는 류화
를. 한 번도 도망치지 않았던 '어머님'을.

　"'시간의 감옥'은 원래는 그 강인함을 시험하는 마지막 시련
의 장소였습니다. 자신이 아무리 괴롭더라도 마지막까지 누군

가를 지키기 위해서 버틸 수 있는지를. 삶을 포기하지 않는 강인함이 있는지를. 지금까지 사용한 적 없는 힘을 쥐어짰을 때, 결과적으로 신력의 폭이 넓어지게 됩니다. 미궁은 외부와 연결된 구출경로였지, 폐인을 만들거나 죽게 하기 위한 곳이 아니었습니다."

무녀가 안쓰러운 마음에 길안내를 하게 된 것은 언제부터였던가. 하지만 그것도 구하려고 하는 사람이 있을 경우에만. 그녀는 이미 죽었고, 할 수 있는 일은 거의 없었다.

류화가 '시간의 감옥'에 갇힌 것은 예닐곱 살 무렵. 류화가 죽기 살기로 감옥에서 나왔을 때, 타고난 신력을 자유자재로 사용할 수 있게 되어, 더 이상 주술이나 세뇌에 걸리지 않게 되었다… 류화가 동생을 데리고 홰나무 신목까지 도망친 것은 그 얼마 후의 일이었다.

"…사실은 말이죠, 주취. 표가의 대무녀가 된다는 것은 자기희생이 아니었어요. 표가의 여인은 무녀가 되어 천공의 궁에 얽매인 채 일생을 보내야 한다—— 이런 식으로 볼 일이 아니었죠. 이질적인 것들, 쉽게 살아가지 못하는 사람들, 도움이 필요한 모든 사람을 받아들이기 위해서 내가 표가를 일으켰어요. 보통 사람과는 다른 '이능'이 있어도, 소외되거나 하지 않는 장소. 누구나 '자신'을 찾고, 언젠가는 '밖'으로 나갈 수 있도록… 언제부터 이렇게 되고 만 것일까요…"

주취는 입을 열려고 했지만 소리가 나오지 않았다. 마치 꿈을 꾸고 있는 것처럼 머리가 어질어질했다.

"비뚤어진 방식이기는 했지만 류화 나름대로 그 점만은 지키려고 해주었어요. 하지만… 이젠 한계라고 생각했죠. 끝을 내주고 싶었어요. 편하게 해주고 싶었어요. 하지만 좀 더 기다려야 하겠죠."

무녀는 한숨을 쉬었다. 마치, 잠든 류화와 이야기를 하는 듯한 독백이다.

"…그래요, 이렇게 되어버린 이상, 아직 당신의 힘이 필요할지도 몰라요. 앞으로도 조금만 더 힘내줘요…."

무녀는 붉은 우산을 펼쳤다. 주취를 향해 기쁜 듯 미소 짓는다… 사실은 주취도 불쌍해서 차마 볼 수가 없었다. 편해지면 좋겠다고 생각했었다. 하지만 잘못 봤던 모양이다.

"고마워요, 주취. 류화를 죽이지 않아줘서. 죽이지 않는 것. 길을 찾는 것. 그것도 내 신념이었어요. 하지만 조심하세요. 아직 끝나지 않았으니까. 앞으로 분명——"

…주취가 한 번 더 눈을 깜빡였을 때에는 그 자리에는 아무도 없었고, 주취는 지금까지 누구와 이야기를 했었는지조차 잊고 말았다.

홍주—— 홍가 본가 저택. 휑한 본가에 한 명의 방문자가 찾아왔다.

그를 맞이한 여인은 그 장년의 남성을 보고, 아무것도 묻지 않고 바로 '이쪽으로 오시지요'라며 발길을 돌렸다.

여인은 몇 개인가 회랑을 지나 별채로 안내했다. 문 앞에서 여인은 깊이 남자에게 고개를 숙였다.

"이쪽입니다. 사람은 물려두었습니다. 홍주 주목으로 다망하신 가운데 행차해주셔서 감사합니다. 류지미 님… 아주버님을 잘 부탁드립니다."

류지미는 들어간다는 소리도 없이 불쑥 방으로 들어갔다. 여심은 멍하니 정원을 보고 있을 뿐, 돌아도 보지 않는다. 무시하는 게 아니라, 정말로 알아차리지 못한 듯했다. 그 여심이.

지미는 질렸다는 듯이 한숨을 쉬었다. 십 년도 더 전에 치렀던 국시를──지금은 『악몽의 국시』라 불리고 있지만──떠올렸다. 여심과는 그때부터의 인연이지만, 어이가 없을 정도로 진보가 없었다.

지미는 공식적인 태도를 버렸다. 인사도 없이 단도직입적으로 본론에 들어갔다.

"…여심, 자기 말이지, 국시 때 내가 말했잖아. '그가 연락을 할 때까지 난 안 할 테니까' 뭐, 이런 착각에 빠져있다가는 유순과는 이걸로 끝이라고."

그 말투와 유순이라는 이름에 여심의 멍하던 눈에 초점이 돌아왔다. 흘깃 지미를 돌아보더니 노려본다.

"…지미."

"다 들었다고. 자기, 왕도에서 완전 일 안 하게 돼서 유순에게 있는 대로 민폐만 끼치다가 화나게 만들어서 결국 잘렸다면서? 바—보라니까. 거봐, 내가 그랬잖아."

"시끄러워. 너, 자신이 벌써 오십 줄 아저씨라는 거 알고는 있는 거냐?"

류지미는 목덜미의 머리카락을 쓸어올렸다. 지미는 화장술이 뛰어나다. 수염도 안 길렀고, 머리도 벗겨지지 않았고, 신경을 쓰고 있는지 배도 안 나왔다. 여장을 하는 것도 아니다. 하지만 나이는 확실히 먹고 있다. 그 말투는 변함없이 상당히 강렬했다.

"괜찮잖아, 뭐. 이렇게 말하는 게 편한걸. 주목일 때에는 제대로 아저씨답게 하고 있어. 할 말 있는 건 나라고. 지난번 경제봉쇄 때는 정말이지 어찌나 고생을 했던지. 급기야 그 바쁜 때에 주부의 홍가계 관리들까지 계속 그만두겠다고 하잖아. 아무리 내가 온화하고 상냥하다고 해도 그때만큼은—— 이 자식들, 지금 당장 모조리 묘지에 묻어주겠다! 라고 그만 으름장을 놓고 말았지 뭐야."

우홋, 하며 웃기는 했지만, 마지막의 겁나는 협박은 여심의 귀에 상당히 진심처럼 들렸다. 병사 출신이라는 류지미의 한 면모를 엿본 듯한 기분이었다.

"모든 악의 근원인 자기를 두들겨 패서, 밭에 묻어버리고 싶었던 때가 얼마나 많은지 몰라… 뭐, 그래도 괜찮아. 자기의 그 멍청한 얼굴을 보면 말이지. 들어줄게. 유순이랑 무슨 일이 있었던 거지?"

여심의 표정이 굳어졌다. 지미는 흐흥, 하며 어깨를 움츠렸다.

"…역시. 이해해, 그 정도는. 옛날부터 그랬잖아. 자기가 뭔가 일을 저지르고는 어쩔 줄 몰라 허둥대는 거, 유순한테만 그렇잖아."

여심에게 휘둘리는 유순처럼 보이지만, 사실은 반대다. 유순은 절대로 여심의 말을 듣지 않았고, 생각을 바꾸는 일도 없었다. 누구나 결국에는 여심에게 굴복해서 꽁무니를 졸졸 따라다니는 쪽이 되지만 유순만큼은 달랐다. 마지막까지 양보하지 않고, 반대로 여심을 움직이게 하고, 꺾이게 만들었다. 반대로 말하자면 유순은, 여심이 무슨 짓을 해도 움직일 수 없는 유일한 존재였다. 지금도 여전히. 이는 형인 소가와 비슷한 듯 했지만, 절대적으로 다른 점이 있다. —— '피 한 방울 안 섞인 남'이라는 점이다.

"저기, 의미 불명이어도 괜찮으니까, 아무 말이나 좀 해봐. 들어줄 테니까."

여심은 아무 말도 하지 않았다. 말을 하고 싶지 않다기보다, 정말로 무슨 말을 해야 좋을지 모르는 듯했다. 혼란스러운 듯한 침묵. 아무 말도 없었지만 그 침묵 속에서 지미는 처음으로 여심의 약한 소리를 **들은** 것 같았다. 지금까지 정확하게 움직이던 태엽인형이 엉망으로 고장이 났는데, 이유도 모르는 채 어쩔 줄 모르고 있는 것처럼 보였다.

아니, 태엽인형이 어느 날, 자신이 인간이었음을 깨달은 것처럼, 이라고 말해야 할까.

여심의 차가운 오만함은 남 따위 어찌되어도 상관없다는 생각 때문이었다. 남에게 완전히 무관심하고, 혼자서 완결되어 있던 여심의 경직된 세계. 그랬기에 여심의 세계는 완벽했다. 틀리는 일도 없었다. 그랬던 것이 지금 부서져가고 있다. 무슨 일이 있었는지는 알 수 없었다.

그러나 유순은 결국 여심을 정밀한 태엽인형에서 평범한 인간으로 돌려놓고 말았다.

여심은 희미하게 벌리려던 입술을 결국 굳게 닫고, 거부하듯이 얼굴을 돌렸다. 이제 아무것도 하고 싶지 않다는 듯한 태도. 지미는 팔짱을 꼈다.

"…저기, 여심. 내가 왜 이렇게 빌어먹게 바쁜 때에 일부러 찾아왔는지 알아?"

"……."

"우리들 중에서 유순의 운명을 바꿀 수 있는 건 자기밖에 없다고 생각해서야."

여심의 앞머리가 살짝 흔들렸다.

"풀죽어 있을 때가 아니야. 지렛대를 써도 유순을 움직이지 못하는 건 자기만이 아니니까."

여심은 유순의 무엇 하나 바꾸지 못한 채 맥없이 돌아왔다. 마지막까지.

하지만 이는 여심만은 아니었다. 지미도, 봉주도, 비상도, 모두 마찬가지였다. 부드러운 미소 속에 숨겨진, 누구보다도 강인한 의지의 소유자. 결정하면 절대로 물러나지 않는다. 예전에 다주로 부임될 때, 동기 중 어느 누구도 말리지 못했던 것처럼. 지미가 조용히 중얼거렸다.

"…나 말이지, 여심. 유순이 상서령이 되었을 때, 아아, 마침내 이런 날이 와버렸네… 하고 생각했어. 절대로 번복하지 않을 뭔가를 선택해서, 마음을 정하고 돌아왔다고 생각했어."

길고 긴— 인생의 휴가에서 마침내 무언가를 선택하여 돌아왔다고.

"…그 유순이 상서령 자리를 수락했다고. 상서령 좀 잘해보다가── 그 후에 어디 주목이든 상서든 적당한 자리들 역임했다가, 무리 없이 퇴직금 받아서 한가한 노후나 보내자, 뭐 이런 저속한 고관들이 꿈꾸는 인생 같은 걸 유순이 생각할 것 같아? ──뭔가를 이루기 위해서 돌아온 게 틀림없다고."

유순이 상서령을 수락했다는 건, 한 번으로 끝이란 얘기라고 지미는 생각하고 있었다.

처음이자 **마지막.**

…솔직히 어째서 지금일까, 하고 지미는 생각했다. 그 어리광쟁이 왕과 측근들이 무슨 일을 저지를 때마다 유순이 그 여파를 몽땅 뒤집어쓴다. 뒷수습에만 매달리느라 유순은 귀양에 돌아온 지 반년 동안, 왕의 뒤치다꺼리밖에 한 일이 없었다. 여심이

유순을 그만두게 하려 했던 것도 충분히 이해가 된다.

역대 최고 난이도였다고 평가되는 '악몽의 국시'의 장원. 게다가 유순은 국시 최초의 평민 출신 장원으로 국시파에게도 특별한 존재였다. 그가 상서령이 되었다는 것은 국시를 통해 최초의 평민 출신 재상이 배출되었다는 것이다. 이는 왕과 거리를 두고 있는 국시파를 일거에 끌어들여, 귀족파와의 대결을 유리하게 가져간다고 하는, 생각해낼 수 있는 수 중에서 최강의 수였다. 실제로 홍주 주부의 귀족관리들도, 유순의 귀환을 알자마자 모두 살기등등했었다. 그러나 이 비장의 역전 패가 될 수 있었던 귀재(鬼才) 정유순을, 왕은 그 자신의 언동으로 얼간이로 만들어버리는 기막힌 솜씨를 부려, 평범한 패로 바꾸어버렸다. 그때는 정말이지 분노로 흰 재가 될 뻔했다.

'…어떤 의미로는 여심보다도 더 대단한 초특급 바보 청년들이라니까…'

딱히 나라의 미래를 내다보고 불러들인 것은 전혀 아니고, 선왕이 다주에 숨겨두었던 비장의 패를 '여심보다 더 대단한 사람이 다주에 있다던데' 하는 정도로 불러들였다고밖에는 생각할 수 없었다.

봄부터 지금까지, 위기감 때문에 연이어 성난 파도처럼 공격을 퍼부어온 귀족파가 이 바보 같기 그지없는 전개에 안도하는 정도로 끝났다면 그나마 좋았겠지만, 사태는 이를 넘어서 최악의 국면으로 접어들고 있다.

'—라기보다는, 그렇게 되도록 밑판을 짜놓고 움직이고 있는 '누군가'가 있는 것 같아…'

홍가 일족을 보기 좋게 이용한 것도 그렇고, 조정에 무시무시하게 머리가 좋은 '누군가'가 있다. 틀림없이 유순과 막상막하. 유순은 간신히 마지막 진지는 탈환했지만, 왕과 측근들의 아무 생각 없는 행동들에 수없이 걸려 넘어지고 있는지라, 패배의 날은 그리 멀지 않아 보인다. 지미와 남주의 강문중이 돌아가고 싶어도, 지방인사도 어쩌지 못 하는 상황이 되어버렸다. 홍가와 남가마저도 보기 좋게 '발 묶기' 작전으로 차단해버렸다.

솔직히, 이제 힘들지도 모른다고 반은 자포자기한 마음으로 지미는 생각했다.

'…왕계 님에게 병마권을 넘겨준 시점에서 끝나버렸는지도…'

그것도 좋을지 모른다. 지미는 왕계를 알고 있다. 딱 한 번뿐이었지만 그의 밑에서 종군한 적이 있다. 결과는 패배. 당연했다. 병력의 차이가 열배 이상이었고, 상대는 죽음의 왕자란 별명으로 불리던 선왕. 적진(敵陣)에는 사마룡에, 송준개에, 소요선 등 악명 높은 파괴의 신들이 즐비해서, 밥을 먹을 수 있다는 이유만으로 별 생각 없이 군에 들어왔던 말단 지미도 그때는 '뭐야, 저 사람 탈을 쓴 악귀군단! 반칙 아니야?!' 하고 울부짖었다. 이제 죽었어, 틀림없이 죽을 거야, 부대를 완전 잘못 골랐어, 라며 훌쩍훌쩍 울면서 친구에게 유서를 썼던 것이다.

'…지금 생각하면 용케 안 죽었다 싶어….'

지는 싸움이었다. 살아남았을 때 나, 엄청 대단하잖아?! 하고 생각했지만 지금은 안다. 왕계와 손능왕이 지휘관이었던 덕분이라는 것을. 상대가 너무 안 좋았다. 훗날 그 전투는 '기적의 패전'이라고 불리게 되었다.

그 전화왕은 이제 없다. 그리고 자류휘는 자전화가 아니라는 것을, 조정의 모든 사람이 깨달아가고 있다. 죽은 지 몇 년이 지난 지금에서야… 그 정도로 압도적인 매력으로 신하들을 장악했던 선왕.

그러나 지금, 상서령의 임명장을 받고 돌아온 것은 유순 자신의 결정이기도 하다.

… '무엇'을 결심하고 유순은 돌아온 것인가.

무엇을 생각하고 있던지, 이제 유순은 자신의 몸과 목숨 따위는 돌아보지 않는다.

"…유순의 결단은 어느 누구도 바꾸지 못할지 몰라. 하지만 말이지, 유순의 운명은 아직, 바꿀 수는 있을지 몰라."

여심이 든 부채가 살짝 흔들린 듯했지만 착각일지도 모른다.

"…그 얘기를 하고 싶어서 온 거야. 내가 자기한테 이렇게 옛 친구로서 만나러 올 수 있는 건 아마 이번이 마지막일 거야——안녕, 여심."

지미는 발걸음을 돌려 여심에게 등을 돌렸다. 방을 나오려는 순간, 귀가 좋은 지미에게만 들릴 정도로 작은 속삭임이 흘러나

왔다.

"…유순에게서 다리를 빼앗은 건 나일지도 모른다."

태엽인형처럼 감정이 없는 목소리였다. 그러나 더 이상 지미는 돌아보지 않았다. 달래주지도 않았다.

"──그래서? 홍가가 지금까지 빼앗아온 것 중에서는 아마 제일 사소한 것이라고 생각하는데?"

홍주 주목의 목소리로 냉랭한 한 마디를 남긴 채, 발걸음을 멈추는 일 없이 걸어나갔다.

여심은 탁, 하고 부채를 접었다.

왕도─ 강유가 그 방을 방문한 것은 밤이 완전히 깊어진 무렵이었다. 답장에, 이 일시라면 아마 시간을 비울 수 있을 것이라고 쓰여 있었기 때문이다. 가보니, 이미 사람도 다 물린 후였다.

이름을 대자, 들어오십시오, 라는 귀에 익숙한 부드러운 목소리가 문 저편에서 들려왔다.

"…죄송합니다, 이런 시간에. ──여쭙고 싶은 일이 있어 찾아뵈었습니다, 유순 님."

유순은 마치 이미 그 내용을 알고 있는 듯한 얼굴로 천천히 미소를 지었다.

| 작가의 말 |

  이 책이 나올 무렵에는 벚꽃의 계절이겠네요. 불과 얼마 전의
일인데도 원고 중의 기억이 도무지 나질 않는 유키노 사이입니
다. 이것저것 공사다망하여 가끔 기절했던 기억밖에 없네요…
(식은 땀). 문득 보니 태양전지로 작동하는 손목시계도 빈사상
태. 그렇구나… 밖에 나가지 않으면 태양전지도 의미가 없구
나….

  자, 이번 『푸른 미궁의 무녀』는 표지의 주인공 네 명의 이야기
입니다. 리앵도, 주취도, 정말로 **사람다워졌다**고 생각해요. 수
려는 뒤돌아보지 않는 강함을 가지고 있지만, 주취처럼 뒤를 돌
아보면서도 다시 앞을 향할 수 있는 강함도 좋아합니다… 추영
만은 1권부터 전혀 변하질 않네요… 왕도에도 문제 산적. 다양
한 사람들이 다양한 얼굴을 보여줍니다. 특히 이번에는 '…주
역?' 담당님께서 이렇게 중얼거렸을 정도로 갑자기 노출이 많
아진 분이 계시죠. 류휘와의 장면은 이번 권의 숨겨진 명장면일

지도 모르겠어요.

　다음 권은 조금 시간이 걸릴 것 같습니다. 기다려 주셨으면 하는 마음입니다.

　맺음말은 우선 유라 카이리 선생님께. 이번에는(도) 정말로 큰 신세를 졌습니다… 유라 선생님 덕분에 리앵도 드디어 표지(컬러)에 등장했네요. 가족과 친구들, 그리고 무엇보다도 독자 여러분께(최고령 갱신 중) 진심으로 감사드려요. ──그럼 또 만나요.

유키노 사이

채운국이야기 |20|

– 푸른 미궁의 무녀

2011년 6월 30일 제1판 제1쇄 인쇄
2017년 4월 30일 제1판 제3쇄 발행

글 ㅣ Sai Yukino
일러스트 ㅣ Kairi Yura
번역 ㅣ 이나경

발행인 ㅣ 이정식
편집인 ㅣ 최원영
편집팀장 ㅣ 김충영
편집담당 ㅣ 장혜경, 전송이
표지디자인 ㅣ 김주성
라이츠사업팀 ㅣ 이은선, 박선희, 아오키 마리나
출판영업팀 ㅣ 안영배, 한성봉
제작담당 ㅣ 박석주

발행처 ㅣ 서울문화사
출판등록 ㅣ 1988년 2월 16일
등록번호 ㅣ 2—484
주소 ㅣ 서울특별시 용산구 새창로 221—19
전화 ㅣ (02)799—9317(편집), (02)791—0757(영업)
팩스 ㅣ (02)799—9334(편집)
인쇄처 ㅣ 코리아 피앤피

SAIUNKOKUMONOGATARI Aoki Meikyu no Miko
©Sai Yukino 2010
First published in Japan in 2010 by KADOKAWA CORPORATION, Tokyo.
Korean translation rights arranged with KADOKAWA CORPORATION, Tokyo.

WINK NOVEL